U0528557

[法] 马克·李维　Marc Levy 著　　张怡 译

Si c'était à
refaire

如果一切重来

人民文学出版社

著作权合同登记号 图字 01-2024-4735

Si c'était à refaire by Marc Levy
Copyright © Marc Levy/Susanna Lea Associates, 2012
Published by arrangement with Susanna Lea Associates through Bardon-Chinese Media Agency
Simplified Chinese translation copyright ©2025 by People's Literature Publishing House
ALL RIGHTS RESERVED

图书在版编目（CIP）数据

如果一切重来 /（法）马克·李维著 ；张怡译 .
北京 ：人民文学出版社 ，2024． —— ISBN 978-7-02
-019042-3

Ⅰ．I565.45
中国国家版本馆 CIP 数据核字第 2024EP0346 号

责任编辑　马冬冬
装帧设计　陶　雷
责任印制　王重艺

出版发行　人民文学出版社
社　　址　北京市朝内大街166号
邮政编码　100705

印　　刷　三河市鑫金马印装有限公司
经　　销　全国新华书店等

字　　数　213千字
开　　本　880毫米×1230毫米　1/32
印　　张　9.875　插页2
印　　数　1—8000
版　　次　2025年7月北京第1版
印　　次　2025年7月第1次印刷

书　　号　978-7-02-019042-3
定　　价　49.00元

如有印装质量问题，请与本社图书销售中心调换。电话：010-65233595

献给路易、乔治和波琳娜

如果一个人能像抛弃别人一样抛弃自己,那该有多幸福啊!

——德芳侯爵夫人

1

隐藏于人海之中，扮演着这个奇怪的角色，无人知晓，无人注意。

临时找到一套跑步运动装，为的只是不引人注意。早晨7点，沿河滨公园一线，满眼都是跑步的人。在一个分秒必争、神经紧绷的城市里，所有人都奔跑着，为了锻炼身体，也为了消除昨夜放纵的痕迹，准备迎接新一天的压力。

一张长椅；一边将脚搁在椅子上系鞋带，一边等目标靠近。额前压低的帽檐有些阻挡视线，但也可以将自己的脸隐藏起来。正好趁机平复呼吸，免得手抖。流汗倒是无所谓，没有人会注意，它也不会泄露什么，在这里，所有人都在流汗。

当他出现的时候，先让他跑过去，过一会儿自己再小步重新开始跑。不远不近地跟着，直到时机成熟。

同样的场景已经发生过七次。每个早晨，同样的时间。每次，行动的诱惑都比前一次更加强烈。但是成功只属于精心准备的人。没有发生错误的余地。

他出现了，沿着查尔斯街跑步，这是他的日常路线。然后等红绿灯变红色，穿过高速公路西侧辅路的前四个路口。车辆向城市的西边鱼贯驶去，人们赶着奔赴工作地点。

他跑到斑马线旁。红绿灯上发光的小人儿已经开始闪烁。翠贝卡和金融街方向，车子一辆接一辆地开过斑马线，他依然我行我素。和往常一样，他举起拳头，中指向上，回应汽车的喇叭声，然后左转，跑上沿哈得孙河的人行道。

他将和其他跑步者一同再跑过二十个街区，愉快地把体能不及自己的人远远抛在身后，同时诅咒超过自己的人。他们没什么厉害的，只是比他年轻十岁或二十岁而已。在他十八岁的时候，城市的这片街区尚没有什么人来，他属于来这里跑步的第一批人。用木桩建成的码头，现在已无迹可寻，过去常散发出铁锈和鱼腥味……血的味道。他所在的城市好像在二十年间改变了许多，它变得更年轻，也更漂亮；而他，岁月已经开始在他的脸上刻下痕迹。

在河的另一岸，霍博肯的霓虹灯随着白天的来临一一熄灭，随后是泽西城。

别让他从眼皮底下溜掉。当他跑到格林尼治街的十字路口时，他会跑离人行道。必须在这之前行动。那个早晨，他没有跑去星巴克，像往常一样点一杯热摩卡。

在4号防波堤上，一直暗地里跟着他的黑影会在那里和他相遇。

还有一个街区。加速，跑入常在这里会集的人群中，因为道路变窄，跑得慢的人必然会挡住跑得快的。长针在衣袖里悄悄滑下，手掌坚定地握住它。

从腰椎与骶骨之间的位置下手。只要干脆的一下，深深地刺穿肾脏，再向上划破腹部动脉。拔出长针时，它会在人体内留下无法愈合的伤口，等有人注意到发生了什么而前来救助，把他送入医院推进手术室时，一切都已成定局。在这个早高峰的时候去医院并不容易，即使有鸣笛开道，但路况太糟糕，救护车司机也无计可施。

若是两年前，他大概还有机会活命。但自从政府为了拓宽道路关闭了圣万森医院，最近的急救中心就是和河滨公园反向、城市东面的那个。大出血，他将很快因失血过多而死。

他不会感到痛苦，至少不会感到特别痛苦。天气寒冷，而且会越来越冷。他会发抖，四肢逐渐失去知觉，牙关咬紧无法说话，而且他能说些什么呢？说他感到背部被狠狠地刺了一下？好极了！警察们能得出些什么结论？

完美犯罪的确存在，最出色的警察在退休后也会告诉你，没有侦破的案件始终是他们良心上的重负。

他过来了。这个动作已经对着沙袋重复练习了上千次，但把长针刺入人体的感觉该是与之完全不同。关键是不要刺到骨头。如果碰到一块腰椎骨，那就意味着彻底的失败。长针应该深深刺入，然后很快收入衣袖中。

之后，继续按照先前的步伐节奏跑开，不要回头看，混入跑步的人群，不留痕迹。

如此久的准备只为了几秒钟的行动。

彻底死亡需要更多的时间，也许是在一刻钟之后。但是这个早晨，7:30左右，他必死无疑。

2

二〇一一年五月

安德鲁·斯迪曼是《纽约时报》的记者。二十三岁以自由撰稿人的身份入行，随后步步高升。拥有世界知名日报之一的记者证是安德鲁自少年时代起的梦想。每天早晨，在跨进第八大道860号的双重大门前，他都会允许自己愉快地抬头看一眼拱门上装饰的铭文，告诉自己他的办公室就在这里，在这个新闻界神圣不可侵犯的神殿内。数以万计的码字人梦想着能够参观这里，哪怕只有一次。

在成为讣告版的助理撰稿人之前，安德鲁做过四年的资料整理工作。他的前任因为下班急着回家签收 UPS① 快递员送来的网购性感内衣，结果在公共汽车的轮子下去见自己平日服务的客户了。生活就是这样无法预料！

对安德鲁·斯迪曼而言，这意味着他要开始另外五年默默无闻的高强度工作。讣告从不署名，荣誉只归于当日的逝者。五年来，每天只能为这些已经过世、只活在他人回忆里的人而写，不论这回

---

① 美国联合包裹运送服务公司。——译者注（若无特别说明，下文注释均为译者注。）

忆是好是坏。一千八百二十五天，一个夜晚接一个夜晚，在位于40大街的万豪酒店酒吧，19:30至20:15，他大约喝下了六千杯马蒂尼干红。

每杯里放三个橄榄，每个橄榄核都吐入塞满烟蒂的烟灰缸内，安德鲁将当天所写的关于逝者的文字一一从脑海中删除。也许就是这种每日与逝者相伴的生活，使安德鲁在酒精中越陷越深。在他为讣告版工作的第四年，万豪酒店吧台的侍者每晚都得为他们忠实的客人斟满六次，方能令他满意。安德鲁每天早晨回到办公室的时候，时常脸色苍白、眼皮沉重、领子胡乱耷拉着、外套皱得不成样子；幸好衬衣笔挺、西装领带并不是报社撰稿人工作时的着装要求，尤其是他所服务的部门。

不知是因为他文笔优美凝练，还是那个夏天出奇炎热的缘故，总之他负责的版面一时间业务量猛然上升，很快就占满了整整两内页。当报社总结第三季度的业绩时，财务部门一位热衷统计的分析师注意到讣告版的收入大大攀升。服丧期间的家庭总愿意讣告写得更长一些以显示他们的伤痛之重。这些数据，尤其是当它们有利的时候，很快便传到了报社高层的耳中。在秋初召开的领导委员会会议上，人们讨论了这些数据，并决定奖励这位从现在起小有名气的撰稿人。安德鲁·斯迪曼被正式任命为撰稿人，还待在同一个版面的办公室，但这次是负责婚庆部分，因为这一部分的业绩在过去的一个季度里十分糟糕。

安德鲁从来不缺点子，有时他也会选择不去自己常去的酒吧，而是去其他街区的深受同性恋者青睐的小资酒吧转转。在他自己也数不清是第几杯的马蒂尼干红里与陌生人相识，他正好借机群发名片，并向愿意倾听的客人解释他负责的版面很乐意刊登任何一种新婚通告,包括大部分报纸拒绝刊登的那种。同性恋婚姻在纽约州尚未合法化,远远没有,但是报纸有权利刊登所有私人范围内的祝福,总之,只有祝福动机是重要的。

在三个月内,报纸周末版的婚庆版面扩展到了四页,而安德鲁的薪水也明显地再创新高。

于是他决定缩减酒精的消费,倒不是为了他的肝脏考虑,而是为了一辆达特桑240Z,这是他从孩童时代起梦寐以求的车型。最近警察抓酒驾越来越严。所以,饮酒还是开车……身为老式车狂热粉丝的安德鲁做出了选择。如果他再踏足万豪酒店酒吧的话,一次也不能超过两杯。只有周四除外。

就是在一个周四,几年后的一个周四,走出万豪酒店酒吧时,安德鲁偶然撞上了瓦莱丽·兰塞。她与他一样,都醉了。她撞到一个报箱,一下子向后跌倒在人行道上,然后忍不住大笑起来。

安德鲁很快认出了瓦莱丽,不是因为她的样貌——她与二十年前他所认识的瓦莱丽完全不同——而是通过她的笑声。一种令人无法忘怀的笑声,让她的胸部起伏着。她的胸部一直在少年安德鲁的头脑中萦绕着,挥之不去。

他们是高中时期认识的。那时瓦莱丽刚刚被排挤出啦啦队——一群穿着本地足球队服颜色的性感服装、打扮诡异的小姑娘——因为她在更衣室里与一个捉弄她的姑娘大打出手。结果她只好加入了合唱团。而安德鲁则因为膝关节软骨萎缩,不得不放弃所有的体育活动,他为了一个喜爱跳舞的姑娘将手术推迟了好几年。由于什么事情都做不了,他也开始为同一个合唱团效力。

他在结束高中学业前一直与瓦莱丽保持着暧昧关系。从严格意义上说,他们之间并没有真正的身体上的关系。拉拉手,坐在他们最喜欢的学校长凳上说着永远不会腻的情话,充分享受瓦莱丽丰腴的身体,这就足够了。

但是他人生中的第一次性高潮仍应该归功于瓦莱丽。一个晚上,这对小情侣藏在空无一人的更衣室内,瓦莱丽终于答应把手伸入安德鲁的牛仔裤内。十五秒的晕眩,加上瓦莱丽伴随着胸脯起伏的大笑,这短暂的快感被极大地延长了。这是他永远无法忘怀的第一次。

"瓦莱丽?"斯迪曼结结巴巴地问道。

"本?"瓦莱丽同样吃了一惊。

在高中时,所有人都管他叫本,尽管完全想不起这样叫的原因;已经有二十年没有人这样叫他了。

为了缓解局面的尴尬,瓦莱丽解释说这是一个女性朋友间的聚会,她自从大学毕业后就再也没有喝醉过。安德鲁也同样尴尬,他说自己是因为升职,但是没有说明这已经是两年前的事情,谁说迟到的好消息就不能庆祝了呢?

"你在纽约做什么?"安德鲁问道。

"我住在这里。"瓦莱丽一边回答,一边由着安德鲁把她扶了起来。

"多久了?"

"有一阵子了,别问我具体多久了,我现在的状态根本算不清。你现在怎么样?"

"我有一份我一直梦寐以求的工作,你呢?"

"二十年的生活,这可是个很长的故事,你知道的。"瓦莱丽说着掸了掸裙子上的灰。

"九行。"安德鲁叹气道。

"什么九行?"

"二十年的生活,如果你让我来写,我可以用九行概括。"

"乱说。"

"你敢打赌吗?"

"赌什么?"

"一顿晚餐。"

"我身边已经有人了,安德鲁。"瓦莱丽马上回答道。

"我不是要你和我去酒店过一夜,就是一顿饺子,在乔伊的上海餐馆……你还喜欢吃饺子吧?"

"喜欢。"

"你只须告诉你男朋友,我是你的一个老朋友就行了。"

"但首先你得用九行字概括我这二十年的生活。"

瓦莱丽望着安德鲁,嘴角带着熟悉的微笑,这是属于安德鲁还被叫作本的时代的微笑,就和瓦莱丽过去约他去科学楼后面的工具棚见面时一模一样;微微一笑,没有任何皱纹的痕迹。

"一言为定,"她说,"再喝一杯,我就把我的故事告诉你。"

"换家酒吧吧,这里太吵了。"

"本,如果你以为今晚可以把我带回你家的话,那你就弄错对象了。"

"瓦莱丽,我根本没有这么想,仅仅是因为以我们现在的状态,去吃点儿什么并不奢侈,要不然,我会觉得这个赌一点儿意义都没有。"

他没有说错。尽管瓦莱丽自从被他扶起后,双脚就没有离开过40大街肮脏的人行道,但她却一直觉得自己好像站在一艘船的甲板上摇晃着。去吃点儿什么不是个令人讨厌的主意。安德鲁拦下一辆出租车，将一家通宵营业的小酒馆的地址告诉了司机，他过去常去那里，就在苏豪区。一刻钟后，瓦莱丽坐在了餐桌旁，和他面对面。

瓦莱丽得到了印第安纳波利斯大学的奖学金。这是她申请的众多大学中首先给她回音的学校。虽然中西部从不是她少女时代梦想的一部分，但是她没有时间再等一个更好的回复了；如果失去这份奖学金，她的未来就得靠在波基普西的酒吧打工来维持，待在这个他们一同长大的充满虚情假意的城市。

八年后，她得到兽医的学位文凭，离开印第安纳州，和许多雄心勃勃的年轻女孩一样，在曼哈顿住了下来。

"你在印第安纳读完了兽医专业的所有课程，就是为了来纽约？"

"有什么不可以的吗？"瓦莱丽反问道。

"你的梦想就是为贵宾犬听诊吗？"

"你太傻了，安德鲁！"

"我不想打击你，可是我们得承认在曼哈顿并没有太多动物生活。如果再除去上东区的老太太们养的贵宾犬，你的客人还剩下谁？"

"在一个有两百万单身人士的城市里，伴侣宠物所扮演的角色的重要性远远超过你的想象。"

"我明白了，你还可以照顾仓鼠、猫咪和金鱼。"

"我是骑警大队的兽医。他们的马匹以及警犬大队的警犬都由我负责，其中并没有卷毛狗，只有负责搜寻尸体的拉布拉多猎犬、几只快退休的德国牧羊犬、搜寻毒品的寻回犬和负责找出爆炸物的短腿小猎犬而已。"

安德鲁挑了挑眉毛，先是左边，接着是右边。这是他在读新闻的时候学来的一个办法，可以常常把谈话人弄得相当窘迫。在他和某人面谈的时候，只要他开始怀疑对方所说的事情的真实性，他就会玩这个眉毛舞的把戏，根据他的"客户"的反应来判断他是否在说谎。但是这次瓦莱丽的面部没有任何表情。

"说真的，"他略带吃惊地说道，"我倒没有想到这一点。但现在你究竟是属于警队系统，还是仅仅是兽医而已？好吧，我的意思是，你有警官证吗，你有配枪吗？"

瓦莱丽定定地看着他，突然大笑起来。

"我发现你比从前成熟了许多，我的本。"

"你这是在开我玩笑吧？"

"不，我说真的，不过你刚刚的表情让我回想起你读书时候的样子。"

"你成了兽医，我倒一点儿都不惊讶，"安德鲁接上瓦莱丽的话头，"你一直都很喜欢小动物，我还记得有一天晚上你打电话到我父母家叫我马上去找你；我那时以为你突然想我了，但事实上根本不是。你在放学的路上捡到一条被轧断了爪子的臭烘烘的老狗，你是叫我去把它抱回去的。我们在兽医诊所里待了整整一夜。"

"你还记得这件事，安德鲁·斯迪曼？"

"我记得我们之间发生的所有事情，瓦莱丽·兰塞。好了，现在轮到你来告诉我，从我在波基普西电影院门口空等了你一回的那个下午到今晚你又重新出现，这中间到底发生了些什么？"

"那天早晨我收到了印第安纳波利斯大学的录取通知书，我一天都不想再等了，于是马上打包了行李。多亏之前存了暑假打工和照管小孩的收入，我才能当天就离开家和波基普西。我很高兴终于可以不用再夹在父母的争执之间，他们连陪我去车站都不愿意，你想想吧！好了，既然你只能给你的老朋友留下九行的空间，大学生活的其余细节就省略了吧。刚到纽约的时候，我在不同的兽医诊所之间打打零工。直到有一天我看到警队的招聘启事，就这样成了那里的兽医助理，我是两年之后转正的。"

安德鲁让刚刚从自己身边经过的侍者帮他们再上两杯咖啡。

"我很喜欢你做警队兽医这份工作。虽然我写过很多讣告和婚庆通知，甚至远比你想象的还要多，但是我还从未在工作中和兽医打过交道。我甚至没有想到世界上还有这样一种职业。"

"但很显然，世上就是有这样一种职业。"

"你知道吗？我一直在怨你。"

"为什么？"

"为你当初的不辞而别。"

"我只告诉过你一个人，我一有机会就会马上离开。"

"好吧，我那时并没有意识到你的坦诚是在告别。直到你现在说了，我才反应过来。"

"那你还怨我吗？"瓦莱丽打趣道。

"我也许应该怨你，但我想埋怨也是有时效性的。"

"对了，你现在真的是一名记者？"

"你怎么知道的？"

"我刚刚问你现在做什么，你回答说'一份我一直梦寐以求的工作'，那时候你一直想做一名记者。"

"你还记得这些，瓦莱丽·兰塞？"

"我记得所有事，安德鲁·斯迪曼。"

"好吧，你现在是单身吗？"

"天不早了，"瓦莱丽叹了口气，"我得回家了。还有，如果今天我告诉你太多事情,你恐怕就没有办法在九行内写完啦。"

安德鲁狡黠地笑了笑。

"这么说你答应了一起去乔伊的上海餐馆吃晚餐?"

"如果你赢了这次赌约的话,我是一个守信的人。"

两人一言不发地沿着苏豪区空无一人的街道一直走到第六大道。安德鲁挽起瓦莱丽的手臂,带她穿过城市古老街区中铺着不规则石板的街道。

他拦下一辆上行的出租车,为瓦莱丽打开车门。她坐到出租车后排的座位上。

"能够再见到你,可真是一个甜蜜的惊喜,瓦莱丽·兰塞。"

"我也是,本。"

"我的九行散文,应该寄到哪里给你呢?"

瓦莱丽在手提包中摸索了一阵,翻出她的眉笔,让安德鲁翻过手背露出手心。她在安德鲁的手上写下了她的手机号码。

"九行,你可以发短信给我。晚安,本。"

安德鲁看着出租车向北边开去。等车子消失在夜色中,安德鲁继续走着,他的公寓离这里只有十五分钟的步行路程。他需要一些新鲜空气。尽管只要一眼他就能记住瓦莱丽用眉笔写在他手心里的号码,但安德鲁一路上还是小心翼翼地张开着手掌。

3

用几行字概括别人的一生,安德鲁已经很久没有做过这样的工作了。两年前他调到了报社的"国际事务部"。安德鲁一直对时事和世界事务特别好奇,连带着对所有具有异域情调的事务都倍感兴趣。

当电脑屏幕代替了排字工人的工作台后,编辑部的每个成员都可以看到第二天将要见报的文章内容。有好几次,安德鲁都注意到国际版面的文章里出现了一些分析或常识性的错误。他在所有记者都参加的每周编委会议上一一指出,使报社好几次免于收到怒气冲冲的读者的来信,也避免了事后刊登更正启事的尴尬。安德鲁的能力慢慢显露出来,在年终奖和新的晋升之间,安德鲁毫不犹豫地做出了选择。

现在想到自己要重操旧业再写一次"生平专栏"——他喜欢这样称呼自己过去的工作,安德鲁忽然又心潮澎湃起来;开始为瓦莱丽书写的时候,他甚至感到一丝怀旧的温情。

两个小时后他手里有了八行半的文字。他将它们输入手机,发给当事人。

这一天剩下的时间里,安德鲁尝试着再写一篇讨论叙利亚人起义可能性的文章,然而所有的努力都只是徒劳。他的同事们觉得几乎不太可能，如果不说完全不可能的话。

　　他没法儿集中注意力，他的目光始终在电脑屏幕与安安静静的手机间游移。直到快5点的时候，手机屏幕终于亮了起来，安德鲁急忙一把抓起手机。空欢喜一场，是洗衣店通知他衬衣已经洗好了。

　　等他收到以下短信的时候，已经是第二天的中午了：

　　下周四，19:30。瓦莱丽。

　　他马上回复说：你知道地址吗？

　　几秒之后他收到一个简单的是，安德鲁有些为自己的冒失感到遗憾了。

～∽～

　　安德鲁重新投入工作，在接下来的七天内他生活节制、滴酒不沾，当然前提是人们都像他那样认为啤酒的酒精度数太低，所以不应该算在其中。

　　周三那天，他去洗衣店取回前一天送去的外套，然后又去买了一件白衬衣，顺便再去理发师那里刮了胡子、清洗脖子。和每周三晚上一样，安德鲁在快21点的时候去一家小酒馆里找他最好的朋友西蒙，这家小酒馆虽然看起来不怎么样，但那里的鱼是西村最好吃的。安德鲁住得不远，每当他加班晚归时，这家玛丽烹鱼就成了他的食堂，这样的情况一周中会有许多次。西蒙一如既往地在饭桌上猛烈抨击共和党人阻挠总统实施民众已经投票通过的改革事项。安德鲁的思绪跑得很远，他透过玻璃窗看着走在街上的行人与游客。

　　"还有，我可以告诉你一桩真正劲爆但是来源很可靠的新闻，贝拉克·奥巴马的心可能已经被安格拉·默克尔俘获了。"

"她是长得蛮漂亮的。"安德鲁漫不经心地回答道。

"如果你是因为最近的一桩大新闻而忙得恍恍惚惚，我可以原谅你，但如果你是因为遇到了什么姑娘，那你必须马上告诉我！"西蒙生气了。

"两者都不是，"安德鲁回答道，"不好意思，我有点儿累了。"

"别骗我了！自从你不再和那个比你高一头的姑娘约会后，我就再也没有看到你好好刮过胡子了。她应该叫萨莉，如果我没有记错的话。"

"是苏菲，不过没有关系，这正好证明你对我的谈话是多么感兴趣。我怎么能因为你忘了她的名字而埋怨你呢，谁让我和她在一起的时间最多也不过一年半！"

"她这人闷得要死，我从没有听她笑过。"西蒙又开口道。

"因为她从来不觉得你的冷笑话好笑。快点儿吃吧，我想回去睡觉。"安德鲁叹了口气。

"如果你不告诉我你烦恼的原因，我就一份甜点接一份地继续点餐，直到生命的最后一天。"

安德鲁直直地盯着他朋友的眼睛。

"你的少年时代有没有遇到过一个令你神魂颠倒的姑娘？"他边问边向侍者示意买单。

"我就知道你这个鬼样子根本不是为了工作！"

"别这样说，我手头正在写一个特别讨厌的题目，内情卑劣得令人反胃。"

"什么题目？"

"职业秘密！"

西蒙结了账站起身。

"我们出去走走吧,我想呼吸点儿新鲜空气。"

安德鲁从衣帽架上取下雨衣,几步追上已经在人行道上等他的朋友。

"凯西·斯坦贝克。"西蒙嘟嘟囔囔地说道。

"凯西·斯坦贝克?"

"令少年时代的我神魂颠倒的那个姑娘,五分钟前你刚刚向我提了这个问题,你已经忘记了吗?"

"你从没有和我提过她。"

"你也从没有问过我这个问题。"西蒙回答说。

"瓦莱丽·兰塞。"安德鲁说。

"原来你根本没兴趣知道凯西·斯坦贝克究竟是因为什么才会令少年时代的我神魂颠倒的。你这么问我,不过是为了方便你自己谈你的瓦莱丽罢了。"

安德鲁搂住西蒙的肩膀,拉着他又往前走了几步。三级台阶正好通向一栋砖砌小房子的地下室。他推开费多拉酒吧的门,过去曾有一批年轻艺术家,如贝西伯爵[1]、纳·京·科尔[2]、约翰·柯川[3]、迈尔斯·戴维斯[4]、比莉·荷莉戴[5]、莎拉·沃恩[6]等,在这里

---

[1] William James Basie(1904—1984),美国爵士乐钢琴手、风琴手、乐队队长、作曲家。——编者注
[2] Nat King Cole(1919—1965),美国音乐家,以出色的爵士钢琴演奏和柔和的男中音闻名于世。——编者注
[3] John William Coltrance(1926—1967),柯川被视为当代最重要的爵士萨克斯手之一。——编者注
[4] Miles Dewey Davis Ⅲ(1926—1991),20世纪最有影响力的音乐人之一。——编者注
[5] Billie Holiday(1915—1959),美国爵士歌手及作曲家。——编者注
[6] Sarah Lois Vaughan(1924—1990),美国爵士歌手,被形容为具有"20世纪最美妙的声音"。——编者注

表演。

"你觉得我只关心我自己吗?"安德鲁问道。

西蒙没有回答。

"你应该根据现实这么说,由于长年致力于总结各类默默无闻的人的生活,我终于确信人们会对我感兴趣的一天必定是我自己出现在我撰写的讣告专栏那天。"

安德鲁举起杯子,提高声音大喊起来:

"安德鲁·斯迪曼,生于一九七五年,一生中大部分时间都在为著名的《纽约时报》工作……你看,西蒙,这就是为什么那些医生没法儿自己给自己看病,轮到自己是病人的时候,任谁的手都会颤抖。然而,这是业内的基本常识,修饰语应该完全留给死去的人们。我再来……生于一九七五年,安德鲁·斯迪曼与《纽约时报》有着长期的合作关系。他的飞速崛起使他于二〇二〇年初接任总编辑一职。正是因为他的不懈推动,报社才重获新生,并一跃成为全球最值得尊敬的日报之一……这么写也许有些过头了,不是吗?"

"你不会打算再从头来一次吧?"

"耐心点儿,让我说完,我也会帮你写一份,你会发现这可有趣了。"

"你计划在多大岁数的时候过世,我可以算算这个噩梦还要持续多久。"

"要知道随着医学技术的进步……我刚刚说到哪儿了?啊,对了,正是因为他的不懈推动,等等,等等,报社重新找回昔日的荣光。安德鲁·斯迪曼于二〇二一年获得了普利策奖,凭借其关于……呃,好吧,我现在还不知道是什么,但是我可以随后再细化补充。他的第一部专著也由此诞生，该书广受好评，并将多项奖项纳入囊中，至今仍是所有知名高校研究的对象。"

"这部杰作的名称是《论记者的谦逊品质》。"西蒙哧哧地笑起来，"在多大岁数的时候你获得了诺贝尔奖？"

"在六十二岁的时候吧……在七十一岁的时候，斯迪曼不再担任报社总编辑的职位，他就这样结束了他辉煌的职业生涯，并于次年……"

"因故意杀人罪被逮捕，因为他无聊的谈话将他最忠实的朋友活活闷死了。"

"你一点儿同情心都没有。"

"我应该同情什么？"

"我正在经历一段奇特的时期，我的西蒙；孤独压得我喘不过气来，这可不寻常，因为单身的我毫无办法享受生活。"

"那是因为你快四十岁了吧！"

"谢谢你，西蒙，我还有好几年才满四十岁呢。报社的气氛对身体很不好，"安德鲁重新开口说道，"达摩克利斯之剑①仿佛随时会在我们头上落下。我只是想让我的心稍稍多一些抚慰……谁是你的凯西·斯坦贝克？"

"我的哲学老师。"

"我没有想到她就是你那时候神魂颠倒的对象……但她不是个姑娘了。"

"生活似乎从来就没有按部就班过；二十岁的时候我为比我大十五岁的女人而神魂颠倒，到三十七岁的时候，又是比我小十五

---

① 源自古希腊传说，表示时刻存在的危险。

岁的姑娘令我晕头转向。"

"那是因为你脑子里还没有想明白，我的老朋友。"

"你能和我多说说你的瓦莱丽·兰塞吗？"

"我上周从万豪酒店酒吧里出来的时候碰见她了。"

"这我知道。"

"不，你什么都不明白。我在读高中时曾疯狂地爱着她。当她像个小偷似的偷偷离开我们的家乡时，我曾花了好多年想办法去忘记她。坦白地说，我甚至在想我是不是已经完全忘记她了。"

"那又见到她，你是不是很失望？"

"完全相反，她身上有些东西是变了，但结果是她比过去更让人意乱情迷了。"

"因为她已经是一个女人了，我改天给你解释！你刚刚的意思是你又开始恋爱了？安德鲁·斯迪曼，在40大街的人行道上一见钟情，多么惊人的消息啊！"

"我是说我觉得很迷惑，而这种情况我已经很久没有遇到了。"

"你知道怎么再见到她吗？"

"我明晚和她一起吃晚饭，我居然和少年时一样有些胆怯。"

"说句心里话，我觉得这种胆怯的感觉其实从未离开过我们。妈妈去世十年后，我爸爸在一家超市里遇到一个女人。他那时候已经六十八岁了，他第一次约那个女人一起吃饭的前一天晚上，我开车送他去城里。他想买一件全新的外套。在服装店的试衣间里，他不断地向我重复着他在餐桌上将要和她说的话，并征求我的意见。那样子真糟糕。这个故事就是说，面对令我们意乱情迷的女人，我们总是会手足无措，这和年龄完全没有关系。"

"谢谢你，那我对明天放心了。"

"我和你这么说是想提醒你，你可能也会做一些蠢事，你可能会觉得你们之间的谈话傻透了，情况很可能是当你回家时，你也会咒骂自己这个晚上表现得太糟糕。"

"接着说，西蒙，有贴心朋友的感觉真好。"

"等一下，我只是想帮你确定一件事。明晚，尽可能地好好利用这个意想不到的机会吧。就做你自己，如果你讨她喜欢，她就会喜欢你的。"

"女人这种动物能这样统治和左右我们？"

"你只要转头看看我们周围，看看这个酒吧里的情况就足以明白问题了。好吧，改天再告诉你我和哲学老师的故事。对了，周五一起吃午饭吧，我要听最完整、最详细的版本。当然，也许没有你的讣告那么详细。"

当他们一同走出费多拉酒吧时，夜晚凉爽的空气令他们两人都神清气爽。西蒙跳上一辆出租车，留下安德鲁一人步行回家。

周五的时候，安德鲁告诉西蒙那个晚上果然就像他预言的那样，也许比他说的更糟糕些。安德鲁总结说，很可能他真的又一次爱上了瓦莱丽·兰塞，事情的进展很糟糕，因为他们没聊多久，瓦莱丽就开始反复说她身边已经有人了。第二天瓦莱丽没有给他打电话，之后的一周也没有。安德鲁觉得很沮丧。整个周六他都在报社工作，周日约了西蒙在第六大道和西休斯敦转角的篮球场打球。两人传了无数次的球，但一句话都没有说。

安德鲁的这个周日晚上过得就像以往的每个周日晚上那样郁闷。打电话叫了中餐馆的外卖，打开电视漫无目的地在重播电影、曲棍球比赛以及科学警探侦破卑鄙谋杀案的长篇警匪片之间换着频道。凄凉的一晚，直到快 21 点的时候，他的手机屏幕忽然亮了起来。不是西蒙的短信，是瓦莱丽想要提前他们的约会，她有话对他说。

安德鲁马上直接回复她说他很愿意提前一点儿再见到她，并问她希望什么时候再见。

"现在。"接着又来了一条短信告诉他见面的地点，在 A 大街和第九街的转角，正对着东村的汤普金斯广场。

安德鲁扫了一眼客厅镜子中的自己。他需要多久才能重新变回人类的模样？自从和西蒙打球回来后，他就没有换下他的运动短裤和旧 Polo 衫，现在它们正散发着难闻的气味，好好洗个澡看来是必需的。但是瓦莱丽的短信显然说明这件事很紧急，真头疼。安德鲁穿上牛仔裤，换上干净的衬衣，从门厅处的钥匙碗里捞出他的钥匙，然后急匆匆地跑下大楼的三级台阶。

街上空空荡荡的，没有一个行人，更别说出租车了。安德鲁向第七大道跑去，在查尔斯大街转角的红绿灯路口赶上一辆出租车，精确地在司机再次发动前上了车。他答应司机，如果能在十分钟内到达目的地，他就能得到一笔丰厚的小费。

坐在颠簸的汽车后座上，安德鲁有些后悔刚刚的许诺，但是出租车到的时间的确比他预计的早，自然司机的小费也是一个可观的数目。

瓦莱丽正在一家已经关门的咖啡馆门口等着他，"接我"，这店名令安德鲁微笑了一会儿。但只是一小会儿，因为瓦莱丽的样子看上去很沮丧。

他走上前，瓦莱丽重重地给了他一记耳光。

"你让我穿过整个城市，就是为了打我？"他边问边抚摸着脸

21

颊,"我到底做了什么,要受到这样的待遇?"

"直到我在那个该死的酒吧门口遇到你之前,我的生活一直都堪称完美,但现在我自己都不知道自己到底是处在什么环境里了。"

安德鲁感觉到一股热潮将他吞没,他想他刚刚收到了他一生中最美妙的一记耳光。

"对你,我不会以其人之道还治其人之身的,一个绅士从不会做这样的事情,但是我可以告诉你,"他望着瓦莱丽的眼睛轻轻地说,"刚刚过去的两周对我来说糟糕透了。"

"我一直无法不想你,整整两周,安德鲁·斯迪曼。"

"当年你离开波基普西,瓦莱丽·兰塞,我日日夜夜都在想着你,这种状态大概有三年……四年的样子,甚至可能更久。"

"那都过去了,我说的不是我们少年时期那段时间,而是现在。"

"现在,也一样啊,瓦莱丽。一切都没有变,你没有变,令我来到这里再见你的原因也没有变啊。"

"你说是这么说,但事实上你不过是想报复我而已,报复我当年让你所遭受的一切。"

"我不知道你为什么会有这么奇怪的念头,要是你真这么想,你之前的完美生活大概不应该是像你说的那样令你幸福吧?"

安德鲁还没有反应过来发生了什么,瓦莱丽便搂住他的脖子吻了他。这个落在他唇上的吻起先很腼腆,随后瓦莱丽大胆起来。她放开安德鲁,望着他,眼睛湿润。

"我糟透了。"她说。

"瓦莱丽,即使怀着全世界最真诚的意愿,我也不明白你刚刚对我说的话。"

她又一次靠近他，这次的吻比之前的更加狂热，然后她又一次把他推开。

　　"算了。"

　　"别这样说了，拜托！"

　　"这世上唯一可以挽救我的东西就是这个吻，它……"

　　"它怎么样？"安德鲁问道，他的心跳得就和过去放学时候去找她时一样。

　　"安德鲁·斯迪曼，我是这样渴望着你。"

　　"抱歉，第一个晚上不行，原则问题。"他回答的时候笑了。

　　瓦莱丽拍了拍他的肩膀，安德鲁傻呵呵地继续微笑着，瓦莱丽握住他的双手。

　　"我们一会儿去做什么，本？"

　　"一起走一段路，瓦莱丽，一段路也许还有……如果你永远不再叫我本的话。"

4

这短短的一段路自然不可能令瓦莱丽离开她原来的伴侣,两年的感情不是一个晚上的谈话就可以打败的。安德鲁等待着她的到来,他知道如果操之过急的话,她就不会留下来。

二十天后,他在半夜忽然收到一条和之前那个周日晚上收到的,令他意乱情迷的短信一模一样的短信。当他的出租车到达"接我"咖啡馆门前时,瓦莱丽正在等着他,她的脸颊两侧各有一道黑色的瘢痕,脚边躺着一只行李箱。

回到家后,安德鲁将行李箱放进自己的房间,安排瓦莱丽在这里住下来。当他回来的时候,她已经钻进被子里,房里没有开灯。安德鲁坐在她身旁,吻了她,然后又站起来。他想,一段感情刚刚破裂时,最好还是留她一个人慢慢悼念。他祝瓦莱丽做个好梦,问她要不要喝一杯热巧克力。瓦莱丽点了点头,安德鲁走了出去。

这个夜晚,安德鲁躺在客厅的沙发上,一夜无眠。他听到瓦莱丽抽泣的声音,他很想上前去安慰她,但他忍住了;要治愈这样的伤痛,只能靠自己。

早晨,瓦莱丽发现客厅的矮桌上摆着一个装着早餐的食物托盘,里面摆着一碗巧克力粉和一张字条。

今晚我带你去吃晚饭。
这将是我们的第一次。
我把门厅的备用钥匙留给你。
吻你，
安德鲁。

瓦莱丽答应安德鲁，只要她的前男友一从她的公寓中搬走，她就会回去。要是她的朋友科莱特没有住在新奥尔良那么远的地方，她也可以住在她那里。十天之后，当安德鲁正为她的留宿感觉越来越快活时，瓦莱丽却收拾好行李要搬回东村。望着安德鲁失望的眼神，瓦莱丽安慰他说他们之间其实最多也只隔了十五个街区。

夏天来临。当周末纽约的炎炎夏日终于令人无法忍受时，他们便搭地铁去科尼岛，然后在海滩上度过了几个小时。

九月，安德鲁要离开美国十天，他拒绝告诉瓦莱丽一丝一毫关于他这次旅行的消息。他只是说这是职业秘密，并向瓦莱丽发誓她没有任何理由可以怀疑他。

十月，当安德鲁再次离开的时候，为了求得瓦莱丽的原谅，他向她保证，只要有空儿就陪她去度假。但是瓦莱丽不喜欢口头的安慰，她回答他，不如她用她的假期飞去看他。

在秋天快结束的时候，安德鲁此前努力的积累终于得到了回报。长达几周的调研，两次前往亚洲收集一手材料的旅行，使他终于揭开了一起买卖儿童事件的内幕。他的文章刊登在周日版上——一周内读者最多的版面，这篇文章引起了很大的反响。

近十年来，有六万五千名宝宝被美国家庭收养。这起丑闻牵涉上百个并未被原父母抛弃的婴儿，当时官方开具的证明并不能作数，他们是被人强行从他们的亲生父母身边带走的，然后再交给一个孤儿院收养。办理一个收养手续，该孤儿院能从中得到五千美元的好处。这笔不义之财令一些腐败的警察和政府官员铤而走险，他们为此大开方便之门，以便从中渔利。政府很快制止了这类事件继续发生，但是罪行已经犯下。安德鲁调查了许多美国家长，面对这样悲剧性的结局他们在道德层面上将如何自处。

安德鲁的名字很快在整个编辑部流传开来，晚间的新闻播报中也开始出现他的名字，晚间新闻时常从《纽约时报》的专栏中选取讨论主题进行生发。

安德鲁的同事纷纷祝贺他的成功。他收到他的主编发来的邮件以及许许多多为他的调查所震惊的读者的来信。但是他也因此开始被同行中的某些人妒忌，三封匿名恐吓信出现在报社，虽然这种事情并不罕见。

他一个人度过了新年的元旦假期。瓦莱丽离开纽约去新奥尔良与科莱特团聚。

瓦莱丽走的第二天，安德鲁在停车场被棒球棍击中，所幸与他有约的维修人员及时赶到，避免事态恶化。

西蒙动身与他那一群滑雪的朋友一同前往科罗拉多州的海狸湾举行年终聚餐。

安德鲁向来不重视圣诞节和新年，他痛恨所有预设人们必须不惜一切代价进行娱乐的节日的晚上。两个晚上他都在"玛丽烹鱼"的吧台边，对着一碟牡蛎和几杯干白葡萄酒，一个人度过漫长的夜晚。

二〇一二年开头有些很好的吉兆。除了一月初发生的一起小事故。安德鲁被一辆从查尔斯大街警察局出来的小汽车碰了一下。车辆的驾驶员是一位退休的警员，他利用这次来纽约的机会到原来的工作地点看看朋友。看到安德鲁摔倒在地时，他也吓了一跳，幸好安德鲁又毫发无伤地站了起来，他才松了一口气。他坚持邀请安德鲁去他提议的小酒馆吃晚饭。安德鲁这晚正好无事，一份美味的牛排显然比去警察局做笔录更有吸引力，而且一位记者也从不会拒绝与一位谈锋甚健的纽约老警察一起吃饭的机会。老警员向他介绍了自己这一辈子，还讲了他职业生涯中好几段最精彩的故事。

瓦莱丽一直保留着她自己的公寓，安德鲁管它叫作她的"安全屋"，但是从二月开始，她每晚都住在安德鲁那里。他们开始认真地考虑换一处更大的可以安顿两个人的地方。唯一的障碍是安德鲁不想离开西村，他曾发誓要在那里生活，直到生命的最后一天。在一个主要由小型房屋构成的街区里，找一处有三个房间的住处实在不容易。瓦莱丽想把他当成一个大孩子那样来劝他，但是不奏效，她知道自己没法儿令他搬出这个不同寻常的街区，这里的点点滴滴安德鲁都烂熟于心。每当他与瓦莱丽去散步，穿过格林尼治大街的某个路口时，他便会将这些故事娓娓道来，那里原是一家餐馆，霍普的著名画作《夜游者》便是从那里获得了灵感；或者当他们走过某栋房屋的窗前时，他会说约翰·列侬在搬入达科他大楼前曾在此生活过。西村曾见证了所有的文化革命，最著名的咖啡馆、小酒馆和夜总会皆坐落其中。当瓦莱丽向安德鲁解释说现在大部分的艺术家已经搬去威廉斯堡时，安德鲁极为严肃地望着她说道：

"狄伦、亨德里克斯、斯特赖桑德、皮特、保尔和玛丽、西蒙和加芬克尔、琼·贝兹，他们都是从西村开始自己的事业的，就在我住的街区的酒吧里，这难道不是一个让我们住在这里的充分理由吗？"

瓦莱丽不愿因为这样的小事而反驳他，便回答说：

"谁说不是呢！"

但当她向安德鲁赞美离这里只有几个街区远的住房的便利时，安德鲁回答说他绝对不会住在一个像钢铁的鹦鹉笼子一样的地方。他希望听见街道的声音，警报声，十字路口处出租车的喇叭声，旧木地板咯吱咯吱的声音，当大楼的锅炉开始工作时各种管道发出的声音，以及入口处大门吱吱的摩擦声，这些噪声令他意识到自己还活着，周围生活着其他人。

一天下午，他离开报社，回到自己家，清空柜子，将他大部分的个人物品搬到家中的一个储物室里。然后他打开挂衣服的壁橱，向瓦莱丽宣布，现在再没有搬家的任何理由了，她从此有了足够的地方来放她自己的东西，她可以真正地在这里安顿下来。

三月，安德鲁受主编的指派，进行一项承接上次调查的新的调查活动。一份他等待已久的重要文件将他的视线引向了拉丁美洲。

五月初，安德鲁从布宜诺斯艾利斯回来。他知道这次自己待不了多久，很快又必须回去工作。他想不出还有什么别的办法可以让瓦莱丽原谅自己，除非在吃晚饭的时候，告诉瓦莱丽他想和她结婚。

瓦莱丽打量着安德鲁，神色严肃，然后大笑起来。瓦莱丽的笑容扰乱了安德鲁的心。他看着瓦莱丽，忽然困惑地意识到这次并非深思熟虑的求婚行为其实令他自己也很高兴。

"你不是认真的吧？"瓦莱丽边问边拭去眼角的泪水。

"为什么我不能是认真的？"

"好吧，安德鲁，我们在一起不过几个月的时间。要做这样的决定也许太仓促了。"

"我们在一起已经一年了，而且我们自少年时起便相识，你不觉得我们其实始终在一起吗？"

"但中间有二十年的小小间断……"

"对我来说，既然我们少年时便相识，然后失去联系，之后又偶然在纽约的人行道上相遇，这就是一个好兆头。"

"你，作为如此理性的记者，笛卡儿主义的忠实信徒，你现在也相信预兆这样的东西？"

"当我看到你迎面走来的时候，是！"

瓦莱丽直直地望着安德鲁的眼睛，沉默着，然后冲他笑了笑。

"再向我求一次婚。"

这次轮到安德鲁观察瓦莱丽了。她不再是二十年前他认识的那个叛逆的年轻女孩。坐在他对面与他一同吃晚餐的瓦莱丽早已用合适的衣裙换下破旧的牛仔裤，涂得乱七八糟的指甲油和篮球鞋也被薄底浅口漆皮鞋代替，过去一成不变的粗麻外套完全掩盖了她的身材，现在一件深V领的开司米毛衣正完美地衬托出她胸部的曲线。她的眼妆不再夸张，只是轻轻地上了一层眼影，淡淡地刷了睫毛膏。瓦莱丽·兰塞在他遇到过的所有女人中远远算不上是最漂亮的，但他从来没有感到自己如此靠近某个人。

安德鲁觉得自己的手心有些出汗，这可是从来没有在他身上发生过的事情。他推开椅子，绕到桌子的另一边，然后单膝跪地。

"瓦莱丽·兰塞，我身上没有带戒指，这次求婚的想法虽然是突然的，但请相信我的诚意。要是你愿意成为我的妻子，我们可以这个周末就一起去挑一个，我要努力做最好的丈夫，让你一生都不会摘下这枚戒指。或者说是在我还活着的时候，如果你在我死后决定再婚的话。"

"就算是在求婚的时候，你也总是忍不住讲这样的冷笑话！"

"我向你保证，在这个位置上，还有那么多人看着我，我一点儿都没有开玩笑的意思。"

"安德鲁，"瓦莱丽俯身在他耳边轻轻说道，"我很想对你说我同意，因为我真的很想嫁给你，而且也是为了避免让你继续在那么多人面前像个傻瓜似的跪着，但是等你一会儿站起来回到自己的位置上时，我会告诉你我对我们的婚姻所做的唯一要求。所以我一会儿大声说的'我愿意'在接下去的几分钟内是有条件的，好吗？"

"成交。"这回轮到安德鲁轻轻说道。

瓦莱丽轻轻地吻了吻安德鲁的嘴唇，然后直接说出"我愿意"。在餐馆的大厅里，屏气凝神的顾客们爆发出热烈的掌声。

这家小餐馆的老板从吧台后面跑出来祝贺他忠实的顾客。他用双臂搂住安德鲁，用力抱紧他，然后在他耳边用马丁·斯科塞斯的电影里常常出现的意大利－纽约口音悄悄地叮嘱道："我希望你知道自己刚刚做了什么！"

他又向瓦莱丽鞠了一躬，行了吻手礼。

"现在，我可以称您为夫人了！我要为您开一瓶香槟酒庆祝，我请客。是的，是的，请不要推辞！"

毛里西奥回到吧台,示意他手下唯一的侍者马上执行这项命令。

"现在请说吧,我听着呢。"香槟酒的瓶塞被拔掉,安德鲁轻轻地说道。

侍者为他们斟满酒杯,毛里西奥也手持一个酒杯走过来,他想和这对未来的新人干杯。

"请再给我们几分钟,毛里西奥。"安德鲁边说边拉住老板的手臂。

"你想让我在他面前说出我的要求?"瓦莱丽吃惊地问道。

"这是一个老朋友,我对我的老朋友从来没有秘密可言。"安德鲁语带调侃地回答说。

"好极啦!那么这样吧,斯迪曼先生,如果你可以发誓你以后绝不向我撒谎,绝不欺骗我,或者故意让我难受,我就答应嫁给你。如果有一天你不再爱我了,我希望我是第一个知道的人。我已经受够了在忧伤的夜晚结束的感情。如果你可以答应这些要求,那么我很愿意成为你的妻子。"

"我向你发誓,瓦莱丽·兰塞·斯迪曼。"

"用你的生命发誓?"

"用我的生命发誓!"

"如果你背叛了我,那我就要杀了你!"

毛里西奥看着安德鲁,画了个十字。

"现在我们可以干杯了吗?"这位餐馆老板问道,"我还有其他客人要招呼呢。"

接着他为他们端上两份自制的提拉米苏,并坚持要给他们免单。

安德鲁和瓦莱丽是沿着西村的街道走回家的。

"我们真的要结婚吗?"瓦莱丽抓紧安德鲁的手问道。

"是的，真的。老实说，连我自己都没有想到向你求婚这件事会让我自己也有那么强烈的幸福感。"

"我也是，"瓦莱丽回答道，"真奇怪。我应该打电话给科莱特，告诉她这个消息。我们是过去读书时认识的，我们一同分享种种苦闷以及幸福，当然尤其是苦闷的事情。我想她会是我婚礼上的伴娘。你呢，你会选谁呢？"

"西蒙，我想。"

"你不想打电话给他？"

"当然，我明天就打给他。"

"今晚，今晚就打给他，就在我打给科莱特的时候！"

安德鲁丝毫不想在那么晚的时候打扰西蒙，为的只是告诉他一个明天再告诉他也不迟的消息，但是他看到瓦莱丽的眼睛里有一种孩子似的乞求的情绪，这种混合了突如其来的快乐和害怕的眼神打动了他。

"我们各自打给自己的朋友，还是我们一起吵醒我们最好的朋友？"

"你说得对，我们应该习惯一起做很多事情。"瓦莱丽回答道。

科莱特答应瓦莱丽尽快赶到纽约来见她。她祝贺安德鲁，并告诉他说他还远远没有了解生活所赋予他的幸运。她最好的朋友是一个无与伦比的女人。

西蒙，他呢，起先以为这是一出恶作剧。他要求和瓦莱丽说说话。安德鲁掩饰住自己的不快，当西蒙首先向瓦莱丽表示祝贺时，尤其是因为西蒙还在没有和他商量的情况下，就擅自决定约他们第二天一起吃晚饭。

"我本来只是想自己告诉他的。"安德鲁向瓦莱丽解释自己不快的神情。

"但你刚刚就是这样做的呀。"

"不,他不相信我,是你和他说了他才信的。但怎么说这都是我最好的朋友,真该死!"

"但你也知道,我并没有做什么。"瓦莱丽慢慢将她的脸庞靠近安德鲁。

"是的,你并没有做什么,但现在,你正在咬我的嘴唇。"

"我知道。"

他们整夜都在一起,在两次温存的间歇,用放在床头的遥控器打开电视机看黑白的老电视剧。次日清晨,他们穿过整个城市,坐在东河边的一张长椅上看日出。

"你一定要永远记住这个夜晚。"安德鲁对瓦莱丽喃喃说道。

5

六月上旬,安德鲁是在布宜诺斯艾利斯度过的。等他结束第二次在阿根廷的旅行回到美国时,他发现瓦莱丽似乎比过去更加容光焕发。城里的一次晚餐,让这对未婚夫妻和他们各自的伴郎伴娘碰面,这是安德鲁所经历过的最美妙的一个晚上,科莱特觉得他很有魅力。

在等待计划于月底举行的婚礼时,安德鲁的每个白天以及大部分的晚上都在精心修改着自己的文章,有时他也会梦想自己能凭借这篇报道获得普利策奖。

他公寓的空调彻底罢工了,这对未来的新婚夫妇于是买下了瓦莱丽在东村的两居室。有时安德鲁会在报社待到半夜,因为当他在瓦莱丽家工作时,他敲击键盘的声音会让瓦莱丽无法入眠。

城里的炎热开始变得令人难以忍受,电视上说可怕的暴风雨将每天席卷曼哈顿。在听到"可怕"这个词的时候,安德鲁并没有想象到他自己的生活将很快被打乱成什么样子。

———∽∽∽———

他向瓦莱丽郑重许诺:不再去脱衣舞俱乐部,不再去逛单身姑娘出没的夜总会，只是和朋友们一同度过一个晚上。

为了纪念安德鲁即将结束的单身汉生涯，西蒙邀请他去当下最红火的一家新餐馆吃饭。在纽约，当红餐馆的开张和倒闭就像四季更替一样频繁。

"你真的决定了？"西蒙边看菜单边问道。

"我还在烤里脊牛排和里脊尖之间犹豫。"安德鲁懒洋洋地回答说。

"我是说你的生活。"

"我知道呀。"

"那怎么样呢？"

"你想我和你说什么，西蒙？"

"每次我一提到你的婚姻，你就总是扯到其他东西上去。我可是你最好的朋友！我只是很想与你分享你生活的体验而已。"

"骗人，你正像打量实验室里的小老鼠那样观察着我。你是想知道我现在究竟在想些什么，好方便以后你遇到类似的情况时供自己参考。"

"才不是呢！"

"要是几个月前，我倒会这么说。"

"那究竟是什么令你最后跨出了这一步？"西蒙凑近安德鲁问道，"好吧，你的确是我的实验室小老鼠，现在告诉我你是不是在做了这个决定之后，感到自己的生活已经改变了？"

"我已经快三十八岁了，你也是，我只看到我们面前有两条路：一是继续和这些在时尚界打滚的梦中美人儿玩下去……"

"这听起来相当不错！"西蒙叫起来。

"然后变成那些英俊的孤独老人，与比他们小三十岁的姑娘们调情，坚信这样才能抓住比他们跑得更快的青春。"

"我不是要你向我说教，而是要你告诉我你是否觉得自己很爱瓦莱丽，爱她爱到愿意与她共度一生。"

"好吧，我，如果我没有请你当我的伴郎，我很可能直接回答你说，这关你什么事。"

"但我已经是你的伴郎了！"

"接下来的人生会怎样？我不知道，有些事情并不是只取决于我。不管怎么说，现在我已经无法想象自己的生活中没有瓦莱丽了。我很幸福，当她不在的时候，我会想她，有她在我身边我从不觉得无聊，我喜欢她的笑声，她又是那么爱笑。我想这是我觉得一个女人身上最有吸引力的部分。至于我们的性生活——"

"好啦，"西蒙打断了他，"你已经说服我了！剩下的事情和我毫不相关。"

"你答应见证我们的婚礼了，是不是？"

"我又没有必要为了关灯之后的事情做见证。"

"啊，但事实上我们从来不关灯的——"

"够啦，安德鲁，不要再说了！我们可以聊聊别的事情吗？"

"我还是选里脊尖吧。"安德鲁说，"你知道真正让我高兴的是什么吗？"

"让我帮你写一份举行婚礼仪式的时候念的致辞。"

"不是，我不会要求你做你做不到的事情，我是想我们可以去我最喜欢的那家新开的小酒馆过完这个晚上。"

"在翠贝卡的那家古巴酒吧！"

"是阿根廷酒吧。"

"我感到有些不太一样的东西，但今晚是属于你的，你决定，我服从。"

诺维桑多里挤满了人。西蒙与安德鲁好不容易才挤开一条路到吧台边。

安德鲁要了一杯菲奈特－可乐。西蒙在他的怂恿下尝了一口,这酒苦得他脸都皱了。他选择要一杯红酒。

"你怎么喝得下这玩意儿?这东西实在是苦得不能再苦了。"

"最近我常在布宜诺斯艾利斯的几家酒吧里打听消息。那儿的人都这么喝,相信我,你一定会喜欢上这个味道的。"

"我觉得不太可能。"

西蒙在酒吧里注意到一位美腿修长的丽人,他立即抛下安德鲁,连句抱歉的话都没有。安德鲁一个人待在吧台边,看着他的朋友远去,笑了笑。刚刚提到的两条生活道路,西蒙选择了其中哪一条,答案显而易见。

一个女人坐在西蒙刚刚坐过的凳子上,安德鲁又要了一杯菲奈特－可乐,这个女人向他微笑了一下。

他们随便聊了几句无关紧要的话。那个年轻女人对他说,她很惊讶看到一个美国人喜欢这种饮料,这实在很少见。安德鲁回答说,他本来就是个罕见的家伙。那女人的笑意更明显了,她问安德鲁究竟是什么地方和其他人不同。安德鲁被这个问题弄得有些狼狈,尤其是当他看到他的聊天对象目光中的深意时,他的样子看起来更加窘迫了。

"你是做什么的?"

"记者。"安德鲁结结巴巴地说道。

"这是个有趣的职业。"

"这也要看日子。"安德鲁回答道。

"你是金融方面的记者?"

"哦,不是,你为什么会这么觉得呢?"

"因为这里离华尔街不远。"

"要是我在肉食品加工区里喝酒,那你大概会以为我是个屠夫了?"

那个年轻的女人放声大笑起来,安德鲁很喜欢她的笑声。

"政治方面?"她又问道。

"也不是。"

"好吧,我喜欢猜谜。"她说,"你的皮肤晒得很黑,我可以推断出你常常旅行。"

"现在是夏天,你的肤色也晒得很深……但好吧,事实上,我的工作要求我常常旅行。"

"我的皮肤生来就是深色的。那你是著名的记者吧?"

"是的,也可以这么说。"

"现在你正在调查什么?"

"都是些不能在一家酒吧里对你说的事情。"

"如果不在酒吧里呢?"她低声说道。

"只能在报社编辑部的办公室里。"安德鲁忽然觉得一股热浪涌了上来。他拿起吧台上的一张纸巾,擦了擦脖子。

他迫不及待地想向这个女人也提一些问题,但是为了好好铺垫他的问题,他必须找到比猜谜更好的切入口。

"那你呢?"他一边绝望地用目光搜索着西蒙的身影,一边含混不清地问道。

那个年轻女人看了看表，站起身。

"很抱歉，"她说，"我没有看时间，我该走了。很高兴认识你，你叫什么？"

"安德鲁·斯迪曼。"他也边回答边站起身。

"也许以后我们还会……"

这个女人向他挥挥手。安德鲁的目光一直没有离开她。他甚至希望这个女人会在跨出酒吧大门时回过身来，但是他永远都无法知道了。西蒙的手搭在了他的肩上，令他大吃一惊。

"你在看什么？"

"要不我们走吧？"安德鲁干巴巴地问道。

"这就走了？"

"我想呼吸些新鲜空气。"

西蒙耸了耸肩，拉着安德鲁向外走去。

"你怎么了？你的脸色看起来和床单一样白，是刚刚喝的那杯东西让你不舒服吗？"走出酒吧时，西蒙担心地问道。

"我只是想回去了。"

"你得先告诉我到底发生了什么。你看起来糟透了！我是很想尊重你的职业秘密，但据我所知，你现在并不是在工作。"

"你不会明白的。"

"这十年来，你说的什么我没有明白过？"

安德鲁没有回答，径直朝百老汇往西的方向走去。西蒙紧随其后。

"我想我刚刚一见钟情了。"安德鲁喃喃自语道。

西蒙大笑起来，安德鲁加快了脚步。

"你是认真的？"西蒙追上问道。

"很认真。"

"你在我去洗手间的时候对那个陌生女人一见钟情了?"

"你没有去洗手间。"

"你在五分钟的时间里就疯狂地爱上了她?"

"你把我一个人丢在吧台快超过一刻钟了。"

"从表面上看你没有那么寂寞空虚,你可以解释一下是为什么吗?"

"没有什么可解释的,我甚至都不知道她的名字……"

"哦?"

"我想我刚刚遇见了我命中注定的女人。我从来没有过这样的感觉,西蒙。"

西蒙抓住安德鲁的手臂,要他站住。

"你并没有遇见什么一见钟情的人。你只是有点儿喝多了,你婚期将至,这只是一杯鸡尾酒的刺激产生的可怕效果。"

"我是说真的,西蒙,我真的没有想要开玩笑的意思。"

"那我也没有!你这么说不过是胆小在作怪罢了。为了回到从前那样,你不惜随便编造一个理由。"

"我没有胆小,西蒙。好吧,在我跨入这家酒吧前没有。"

"那个美人儿和你搭讪时,你怎么说的?"

"我就是随便和她瞎扯,等她走了我才发现自己有多难过。"

"我的实验室小老鼠正在发现婚姻这剂药的副作用,这情况倒是挺特别的,尤其是当他知道自己还没有感染婚姻这种病毒时……"

"就像你说的!"

"明天早上,你会连这个女人长什么样子都想不起来了。好啦,我们要做的,就是忘记这个在诺维桑多度过的晚上,一切都将恢复正常。"

"希望事情能够这样简单。"

"你还想我们明天晚上再来这里一次？要是运气好一点儿，你的陌生美人儿还会在那里，等你再看到她的时候，你的心就会平静下来。"

"我不能这样对瓦莱丽。我还有十五天就结婚了！"

虽然安德鲁有时会流露出某些放肆的神态，在其他人眼中这可能是一种傲慢的表现，但是他仍是一个有信仰的诚实男人。今晚他喝得实在太多，这让他没法儿想明白一些事情，西蒙很可能是对的，是对婚姻的害怕令他出轨了。瓦莱丽是一个很特别的女人，是生活意外地赋予他的好运气，她最好的朋友科莱特总是这么对他说。

安德鲁让西蒙发誓他永远都不会泄露今晚的秘密，不告诉任何人刚刚发生的事情，然后他感谢西蒙说服了自己。

他们跳上同一辆出租车，西蒙让安德鲁在西村下车，又答应第二天中午的时候打电话给他问问新的情况。

第二天醒来的时候，安德鲁发现昨夜西蒙的预言根本不对。诺维桑多那个陌生女人的样貌依然清清楚楚地印在他的记忆里，她用的香水味道也是。只要一闭上眼，他就能看到她纤长的手指晃动着酒杯，他记得她的嗓音、她的目光。当他起床煮咖啡的时候，他感到一种空虚，或者应该说是一种对填满空白的渴望，急不可待地想重新找到那个可以将它填满的人。

电话铃响了，瓦莱丽的声音将他唤回了现实，这现实折磨着他的心。瓦莱丽问他昨天晚上过得是否如他预想的那样好。他说自己和西蒙在一家很不错的餐馆里吃了晚饭,然后又去翠贝卡的酒吧里喝了一杯。没有什么特别精彩的地方。放下话筒的时候,安德鲁第一次对欺骗这个将要和自己结婚的女人产生了一种负罪感。

当然当他从布宜诺斯艾利斯回来,向瓦莱丽保证说自己已经去改了结婚礼服的时候,他就说过一个小谎。好像是为了遮掩这个错误,他马上打电话给裁缝,约他在吃午饭的时候见面。

也许这就是不舒服的感觉的来源。生活中的所有事情都有各自的意义,这件事提醒他要给礼服的裤子缲边儿并裁短外套的衣袖。而这一切会发生在他身上,只是为了避免他在婚礼上出洋相,避免当他出现在新娘面前时人们会以为他的礼服是向哥哥借来的。

"你甚至都没有哥哥,傻瓜,"安德鲁自己咕哝道,"在傻瓜的行列里,很难再找出比你更糟糕的了。"

中午的时候,安德鲁离开报社。裁缝用粉笔在衣袖上画出需要裁掉的部分,他弯着腰一边说如果要让礼服看起来更加有型,这里和那里还要再改一下,一边又一次抱怨他的客人总是挨到最后一刻才来改礼服。安德鲁觉得很不自在。试尺寸的工作一结束,他就马上脱去外套,让裁缝拿走,然后穿上自己原来的衣服。下周五的时候礼服就可以改好,安德鲁可以在早上稍晚的时候过来取。

当他打开自己的手机时,他发现有好几条瓦莱丽发的短信。瓦莱丽很着急,因为他们约在第42大街一起吃午饭,她已经等了一个小时。

安德鲁打电话向她道歉,他说自己刚刚在会议室,正有一个临时决定的会议；如果他的秘书说他已经出去了，那只是因为在这家报社里，没有人注意别人干了什么。这一天的第二个谎言。

晚上，安德鲁带着一束鲜花去了瓦莱丽家。自从他向瓦莱丽求婚以来，他常常送花给她。紫玫瑰，她最喜欢的花。他发现房里没有人，客厅的小桌子上有一张匆匆写下的字条。

"紧急出诊。我晚些时候回来。别等我了。我爱你。"

他下楼在"玛丽烹鱼"吃了晚饭。在吃饭的时候，安德鲁不住地看着表，最后连主菜都没有吃完就要求结账。他一走出门，就马上跳上一辆出租车。

从翠贝卡的酒吧里出来，走过诺维桑多门口的人行道，安德鲁忽然很渴望能够进去喝一杯。负责安保的门童摸出一支烟，问他有没有火。安德鲁已经很久不抽烟了。

"您想进去吗？今晚真安静。"

安德鲁认为这邀请是第二个预兆。

昨夜那个陌生的美人并没有坐在吧台边。安德鲁用目光在酒吧内搜索着，门童没有骗他，只要很快地扫一眼就可以知道她没有再来。他觉得自己很可笑，一口喝干了他的菲奈特－可乐，然后招呼酒保买单。

"今晚只喝一杯？"酒保问道。

"您还记得我？"

"是的，我刚刚就认出了您，不管怎么说，昨天一口气喝下五杯菲奈特－可乐的人，的确令人印象深刻。"

安德鲁犹豫了片刻，还是让酒保再给他倒了一杯，当酒保斟满他的杯子时，他问了一个从将要结婚的人口中问出的很令人惊讶的问题。

"昨晚坐在我身边的那个女人,您还记得她吗? 她是这里的常客?"

酒保做出思索的样子。

"美丽的女人,我在这家酒吧里见过许多。不,我没有注意她,这事情很重要吗?"

"是,啊,不是,"安德鲁回答说,"我该回去了,告诉我我应该给多少。"

酒保转过身在收银机上结账。

"如果碰巧,"安德鲁留下三张二十美元的钞票在吧台上,"她又来了这里,并问您那个喝了五杯菲奈特－可乐的男人是谁的话,这是我的名片,请帮我把它交给她。"

"您是《纽约时报》的记者?"

"正如名片上写的……"

"如果有一天您想写一篇关于这家酒吧的文章,请不要犹豫。"

"我会考虑的,"安德鲁说,"您也是,请不要忘了。"

酒保将卡片收进抽屉,他向安德鲁眨了眨眼。

走出诺维桑多的时候,安德鲁看了一下时间。如果瓦莱丽的出诊时间延长了,那他可能会在她之前回到家中。如果情况相反的话,他可以说自己在报社加班。他不觉得这是撒谎。

――――

从这个晚上开始,安德鲁再没有好好休息过。日复一日,他知道过去的宁静已经彻底地抛弃了他。他甚至与一个在他管的事务中横插一脚的同事大吵了一架。弗雷迪·奥尔森这个喜欢刺探别人隐私的家伙，妒忌他，处处使绊子，但是过去安德鲁并不会那么轻易就被他激怒。他想大概是因为六月的下半月将是一段任务繁重的时期。他必须写完那篇让他两度前往阿根廷的报道，他希望这篇报道能够和上一篇关于买卖儿童的报道同样成功。交稿的日期定在下周一，但是主编奥利维亚·斯坦恩是个特别挑剔的人，尤其是当这次调查的稿子要占据周二的整个版面时。她喜欢有整个周六的时间可以审读稿子，然后当天晚上直接用邮件告诉原作者她的修改建议。这个周六会是古怪的一天，因为同一天安德鲁还要在上帝面前发誓。接下去的周日也同样古怪，他必须请瓦莱丽原谅自己不得不推迟他们的蜜月旅行，就因为这该死的工作和这份他的女上司很重视的报道。

但是这一切都无法将诺维桑多的那位陌生丽人的身影从安德鲁的脑海中抹去。想要再次见到她的欲望变成一种连他自己也不明所以的执念。

周五的时候，安德鲁在去取结婚礼服的路上感到从未有过的失魂落魄。当他望着镜子里自己的双脚时，裁缝听到他长长地叹了一口气。

"裁剪的地方你不满意吗？"他以一种抱歉的语气问道。

"不，扎内利先生，你的工作非常完美。"

裁缝观察着安德鲁，提了提外套右肩的部位。

"但似乎有些事情令你心烦意乱，我说得对吗？"说着他将一枚别针别在袖口上。

"事情比这复杂多了。"

"你的一条胳膊比另一条长一些，上次试衣的时候我没有注意到。请再给我几分钟，一会儿就可以改好。"

"别费劲儿了,这种礼服我们一生只穿一次,不是吗?"

"我希望对你来说是的,但是这种相片会陪伴我们一生,当你的孙子孙女对你说你的礼服外套不太合身时,我可不想你对他们说那是因为你那时候的裁缝很糟糕。好啦,让我来做我的工作吧。"

"因为我今晚还有一篇很重要的文章要写完,扎内利先生。"

"没错,而我呢,我有一件很重要的礼服要在十五分钟内改完。你刚刚说事情似乎比较复杂?"

"没错。"安德鲁叹气道。

"是什么样的事情? 如果这样问不是太冒昧的话。"

"我想你也一定可以保守住你的职业秘密吧,扎内利先生?"

"如果你可以花点儿心思不要再叫错我的名字,我就可以。我叫扎内蒂,不是扎内利! 脱下这件外套,坐到椅子上去,我们聊天的时候我可以继续工作。"

当扎内蒂先生替安德鲁修改礼服衣袖的时候,安德鲁告诉他,自己如何在一年之前从酒吧走出来时重新遇见少年时代的恋人,自己又怎样在结婚的前夕在另一家酒吧里遇到一个让他一见钟情、魂牵梦绕的女人。

"也许你应该有一段时间不再去这些夜店场所,这会让你的生活变得简单。但我也必须承认你的故事的确不平凡。"裁缝边起身去拿衣橱抽屉里的线卷边补充道。

"西蒙,我最好的朋友,他对我说了完全相反的话。"

"你的西蒙对生活有着古怪的概念。我可以向你提一个问题吗?"

"如果能够帮助我把事情弄明白,你随便问。"

"如果一切可以重来,斯迪曼先生,如果你可以在不重遇你将要结婚的女子和不遇见令你心神不宁的那个女人之间选择的话，你会选什么？"

"她们一个是我的密友，另一个……我甚至连她叫什么都不知道。"

"你看，事情并没有那么复杂。"

"从这个角度来看……"

"考虑到我们的年龄差距，我想我可以以一位父亲的立场对你说，斯迪曼先生。当然在和你这样说话的时候，我必须承认我自己并没有孩子，所以在这方面经验很少……"

"你请说吧。"

"既然你让我说了！生活并非现代的机器，只须按下按钮就可以将选中的部分重演一次。没有任何退回到过去的可能，我们的某些行为可能造成无法弥补的后果。例如在结婚前夜迷恋一个陌生的美丽女人，不论她的样貌有多令人痴迷。如果你继续固执己见的话，我恐怕你真的会后悔的，且不说你对你周围的人所造成的伤害将会有多大。你也许会对我说人们没法儿强迫自己做必须做的事情，但是你还有头脑，所以请用脑子想一想吧。被一个女人搅乱了心绪并没有什么可指责的，只要事情的发展没有走得比这更远就行了。"

"你曾经遇到过灵魂伴侣吗，扎内蒂先生？"

"灵魂伴侣，多么美妙的想法啊！在我二十岁的时候，我相信自己每周六晚上去跳舞的时候都会遇到她。我年轻的时候是个很棒的舞伴，也是一个真正的风流浪子。我常常想人们为什么会在一同建立某样东西之前，就相信自己已经遇到了灵魂伴侣。"

"你已经结婚了，扎内蒂先生？"

"我结过四次婚,告诉你这些只是为了说明我知道自己在说什么!"

安德鲁临走的时候,扎内蒂先生告诉他两只袖子的长短现在刚刚好,再也没有什么可以破坏正在等待着他的幸福了。安德鲁·斯迪曼走出裁缝的工作间,他已下定决心明天要将这套结婚礼服穿得整整齐齐、精精神神。

6

在婚礼快开始的时候,瓦莱丽的母亲走到安德鲁身边,在他的肩上轻轻掸了掸,然后冲着他的耳朵轻轻说道:

"天啊,本!你就是只要坚持不懈就一定可以达到目标的证明。我还记得你十六岁追求我女儿时的模样……那时候我认为你连千分之一的成功运气都没有。但今天,我们都在教堂里了!"

现在安德鲁完全明白为什么他未来的妻子那么想离开父母的住所了。

今天的瓦莱丽比往常更美丽。她穿着一条优雅低调的白色长裙,盘起的头发藏在一顶白色的小帽子下。这样子很像过去泛美航空公司空姐的打扮,尽管空姐的帽子是蓝色的。瓦莱丽的父亲挽着她走到神坛前,安德鲁正在那里等她。她满怀爱意地冲安德鲁微笑着。

牧师的致辞非常精彩,安德鲁深受感动。

他们交换了誓约和戒指,久久地拥吻对方,在新娘父母、科莱特和西蒙的掌声中走出教堂。安德鲁忍不住抬起头望着天空,想象自己的父母也正看着他。

新人与他们的亲朋好友沿着圣卢克教堂外的公园小径前行。蔷薇丛中花朵绽放,郁金香五彩纷呈,这天天气很好,瓦莱丽光彩照人,安德鲁满心幸福。

是的,满心幸福,直到他走到哈得孙街,透过一辆停在红绿灯路口的黑色四驱车的窗口,他看到一张女人的脸。一个如果他再次遇见未必还能认出的女人,这个女人刚刚也来教堂观礼,她就是那晚在翠贝卡区的酒吧里和安德鲁无意间闲聊的人。

安德鲁的嗓子发紧,他忽然很想再来一杯菲奈特-可乐,尽管现在刚刚过了中午。

"你还好吗?"瓦莱丽担忧地问道,"你的脸色一下子变白了。"

"只是有点儿激动。"安德鲁回答说。

安德鲁感到自己的心被揪紧了,他差不多就能肯定,诺维桑多的那个陌生女人刚刚冲他微微笑了一下。

"你弄疼我了,"瓦莱丽哼了一声,"你抓我的手抓得太紧了。"

"原谅我。"安德鲁说完松开了手。

"要是今天后面的庆祝活动已经结束就好了,我只想回家,就我们两人在一起。"她叹气道。

"你真是一个充满惊喜的女人,瓦莱丽·兰塞。"

"斯迪曼!"她接口说,"为什么我是一个充满惊喜的女人?"

"我不认识其他希望自己结婚那天时间尽快过去的女人。当我向你求婚的时候,我想象你可能会想要一个盛大的婚礼,身边环绕着两百位宾客,你一一向他们敬酒,你的堂表兄弟、堂表姐妹、叔叔伯伯、姑姑婶婶,每个人都想和你一同回忆过往的点点滴滴,而我对此一无所知。我很害怕这一天。而现在呢,就我们六个人,站在这人行道上。"

"你应该早点儿和我说的,我可以向你保证,一直以来我都梦想着一个仅限于亲朋好友的婚礼。我想成为你的妻子,而不是扮演舞会上的灰姑娘。"

"两者倒也不是不能两全……"

"你有点儿后悔了?"

"不,一点儿都不。"安德鲁边说边遥遥望了哈得孙街一眼。

第四个谎言。

他们在纽约最好的中餐馆共进晚餐。周先生的餐馆菜肴精致,在亚洲餐馆中颇为新潮。晚餐期间的气氛很好,科莱特和西蒙与瓦莱丽的父母相谈甚欢。安德鲁很少说话,他的妻子注意到他今天似乎有点儿心不在焉。

最后瓦莱丽谢绝了她父亲继续去别处庆祝今天这个日子的邀请。当她父亲抱怨这下没法儿和他的女儿共舞一曲时,她向父亲道歉,解释说她实在是很想和自己的丈夫单独相处。

瓦莱丽的父亲用双臂搂住安德鲁,然后紧紧地拥抱了他。

"你最好让她幸福,我的老朋友,"他贴着安德鲁的耳朵说道,"不然我可不会放过你。"接着他半开玩笑地补充道。

当出租车将这对新人送回瓦莱丽住的公寓楼下时,已经将近午夜。为了在楼道里等安德鲁,她在上楼梯时把他远远地甩在了身后。

"怎么,发生了什么?"安德鲁一边在衣袋里找钥匙一边问道。

"你要用双手抱着我跨过门槛,还不能让我撞到头。"她狡黠地笑道。

"你看你还是看重某些习俗的。"安德鲁在遵命的同时回答道。

瓦莱丽脱下的衣服都扔在了客厅中央,然后她解开文胸搭扣,沿着大腿脱下内裤。她慢慢靠近安德鲁,全身光溜溜的,她替安德鲁松开领带,解开衬衣扣子,将手搁在他的胸口上。

她紧紧贴着安德鲁的身体,手指滑到腰间的皮带处,松开皮带的环,打开搭扣。

安德鲁抓住她的双手,温柔地抚摸着她的脸颊,带着她走到沙发床边。然后他跪在她面前,把头靠在她的腿上,开始抽泣。

"你怎么了?"瓦莱丽问道,"你今天看起来好陌生。"

"我很抱歉。"安德鲁说着抬起头。

"如果有些事情不顺利,如果你有经济或者工作上的问题,应该告诉我,你什么都可以和我说。"

安德鲁深深地吸了口气。

"你曾让我发誓永远不要欺骗你,永远不要背叛你,你还记得吗?你让我发誓不要拐弯抹角地和你说话,如果有一天某些事情变了的话。"

泪水涌上瓦莱丽的双眼,她望着安德鲁,一言不发。

"你是我最好的朋友,我的死党,我觉得最亲近的女人……"

"我们……我们今天结婚了,安德鲁。"瓦莱丽抽泣道。

"我真心诚意地求你原谅,原谅我做了一个男人对一个女人能做的最糟糕的事情。"

"你有别人了?"

"是的,不,只是一个幻影……但是这是我以前从来没有过的感觉。"

"你是一直在等我们结婚,再确认自己正爱着另外的人?"

"我爱你,我知道我爱你,但不是那种爱情。我是个懦夫,不敢向自己承认这一点,不敢和你说。我没有勇气取消婚礼。你父母已经从佛罗里达州赶来,你最好的朋友从新奥尔良赶来,这几个月我花了那么多精力进行的调查最终变成了一种执念。除了这,我什么都不会想,我在路上迷失了。我想赶跑我的疑虑,我很想这样做。"

"别说了。"瓦莱丽喃喃地说。

她闭上眼睛,安德鲁的目光被她拧着的双手吸引住,这双手的指甲已经变白了。

"我求求你,别说了。走吧。回你自己家,或者随便哪个你想去的地方,但是别留在这里。离开我的公寓。"

安德鲁想向她走近一步,瓦莱丽后退了一步。她后退着一直走进自己的卧室,在身后轻轻地关上了门。

忧伤的夜晚落着蒙蒙细雨。安德鲁·斯迪曼竖起新郎礼服的衣领,自东向西穿过曼哈顿回家。

他有十次很想打电话给西蒙,向他坦白自己事与愿违地犯下了无可挽回的错误。但是这位认为自己无所畏惧的先生,却害怕听到他最好的朋友的评判,而不敢再打给他。

有十次,他很想把这一切告诉他的父亲,很想直接动身去父母家,告诉他们一切。他很想听到母亲对他说,一切都会好起来的,承认结婚是个错误总比生活在谎言中要好,尽管这相当残忍。瓦莱丽也许会在接下来的几年内恨他,但是她最终还是会忘记他的。

一个优秀的女人不会一直单身的。如果瓦莱丽不是他生命中的那个人，那是因为他很可能不应该成为她的丈夫。他还年轻，尽管刚刚经历的一切看起来像是一道跨不过去的坎儿，但是过后它们只是一段不好的回忆而已。安德鲁很渴望母亲的手抚摸他的脸颊，渴望父亲的手搁在他的肩膀上，渴望听到他们的声音。但是安德鲁的父母已经不在这个世界上了，在他的新婚之夜，他比过去任何时候都感到孤独。

——◇——

当事情出岔子时，没有那么容易收场。这是他办公室同事弗雷迪·奥尔森最喜欢的一句谚语。安德鲁整个周日都在反复修改检查他的报道。他在凌晨收到顶头上司的邮件，邮件毫不吝惜对他这篇报道的赞美。奥利维亚·斯坦恩肯定地告诉他，她很久都没有读到这么棒的报道了，作为他的上司她觉得很骄傲。但与此同时，她发回给他的报道里满是批注和着重号，她质疑一些消息来源的可靠性，质疑事情的真实性。安德鲁在报道中所针对的问题并不是可有可无的小问题，毫无疑问，司法部门一定会要求确保这一切都基于可靠的事实。

可假如报道是虚构的，他还需要冒那么大的风险吗？还需要为了从酒店那个可怜兮兮的女服务员那里得到可靠的消息而花上大半个月的工资吗？如果不是为了甩掉跟了他两天的那些家伙，他会差点儿被人在布宜诺斯艾利斯空旷的郊外暴打一顿吗？如果他只是一个业余记者的话，他会冒着进监狱的危险，牺牲他个人的生活吗？安德鲁整个白天都在边抱怨边整理他手上的资料。

奥利维亚·斯坦恩在邮件正文的最后，再一次祝贺安德鲁，并告诉他她希望明天和他一起吃午饭。这是她第一次邀请安德鲁。要是在平时，这样的邀请会让安德鲁相信离又一次晋升不远了，或者是得到一项新的奖项，但是现在他的心情非常糟糕，他觉得等着他的不是什么好事。

夜幕降临，有人疯狂地敲着安德鲁家的门。安德鲁猜想可能是瓦莱丽的父亲要来将自己胖揍一顿，他打开门，几乎很放松；他想，缓和的语气也许可以让他少一些负罪感。

西蒙还没有进门就粗暴地推了他一下。

"告诉我这不是你做的！"他大喊着冲向窗口。

"她打电话给你了？"

"没，是我打电话过去的。我想把结婚礼物交给你，又怕会耽误你的春宵一刻。我完全没有想到事情会变成这样。"

"她对你说了什么？"

"你以为呢？她的心都碎了，她一点儿都不明白，除了你抛弃她和你不再爱她了这两件事。为什么要和她结婚，你难道不能在结婚前告诉她吗？你真是个浑蛋。"

"那是因为你们都告诉我还是什么都不说，什么都不做，假装事情没有发生的好！因为你们所有人都向我解释说，我所感受到的一切，都只是我想象的结果而已！"

"你说'所有人'是什么意思？你还和除了我之外的人说过这件事？你和另一个新的最好的朋友也一见钟情了？连我，你也打算要离开了？"

"你太傻了，西蒙。我只是和我的裁缝说了这件事。"

"真是越来越妙了……你难道不能就靠自己，花几个月的时间，至少再给自己一次机会？昨晚到底发生了什么严重的事情，会让你把这一切都搞砸了？"

"我没法儿和瓦莱丽同房，她很敏感，哪怕是最细微的地方不对，她也会感觉到的，如果你一定要我说的话。"

"不，要是可以选择的话，我根本不想知道这些。"西蒙倒在沙发上接着说，"看看我们现在的样子！"

"我们？"

"是，好，好，行了，每次你遇到麻烦，我总是感同身受替你着急，而且不管怎么说这次我还是你那短得不能再短的婚姻的伴郎。"

"你想要一份吉尼斯纪录吗？"

"你觉得去向瓦莱丽道歉，告诉她你完全弄错了，你昨天只是一时冲动，真的完全不可行吗？"

"我不知道我现在究竟是怎么了，我觉得自己从来没有那么不幸过。"

西蒙站起身走进厨房。他从厨房回来的时候拿着两杯啤酒，把一杯递给安德鲁。

"我为你感到遗憾，我的老朋友，为她也是，更是为了你们两人。如果你想的话，你可以先在我这里过一周。"

"做什么？"

"避免你一个人在家胡思乱想。"

安德鲁感谢西蒙，但是他仔细考虑一下，觉得自己很可能正需要单独待一阵子好好想想。与他让瓦莱丽所受的痛苦相比，这点儿惩罚不算什么。

西蒙把手放在他朋友的肩膀上。

"你知道那个因为杀害父母被法庭审判的男人的故事吗？他在被判刑的时候请求法官宽恕自己，他对法官说，请不要忘了他是在给一个孤儿判刑……"

安德鲁看了看西蒙。两个朋友在笑声中分了手，现在只有友谊能在最糟糕的情况下令他们笑出声来。

周一的时候，安德鲁与他的上司一同吃午饭。上司选了一家远离报社的餐馆。

奥利维亚·斯坦恩从来没有对他的任何一篇报道表现过那么强烈的兴趣。她从来没有那样认真地询问过安德鲁消息的来源、访谈的情况，以及他的调查方式。整顿饭期间，她甚至连自己的碟子都没有碰，就那样认真地听安德鲁讲述他在阿根廷的旅行，就像一个孩子听成年人讲述复杂曲折的故事一样。在安德鲁的讲述过程中，有那么两次，他相信自己看到奥利维亚·斯坦恩热泪盈眶。

在午餐快结束的时候，她握住安德鲁的手，感谢他为本次出色的工作所付出的努力，并建议他日后可以就本次主题写一本书。直到离开餐桌，她才告诉安德鲁她计划将报道的刊登时间再推迟一周，当然仅仅是为了能够帮他在报社争取到头版以及两个整幅的版面。在《纽约时报》头版头条刊登，再加上两个整幅的版面，即使不能拿到普利策奖，在业内也是值得庆祝的事情，对他来说是可以为他获取一定声望的。所以，当奥利维亚问他手头是否还有材料，可以争取让他的报道上头版的时候，安德鲁毫不犹豫地向她保证说他马上就开始工作，她的问题根本容不得一丝一毫的怀疑。

这就是接下来的一整周安德鲁决心要做的事情。他每天很早到他的办公室，午餐就靠一块三明治解决，然后一直工作到夜里，除了偶尔去和西蒙吃晚饭。

从表面上看，安德鲁十分看重这个计划，或者可以说是差不多很尊重它。周三那天，从报社走出来的时候，他忽然感到一种似曾相识的刺痛感。就在40大街的转角处，他相信自己第二次透过那辆停在大楼前的四驱车的车窗，看到了诺维桑多的那个陌生女子的脸。他向那个女子奔跑过去。由于跑得太急，他的文件夹从手中滑落，那篇报道的稿纸散落在人行道上。就在他俯下身捡起稿纸再站起来的那段时间里，那辆车已经消失得无影无踪了。

从这天开始，安德鲁的晚上一般都在诺维桑多度过，他希望能够再见一次那个令他魂牵梦绕的女人。

每天晚上他的等待都是徒劳，回到家之后他往往既失望又精疲力竭。

周六那天，他在信箱里发现了一封信，他一下子认出信封上的笔迹。他将信放在办公桌上，并发誓说自己一日没有完成奥利维亚·斯坦恩前晚所要的那篇报道，就不碰这封信。

等到把最终的文稿发给上司后，安德鲁打电话给西蒙，借口说自己还有工作要做，要取消当晚的约会。

然后他坐到客厅的窗台边，深深地吸了一口夜晚的空气，终于打开瓦莱丽给他的信。

安德鲁：
　　这个没有你的周日是我自少年时代以来第一次拥抱空虚

的痛楚。我在十七岁的时候落荒而逃，而你是在差不多四十岁的时候。怎样才能学会不想要再知道你过得如何？怎样才能从你沉默的深处重生？

我害怕自己的记忆，这会令我回想起你少年时代的目光，回想起你令我欢喜的成年人的嗓音，回想起当我的双手放在你胸口上时你的心跳声，我喜欢伴着你的心跳声入眠，这样的夜晚才能令我安心。

失去了你，我等于失去了一个情人、一段爱情、一个朋友和一个兄弟。我恐怕要很久才能从这段悲伤中走出。

愿你的生活过得精彩吧，尽管你令我如此痛苦，我还是希望你好好活着。

我知道，就在我独自散步的这个城市里，就在另外的某个地方，你和我呼吸着同样的空气，这已经令我很难受了。

这是我第一次，也是最后一次，用"你的妻子"来署名这封短信，或者还应该加上悲伤的一天。

7

整个周日安德鲁都在睡觉。之前的一个晚上他出了门，决定整晚放任自己狂饮烂醉。多年以来，安德鲁都证明自己在这方面很有天分。把自己一个人关在家里，可能令他多了一分放纵的勇气。

他比往常更晚一些推开了诺维桑多酒吧的大门，比往常喝下了更多的菲奈特－可乐，他离开酒吧的时候，头也比往常更痛。由于整个晚上他都一个人待在吧台边，只和酒保交谈，所以这种混乱的情形更严重了。安德鲁·斯迪曼在空无一人的街道上没有目的地乱逛，浑身酒气，忽然他疯狂地放声大笑起来。这疯狂的笑声很快变为一种深沉的忧伤。然后，他一个人坐在人行道的边上抽泣了一个小时，双脚向着排水沟。

毫无疑问，他是一个大笨蛋，然而在他的一生中他也遇见了一些人。

醒来的时候，安德鲁觉得头昏脑涨，这让他意识到自己已经不再是二十岁的小伙子了。他明白自己有多么想念瓦莱丽，他想她想得要死，这种想念就和不知道为什么产生的对那晚的美丽女人的想念同样强烈。但是，她们一个是他的妻子，另一个只是一个幻影。安德鲁不住地回想瓦莱丽写给他的信。

他应该可以找到办法请求瓦莱丽原谅，找到合适的措辞，不管怎么说，这都是他的强项。

如果明天见报的报道能够给他带来一些荣誉的话，那么他希望自己可以和瓦莱丽一起分享它。

这个周一，当他从自己家出来的时候，他像每一个早晨一样沿着查尔斯大街走，然后小步向河边跑去，进行晨跑。

他等待红绿灯变成绿色，穿过高速公路。当他到达公路中间的缓冲地带时，红绿灯上的发光小人儿已经开始闪烁，就像每个早晨一样，安德鲁还是继续跑着。他举起拳头，中指向上，回应车辆的喇叭声。然后取道河滨公园的小道，同时加快了速度。

从这个晚上开始，他每晚去敲瓦莱丽家的门，希望可以向她道歉，告诉她他是怎样为自己的所作所为感到抱歉。他不再怀疑自己对她的感情，每当他问自己到底是怎样的疯狂让他这样对待瓦莱丽时，他都很想用头去撞墙。

现在他们分手已经一周了，整整七天的噩梦压在他生命中的那个女人身上，整整七天卑鄙的自私自利，而这些事情本不应该发生的，他曾对她许下过诺言。从此以后，他应该只做让她幸福的事情。他会请求瓦莱丽忘记一切，即使瓦莱丽在原谅他之前命他走上最艰难的十字路，只要有必要的话，他也会毫不犹豫地去做的。

安德鲁·斯迪曼跑上4号防波堤，心中只有一个想法，那就是重新赢回他妻子的心。

突然，他感到后腰处像是被火辣辣地咬了一口，一种可怕的撕裂感直冲腹部。如果疼痛的位置再高一些，在胸口的位置上，那么他可能会以为自己得了心肌梗死。他觉得自己不能呼吸了。不，这不仅仅是一种感觉，他的双腿没有力气，他只能尽量在倒下的时候用双手保护住脸。

倒在地上，他的脸贴着人行道，他很想转过头请人来帮忙。安德鲁·斯迪曼不明白为什么他的喉咙发不出声音，直到一阵咳嗽令他的口中喷出黏稠的液体。

看到大片红色在自己眼前铺开，安德鲁明白了这是他的血洒在河滨公园的小径上。因为某个他不知道的原因，他像屠宰场里的动物一样很快失血过多。一层黑幕蒙上了他的眼睛。

他猜想是有人向他开了一枪，尽管他并不记得自己听到了枪声；也许是有人捅了他一刀。利用自己最后的一丝清醒，安德鲁努力回想着到底有谁会谋杀他。

现在呼吸对他来说几乎是不可能的任务。他全身无力，生命快要走到尽头了。

他等待着过去的生活像幻灯片似的从眼前经过，等待着走廊尽头的神圣光束，等待着有个神圣的声音将他引向彼岸。但是这一切都没有发生。安德鲁·斯迪曼最后的意识是陷入虚无前的一段漫长痛苦的时间。

7:15，这是七月的一个早晨，光线熄灭，安德鲁·斯迪曼明白自己正在死去。

8

一股冰冷的空气灌入他的肺部,一股同样冰冷的液体在他的血管内流淌。刺眼的光线令他睁不开眼睛,当然还有恐惧。安德鲁·斯迪曼想着自己醒来时是否正在炼狱或者地狱中。鉴于他最近的表现,天堂应该离他很远。

他没有感觉到自己的心跳,他觉得很冷,极度地冷。

死亡常被人们认为是永恒的延续,但安德鲁·斯迪曼不想永远留在黑暗中。他鼓起最后的勇气,终于成功地睁开了双眼。

最令他觉得奇怪的事,是他此时正背靠着查尔斯大街和高速公路西段出口的红绿灯。

如果这个路口是地狱的入口,那么地狱就一点儿都不像波基普西的天主教学校教义课上所讲的那样。但是由于安德鲁已无数次穿过这个路口前去晨跑,所以他还是很快认出了这个地方。

身子像风中的落叶一样颤抖,背上湿乎乎的,安德鲁机械地看着自己的手表。现在刚刚7点,就在有人谋杀他的前十五分钟。

这个他刚刚在脑海中形成的句子,在他看来没有任何意义。安德鲁不相信神迹显灵,更别说能令他回到死亡前一刻钟的重生方法。他看着自己的周围,四周的景象与他每天早晨习惯看到的没有任何不同。车辆依次驶向城市的西边,在高速公路的另一侧,车辆开过一个接一个的减速带,向着金融街方向前进,沿河一线的跑步者迈着大步跑过河滨公园的小径。

安德鲁尽力保持清醒。面对死亡,他只能希望它尽快帮助自己从肉体的痛苦中解脱出来。如果他的后腰处依然疼痛,如果他的视线内再次出现点点金星,这就证明在他身上,身体与灵魂总是合二为一的。

他呼吸很急促,但显然还能呼吸,同时也在咳嗽。他觉得一阵恶心,俯身向排水沟内吐出了他刚刚吃下的早餐。

这个早晨不可能再去跑步,他这一生也不会再沾一滴酒,哪怕是菲奈特-可乐。生活要他付的账单实在是太糟糕,他没法儿令这一切重来一次。

安德鲁忽然觉得自己身上又有了一点儿力气,他转过身。只要一回到家,他就可以马上洗个热水澡,休息一会儿,然后一切都会回到正轨的。

走着走着,背上的疼痛逐渐减轻。安德鲁想着自己可能有几秒钟失去了意识。那几秒钟令他方寸大乱。

但他可以发誓自己感到疼痛的时候的确站在4号防波堤上,而不是查尔斯大街的一头。他知道自己必须去看病,必须检查一下这种精神上的混乱。各种症状相当棘手,他不得不为自己担心。

他对瓦莱丽的情感倒没有那么复杂多变。正相反,对死亡的恐惧进一步加深了他对瓦莱丽的爱。

等一切回到正轨后,他会打电话给报社说自己今天要晚点儿过去,然后跳上一辆出租车,直奔纽约警察局的马厩,他的妻子就在那里工作。他再也等不及了,想马上告诉瓦莱丽他是多么后悔，他多么希望瓦莱丽能原谅他。

安德鲁推开公寓大楼的门，跑上三楼，将钥匙插入门锁，然后进了门。当他看到瓦莱丽正坐在客厅里时，他的钥匙从手中滑落了下来。瓦莱丽问他是否看到了那件她前一天从裁缝那里取回的衬衣。自从安德鲁走后，她再也找不到那件衣服了。

她停止翻找，打量着安德鲁，问他为什么用这种迟疑的表情看着她。

安德鲁不知道应该怎么回答。

"别站在那里，快过来帮帮我。我真的要迟到了，今天可不是能迟到的日子，今天早晨我们要进行卫生检查。"

安德鲁一动不动地站着，他口中发干，感觉自己的嘴好像被什么堵住了。

"我帮你冲了咖啡，就在厨房里，你最好还是吃点儿什么，你的脸色看起来和墙纸一样白。你今天跑得太久，也跑得太快。"瓦莱丽一边继续翻着一边说道，"但是首先我请求你，请帮我找到那件衬衣吧。你真的应该在衣橱里给我腾点儿地方。地方不够，我只能把自己的东西在我们的两个公寓间搬来搬去，看看这结果吧！"

安德鲁向瓦莱丽走近一步，抓住她的手臂，想让她注意到自己。

"我不知道你在这里做什么，但是能在这里看到你，真是我这一生中最美妙的惊喜。你一定不会相信我的话，我一会儿就去你的办公室看你。我必须和你好好谈谈。"

"好极了，我也是。我们还没有决定假期去康涅狄格州的哪里玩。你打算什么时候再动身去阿根廷？你昨天和我说过这件事，但因为我很不想听你说，所以我已经忘了。"

"为什么我要再动身去阿根廷呢？"

瓦莱丽转过身，仔细地打量着安德鲁。

"为什么我要再动身去阿根廷呢？"安德鲁重复了一遍他的问题。

"因为你的报社派你前去进行一个'会帮你的事业达到顶峰的关键性调查'。我只是重复了你这个周末和我说的话，当时我们都很激动，以至于模样有些可笑。因为你的上司上周五打电话给你，她建议你再去一次，尽管你才刚刚从那里回来。但由于她很固执，并且很看重这次调查……"

这次和奥利维亚·斯坦恩的谈话，安德鲁记得清清楚楚，除了这个他第一次从布宜诺斯艾利斯旅行回来时的细节。这是五月初的事情，现在已经是七月初了。

"她上周五给我打了电话？"安德鲁结结巴巴地问道。

"去吃点儿东西吧，你看上去精神很不好。"

安德鲁没有回答。他快步走进房间，拿起放在床头柜上的遥控器打开电视。纽约一台正在播放早间新闻。

安德鲁惊愕地发现，他居然知道播报员念的每一条新闻。一场悲剧性的大火吞没了皇后区的一个仓库，二十二人死亡……同一天，进入城市的车辆通行费也大幅上涨。但问题是这些新闻涉及的事情已经是两个多月前的了。

安德鲁望着屏幕下方滚动的新闻。五月七日的日期出现了，他坐在床上，努力地想弄明白到底发生了什么。

气象播报员在播报即将来临的今年第一个热带风暴，预计会在抵达佛罗里达海岸前逐渐减弱。安德鲁·斯迪曼知道这天的气象预报弄错了，这个风暴将会在今天晚些时候变强，同样他也想起因这次风暴而死亡的人数。

他的裁缝曾告诉过他，生活并非现代的机器，只须按下按钮就可以将选中的部分重演一次，生活没有任何退回过去的可能。很显然扎内蒂先生错了。应该有某个人，在某个地方，按下了一个奇怪的按钮，因为安德鲁·斯迪曼的生活刚刚退回到六十二天前。

安德鲁走进厨房，屏住呼吸打开冰箱门，发现他害怕看到的东西果然就在这里：一个装着他妻子衬衣的塑料袋——现在还不是他的妻子——前一天晚上被她粗心大意地和从街角杂货店买来的酸奶一同放了进来。

安德鲁帮她取出衬衣。瓦莱丽问他为什么她的衣服是冰冻的，安德鲁把原因告诉了她。瓦莱丽向他保证她再也不会指责他心不在焉了。这是他第二次听到这个保证；第一次发生在完全相同的情况下，只是那是两个月以前。

"对了，你今天早晨为什么想来我的办公室看我？"瓦莱丽边说边拿起她的手袋。

"没什么，因为我想你了。"

她吻了吻安德鲁的额头，匆匆地走了出去。她想起要祝他好运，又顺便告诉安德鲁她今晚可能很晚回来。

安德鲁知道他们今天的卫生检查没法儿按预期的进度展开，因为检查员刚刚在女王镇大桥上遭遇车祸。

瓦莱丽会在18:30从办公室打电话给他，建议两人去看电影。安德鲁在报社有些工作拖着，因为他的缘故两人错过了那场电影。为了请求瓦莱丽的原谅，安德鲁便请她去城里的餐馆吃晚饭。

安德鲁的记忆力很好。他一直都为此感到自豪，但是他从来没有想到有朝一日自己会因为这一优势而陷入如此悲惨的境地。

一个人待在房中，面对这一无法想象的境遇，安德鲁知道自己还有六十二天的时间，让他找出谋杀他的凶手以及对方的动机。

而且必须在对方达到目的之前……

9

走进报社大门的时候,安德鲁决定还是不要改变自己往日的习惯为好。他需要稍稍从现在的状态中抽身出来,在决定到底怎么办之前好好想一想。他在年轻的时候曾读过几本关于时光旅行的科幻小说,他记起了如果擅自改写历史将会造成怎样麻烦的后果。

整个白天他都在为第二次去阿根廷的行程做准备,这是他在之前的生活中已经安排好的事宜。尽管如此,他还是决定行使一次更换旅馆的权利,此前他在布宜诺斯艾利斯所住的那家旅馆给他留下了很坏的印象。

他和隔壁桌的同事弗雷迪·奥尔森简短地争论了几句。奥尔森出于嫉妒,总是在编辑部会议上针对他,要不就是直接和他抢报道题材。

安德鲁清楚地记得他们争执的原因,因为这件事是过去发生过的。他决心要掌握行动的主动权,至于世界的秩序,算了,就让它一边去吧。他三言两语打发走了奥尔森,避免惊动在玻璃笼子里办公的主编,免得主编要求自己在所有同事面前向这个蠢货道歉。

总之，他不可能完全复制之前的行事方法，安德鲁走回办公桌的时候这样想到，过去两个月来他很可能已经在晨跑的时候在河滨公园的草坪上踩死一些昆虫……不对，应该是下两个月，他纠正了自己的想法。

一想到自己可以改变事情发生的进程，安德鲁就不由得心情大好。他还没有向瓦莱丽求婚——他应该是在瓦莱丽和他谈起布宜诺斯艾利斯之行的三天后向她求婚的，他还没有令她心碎，因此也无须请求她的原谅。如果他最终很可能还是要在六十多天后，在血泊中结束一生，那么这次时光倒流对他而言也不能说是完全没有好处的。

当瓦莱丽在18:30打电话给他的时候，他做了一桩蠢事，在她主动开口之前他就说自己马上去电影院找她。

"你怎么知道我会提议去看电影？"她惊讶地问道。

"我不知道，"他结结巴巴地说道，手里紧紧地攥着一支铅笔，"但这是个好主意，不是吗？除非你更想去餐馆吃晚饭。"

瓦莱丽稍稍想了一下，接受了去吃晚餐的建议。

"我去奥门餐馆订位置。"

"今晚你真贴心，我刚刚也是这样想的。"

铅笔在安德鲁的手掌心中折断了。

"有些晚上就是这样的，"他说，"我们一小时后见吧。"然后他又问起他们卫生检查的事情，尽管这问题的答案他早就知道了。

"今天没有检查，"瓦莱丽回答他说，"负责检查的官员在来的路上遇到了车祸。一会儿吃饭时候我会详细地告诉你。"

安德鲁放下电话。

"如果你不想引起怀疑的话，那么下次你就应该更小心谨慎一些。"他高声对自己说道。

"什么怀疑？"弗雷迪·奥尔森从办公桌的隔板上探过头问道。

"告诉我，奥尔森，你妈妈有没有告诉过你在门外偷听别人说话是很不礼貌的行为？"

"我没有看到任何一扇门，斯迪曼，你是那么有洞察力的人，难道你从来没有发现我们是在一个完全开放的环境中工作吗？你只需要小声点儿就行了。你以为听你说话很有趣吗？"

"我一点儿都不怀疑这一点。"

"好啦，这位快要升职的记者先生究竟想说什么？"

"你这话是什么意思？"

"哦，好啦，斯迪曼，这里所有的人都知道是斯坦恩在罩着你。就算是你，也不可免俗地成了马屁精，不是吗？"

"我知道你在新闻领域的才能常令你怀疑自己是否属于我们这一行业，我没有要攻击你的意思，只是如果我和你一样无能的话，我也会对自己产生同样的怀疑的。"

"真奇怪！我根本没有这样说，斯迪曼，别表现得比你正常的时候更愚蠢。"

"你在说什么，奥尔森？"

"斯迪曼，斯坦恩，都是差不多同样出身的家伙，不是吗？"

安德鲁全神贯注地观察着弗雷迪。他注意到在他此前的生活中——这类想法令他觉得很荒谬，他还不是很适应这样思考问题——这次和奥尔森的争执发生在白天更早一些的时候，大概是奥利维亚·斯坦恩还在办公室的时候。然而现在她已经在半个小时前离开了，就像他的大部分同事一样，在晚上6点左右就准备打道回府。事情的流程，在他行动的影响下，开始变化，安德鲁从中得出结论，不好好利用这个机会就是大错特错。于是他狠狠地甩了弗雷迪·奥尔森一个耳光，弗雷迪退了一步，惊讶地张大了嘴。

"该死的，斯迪曼，我要去告你，"他一边揉着脸颊，一边威胁道，"这一层楼处处都有监控摄像头。"

"去吧，别犹豫了，我会向别人解释你为什么挨这一巴掌的。我相信这段视频放在网上一定可以大热。"

"事情不会就这么结束的！"

"你说得真对！好啦，我和人还有约，你已经浪费了我很多时间。"

安德鲁抓起外套，走向电梯，冲还在揉脸颊的弗雷迪做了个示威的手势。在下行的电梯间里，安德鲁冲着他的同事又咆哮了一阵，不过他想自己还是在去见瓦莱丽前尽快平静下来为好，不然他就该为如何向她解释刚刚发生了什么而烦恼了。

※

坐在苏豪区日本餐厅的吧台边，安德鲁很难集中精力倾听瓦莱丽的诉说。他想这大概是因为自己已经提前知道了谈话内容。当她向他讲述自己这一天做了些什么的时候，他在考虑自己究竟应该如何利用眼下的情况，克服心不在焉的感觉。

他为自己一直取笑金融业而感到一种苦涩的悔意。就是说只要此前他稍稍关注过一些相关信息，现在他就能发笔小财。如果他还记得接下来几周的股市走向，对他来说这都是经历过一遍的事情，那么他就可能利用自己的积蓄赚上一票。可惜没有东西比华尔街和它的业务更令安德鲁觉得无聊了。

"你根本都没有听我说话。你能告诉我你到底在想什么吗?"

"你刚刚和我说利克里斯,你最爱的马之一,患了严重的跟腱炎,你很担心它是否可以度过它服役的最后那几天;你还说警官……该死,我忘了他的名字……就是骑它的警官很可能需要很久才能适应过来,如果你们把他的马换下去的话。"

瓦莱丽看着安德鲁,没有说话。

"怎么,"安德鲁问道,"这不是你刚刚和我说的吗?"

"不,这不是我刚刚和你说的话,但这正是我打算和你说的。你今天是怎么了? 你在吃早餐的时候吞下了一个水晶球吗?"

安德鲁挤出一丝笑容。

"你也许比你自己想的更加心不在焉吧,我只是重复了一下你的话而已。不然我怎么可能知道这些呢?"

"这正是我想问你的问题!"

"也许是你在想这些事情的时候太用力,让我听到了你的心声,这说明我们之间真是心有灵犀。"说着安德鲁摆出一个迷人的笑容。

"你打电话到我的办公室,正好是山姆接的电话,这些都是他告诉你的。"

"我不认识什么山姆,我可以向你发誓我没有打电话到你办公室。"

"山姆是我的助理。"

"你看,我根本没有什么水晶球,我本还想说他叫乔伊,或是类似的名字的。我们谈谈别的事情?"安德鲁提议道。

"那你呢,你今天过得如何?"

这个问题令安德鲁陷入了沉思。

他在晨跑的时候死去，不久之后又在一英里之外的地方苏醒，更令人吃惊的是，他回到了两个月前。从这时起，他等于重新经历了他已经经历过的一天——几乎和他过去的经历一模一样的一天。

"这一天很漫长，"他意味深长地回答说，"我的这一天太漫长了，可以说我觉得自己活了两次！"

第二天早晨，安德鲁发现电梯里只有自己和主编两个人。奥利维亚站在他身后，但安德鲁可以从电梯门的反光里看到她正奇怪地打量着他，那样子好像是要向他宣布一个糟糕的消息。安德鲁等待着那一刻的到来，他微笑了一下。

"对了，"安德鲁就像在继续着刚刚的对话那样说道，"在那个傻瓜奥尔森来告密之前，我在昨晚临走前已经好好地给了他一耳光。"

"你做了什么？"奥利维亚惊叫道。

"我以为你已经听说了事情的前因后果呢。更诚实地说，我以为你已经知道了这件事。"

"你为什么要这样做？"

"和报社没有任何关系，请放心，如果这个莽撞的家伙要起诉的话，我可以承担全部责任。"

奥利维亚按下停止键，又按了一层的按钮，电梯停止上行，随后开始下降。

"我们这是去哪里？"安德鲁问道。

"去喝杯咖啡。"

"咖啡，我来请，但我要说的话也就是刚刚那么多。"当电梯门打开的时候安德鲁回答道。

他们在咖啡厅的一张桌子旁坐下。安德鲁要了两杯摩卡，顺便又买了一块火腿羊角面包。

"这可不像你的作风。"奥利维亚·斯坦恩说道。

"只是一记耳光，没什么恶意，这是他应得的。"

奥利维亚看着他，这次轮到她笑了。

"我说了什么奇怪的话吗？"安德鲁问道。

"如果你没有处在现在的这个位置，我应该给你好好上一课，告诉你这样的行为在报社是无法被人接受的，你很可能会因此被扫地出门。但是现在我没办法这样做。"

"为什么呢？"

"因为我自己就很想亲手打奥尔森一记耳光。"

安德鲁忍住不说话，奥利维亚接着说道："我读了你补充的部分，写得很好，但这还不够。要想发表这篇报道，还需要一些更具体的东西，一些令人无法反驳的事实证据……我猜想你可能有意识地缓和了报道的口吻。"

"就算我这样做，又有什么好处呢？"

"因为你知道自己手上有一则独家大新闻，你不想一下子让我掌握所有的信息。"

"你能帮我提供一些挺奇怪的想法。"

"我已经开始学着了解你了，安德鲁。作为交换条件，我接受你的请求，你可以马上动身再次前往阿根廷。但是为了证明这些钱花得并不冤枉，你必须满足我的好奇心。你已经重新找到了那个男人的蛛丝马迹，是不是？"

安德鲁打量了一会儿他的上司。自从他进入记者这一行以来，他就学会了不要信任任何人。但是他也知道，如果他什么都不吐露的话，奥利维亚绝对不会允许他再去布宜诺斯艾利斯的。而且，正如她猜测的那样，在五月初的时候，他的调查还远远没有结束。

"我觉得自己调查的大方向没有错。"放下咖啡杯，他让步了。

"那么，就像你的文章暗示的那样，你怀疑那个男人参与了这项交易？"

"很难说事情究竟是怎样的。这件事很多人都曾插手，想弄清楚他们的关系并不容易。对大部分的阿根廷人来说，这个话题依旧沉重。既然我们现在的谈话属于私人谈话，我想问一下为什么你如此执着于这次调查呢？"

奥利维亚·斯坦恩看着她手下的记者。

"你已经找到了他，是不是？你已经找到了奥尔蒂斯？"

"可能吧……不过我同意你的观点，我手上的材料还不够充分，所以这份报道还不能发表。也正是因为这个原因，我还要再去一趟。但是你还没有回答我刚才的问题，这一点你没有异议吧？"

奥利维亚站起身，示意他可以独自一人吃完他的面包。

"在这件事上，你完全有绝对的优先权，安德鲁，我百分之百地信任你。你有一个月的时间，但没有更多了。"

安德鲁望着他的上司走出咖啡厅。他忽然想到两件事。奥利维亚的威胁可以完全无视，他知道自己月底会飞去布宜诺斯艾利斯，然后在那里完成调查。奥利维亚在谈话中曾经截住他的话，有两次机会他应该在说话前好好想想，想想究竟有什么事情是她很急迫地想知道但还不知道的。

究其原因，一方面是他完全不记得自己是如何将增补版的报道交给她的，无论是在这次的生活中，还是在上次那段在河滨公园结束的生活里；另一方面，他很肯定之前他从未与奥利维亚有过这次谈话。

回到办公室后，安德鲁想自己昨天晚上也许不应该打弗雷迪·奥尔森耳光。从今往后，他应该更加警惕，尽量不要改变某些事情的进程。

——✿——

安德鲁利用休息时间去麦迪逊大街逛了逛，他在一家首饰店的橱窗前停下脚步。虽然他在经济上还不是很宽裕，但他这次的求婚行为要比第一次有更充足的理由。他觉得自己在万豪酒店酒吧跪下求婚时没有呈上这个小首饰盒实在是太可笑了。

他走进店内，仔细地打量着橱窗。他的态度应该更明确些，没有人能像他这样容易地改变事情的进程。虽然生活自有其不能轻易改变的秩序，但安德鲁很轻松地在十个戒指中认出了瓦莱丽日后在他们一同来买戒指时选的那个。同时他也毫不怀疑那时的戒指并不是在这家店里买的。

他很清楚地记得戒指的价格。他甚至还清楚地记得，当店主试图令他相信这个戒指价值标价的两倍时，他口气肯定地反驳道："戒指上的钻石还不到0.95克拉，第一眼看上去尽管很璀璨，但是它的样式老旧，而且里面所含的杂质也说明它的价值不会超过您要价的一半。"

那时当他和瓦莱丽来买戒指的时候，安德鲁只是用店主自己的话反驳了他。这一幕他记得清清楚楚，因为瓦莱丽的反应令他很感动。他等待着她挑一枚质量更好的戒指，但是瓦莱丽将戒指套上手指试了试，却对店主说她觉得这枚戒指已经很好了。

"所以我想可能只有两种解释，"安德鲁接着说，"要么你在看标签的时候看错了，这我不怪你，标签上的字细得和苍蝇腿一样，要么你打算敲我一笔。你的行为令我很想写篇报道来揭露首饰店的欺诈行为，这可真是遗憾呢。我和你说过我是《纽约时报》的记者吧？"

店主重新看了一眼标签，皱了皱眉头，尴尬地承认的确是他弄错了，这枚戒指只值安德鲁所说的价。

交易圆满完成，安德鲁离开麦迪逊大街，上衣口袋内装着那个可爱的小首饰盒。

他这天买的第二样东西是一把复合小挂锁，他打算用它把自己的抽屉锁起来。

第三样是带橡皮筋的鼠皮缎笔记本。这个本子和采访调查无关，他要用它来记录另一桩关于他自己的调查活动：在五十九天内，找出谋杀他的凶手，并阻止他达到目的。

安德鲁走进一家星巴克咖啡馆。他买了点儿吃的，在一张扶手椅上坐下，他在脑海中思索着所有可能想要他命的人。这样的思索令他很不舒服。他的生活究竟有多失败，才要进行这样的清算？

他写下了弗雷迪·奥尔森的名字。人们永远不知道办公室同事能把事情做到什么地步，也不知道嫉妒会将他带向哪里。安德鲁想令自己放下心来，奥尔森只是个软蛋，而且在上一次的生活中他也从未真的干过什么。

只是在关于买卖儿童的报道后，他收到过几封恐吓信。他的报道显然打乱了某些牵涉其中的美国家庭的生活。

孩子是神圣的，全世界所有的家长都会这样说，他们可能会不惜一切代价保护自己的后代，甚至要杀人。

安德鲁自问，要是他收养了一个孩子，而有记者揭露他可能在不知情的情况下参与了买卖儿童的交易，他的孩子可能是被人从他的亲生父母那里偷来的，那么他自己会怎么做？

"我可能到死也会怨恨这个打开了潘多拉之盒的家伙。"安德鲁咕哝道。

如果由于报道公开而知道自己的孩子迟早有一天会发现真相，那么身为父母还能做些什么？是让彼此心碎，将他送还给原来的家庭？还是生活在谎言中，等到他成年后指责你居然对这样的买卖睁一只眼闭一只眼？

有多少美国父母陷入了这样痛苦的境地？但是在他的职业中，只有事实有话语权，他的工作就是要揭露真相。

他画去了笔记本上奥尔森的名字，记下要重读三封匿名信的任务。

然后他开始考虑新的阿根廷之行。一九七六年至一九八三年的专制统治者毫不犹豫地派遣刺客前往外国谋杀所有反对自己的异见分子以及可能会揭露其罪行的人。虽然现在时代已经变化，但是某些思维方式已经根深蒂固。

他在那里的调查所触动的利益方也绝对不止一方。假如军方过去的成员，例如 ESMA[①] 的负责人，将那些秘密失踪的人关在某

---

① 阿根廷军事独裁期间位于海军机械学校的秘密拘留中心。——原文注

处的秘密集中营中折磨或者残杀，这多少都是有可能的。

在他的另一个笔记本上，安德鲁写下他在第一次调查时开始怀疑的人的名单。显然，第二次旅行中获取的材料还没有出现在这里。当他从布宜诺斯艾利斯回来时，他会更加小心的。

"就像往常一样，你只想到自己的工作。"他一边翻过笔记本，一边压低声音对自己说。

那瓦莱丽的前男友呢？她从来没有提过他，两年的共同生活，不是那么轻易就能抹去的。一个家伙如果被别人抢走了女友，他行事很可能会直接诉诸暴力。

在脑海中搜索所有可能要取他性命的人，安德鲁胃口全无。他放下碟子站起身。

在回办公室的路上，他翻着口袋里的首饰盒，试图把刚刚在脑海中冒出的一个假设压下去。

瓦莱丽绝对不会这样做的。

"可是你就真的这么肯定吗？"他潜意识里忽然冒出了这样一句话，好像一阵恶风让他的血液凝固了。

他复活后第一周的周四——每当他使用这个表达法时都有一种寒冷的感觉——安德鲁比任何时候都更迫切地想回到布宜诺斯艾利斯，他敲定了这次旅行最后的细节。最终他还是放弃了更换旅馆的决定，毕竟在那里他遇到了某些对他的调查而言至关重要的人和事。

吧台的女侍者，一个叫玛丽莎的姑娘，告诉他一家咖啡馆的地址,人民革命军(ERP)的旧成员以及从监禁中心活着出来的蒙托内罗斯组织①成员们常在那里聚会。他们人数很少。她还介绍他认识了"五月广场母亲"中的一位,她们的孩子被军队的突击队绑架后再也没有出现过。这些女性无视专制政权,十几年如一日地举着贴有失踪孩子照片的标牌在五月广场的人行道上来回踱步。

玛丽莎性感得要命,安德鲁无法对她的魅力无动于衷。阿根廷女子的美貌果然名不虚传。

11点的时候西蒙打电话约他一起吃午饭。安德鲁不记得这个约会了。也许他们对话的内容要等吃饭的时候他才会记起。

当西蒙和他谈起前一晚给他打电话的那个女人时——西蒙去参加冬季运动项目时认识了她——安德鲁就记起这顿午餐没有任何有意义的地方。西蒙不知第几次地又迷上了一个外貌远比幽默感出众的女子。安德鲁只想尽快把话题绕到自己的报道上,他打断朋友的话头儿,毫不留情地告诉他,他这样做只是自讨没趣。

"你告诉我这个姑娘住在西雅图,她来纽约待四天,是吗?"

"是啊,她那天选择让我带她参观这个城市。"西蒙回答说,样子比过去任何时候都更开心。

---

① 20世纪70年代初曾在阿根廷城市地区活动的一个反政府组织。

"下周,我们还会坐在这张桌子边,你会脾气很糟地告诉我你被骗了。这个姑娘只是想找个像你这样的冤大头,这三天可以陪她出去玩,帮她买单,为她提供一个住的地方。每天晚上回到你的公寓,她都会借口太累,把你晾在一边自顾自地很快睡去。你得到的唯一感谢就是,等她离开的那天在你脸颊上轻轻一吻。"

西蒙惊讶地张大了嘴。

"把我晾在一边?"

"你需要我给你画张画吗?"

"你是怎么知道这一切的?"

"我就是知道,没有别的了!"

"你这是妒忌,真可悲。"

"你的圣诞假期五个月前就结束了,在这几个月里你收到过她的消息吗?"

"没有,但不管怎么说,从西雅图到纽约,中间隔了很远的路呢……"

"相信我,她只是重新翻了翻她的通信录,然后把目光停在了字母 P 上,P 就像被骗的人的首字母,我的西蒙!"

安德鲁结了账。这次谈话将他的思绪带回了圣诞节期间,他回忆起节日的第二天当他从查尔斯大街警察局出来时遇到的一桩小意外,他被车撞倒了。进行新闻调查是他力所能及的事情,但要想展开关于犯罪的调查就需要专业的能力。一位警员的帮助 —— 即使他已经退休,很可能对安德鲁来说仍是很有用处的。他在电话号码簿上找出这位皮勒格警官留给他的电话号码。

10

和西蒙分手后,安德鲁给皮勒格警官打了一个电话。电话转到语音信箱中,他犹豫着要不要留一个口信儿,然后挂了电话。

回到报社之后,他忽然开始战栗,感到腰部剧烈地疼痛,这次疼痛非常强烈,以至于他不得不靠在楼梯的扶手上休息一下。安德鲁从没有感受过这样的痛楚,这次反常的痛苦立即令他想起自己即将到来的悲剧。如果死亡的逼近一定要以这样的方式呈现的话,他想,自己最好还是尽快去买一些止疼药。

他的上司刚刚吃完午饭回来,正撞见台阶下因为疼痛而蜷缩成一团、试图平复呼吸的安德鲁。

"你还好吧,安德鲁?"

"老实说,我现在感觉好多了。"

"你的脸色白得令人担心,需要我打911吗?"

"不用了,只是腰扭了一下,一会儿就过去了。"

"你今天下午应该请假,回去休息吧。"

安德鲁对奥利维亚表示了感谢。他打算洗洗脸然后投入工作中。

望着洗手间镜子里的自己,安德鲁觉得他看到了死神正在自

己的背上徘徊,他听到自己嗫嚅着:

"你正享受着再来一局的好事,我的老朋友,但是如果不再动动脑子,恐怕这局也会很快玩儿完的。你不会认为这样的机会是每个人都唾手可得的吧!你已经写够了讣告,你应该知道当计时器停止的时候意味着什么。别再浪费时间了,别再忽视任何一个细节,日子一天天过去,时间越过越快。"

"你在自言自语,斯迪曼?"奥尔森从一个隔间里走出来问道。他拉上裤子的拉链,走近洗手池边的安德鲁。

"我没有心情应付你。"安德鲁边把脸浸入水中边说道。

"我看出来了。我觉得你最近这几天都怪怪的,我不知道你还在捣鼓些什么,但是显然你做的事情很不符合天主教徒的作为。"

"奥尔森,你可以只管好自己的事情,让我好好静一静。"

"我又没有告你!"奥尔森自豪地说道,好像正在自夸一桩英雄的行为。

"好啦,弗雷迪,你终于像个男人了。"

奥尔森走向烘干机,用尽全力拉了拉纸巾的滚轴。

"这东西好像从来没有好用过。"他说着拍了拍机器的外壳。

"你可以写一篇关于它的报道,我想会有很多人喜欢的,你这个季度的最佳报道,《论烘干机的诅咒》,作者弗雷迪·奥尔森。"

奥尔森愤愤地瞪了安德鲁一眼。

"好啦,我开玩笑的,别弄得那么紧张兮兮的。"

"我不喜欢你,斯迪曼,这家报社不止我一个人受不了你的傲慢,但是至少,我,我不会假惺惺地装腔作势。很多人都等着你走霉运。你迟早要跌跟头的。"

这次轮到安德鲁来打量他的同事了。

"这个快乐的反斯迪曼俱乐部里还有哪些成员?"

"你最好还是看看有谁是欣赏你的,你会发现这个名单不会太长的。"

奥尔森厌恶地看了安德鲁一眼,走出洗手间。

安德鲁一边忍着疼痛,一边跟上他。他在电梯前追上了奥尔森。

"奥尔森!打你是我的错。我现在冷静了,我请你原谅。"

"你说真的?"

"同事之间,不应该总是那么剑拔弩张的。"

弗雷迪看着安德鲁。

"好,斯迪曼,我接受你的道歉。"

奥尔森伸出手,安德鲁努力地握住他的手。奥尔森的手上满是汗水。

整个下午,安德鲁都疲惫不堪,无法写作。他趁机重读了他写的关于这起震惊阿根廷的事件报道的开头几行。

安德鲁·斯迪曼,《纽约时报》

布宜诺斯艾利斯,1976年3月24日

一次新的政变使得另一位暴君登上权力的舞台。在全国范围内取缔各类政治党派和工会组织,在严格控制新闻行业后,乔治·拉斐尔·魏地拉将军和军事委员会的成员们组织了阿根廷前所未有的一次镇压行动。

该镇压行动宣称将扼杀任何形式的反抗活动,消灭一切可疑的异见分子。于是整个阿根廷都陷入一场真真正正对人的猎杀活动中。只要有人反对当前的政权，或者表达了类似意见，反对基督教文明下较为保守的价值观的人，都会被视为恐怖分子，不论年龄、不分性别。

大权在握的军事委员会设立了许多秘密集中营，创立了由警察和军方成员一同构成的特别行动部门。死神的队伍正大踏步地前来。

在地区负责人的命令下，他们绑架、折磨、暗杀所有可能倾向反对派的人。在七年间，有超过三万人因掌权的军事委员会的介入而失踪，受害者可能是各个年龄段的男性或女性，通常还非常年轻。数以千计的婴儿一降临人世就被人从他们的母亲身边夺走，然后交给当权派抚养。他们为这些孩子伪造各种身份证明，以系统地抹杀他们过去真正的身份。因为当权派的意识形态诉求是希望建立不可动摇的基督教道德观：将这些无辜的灵魂交给理想的父母抚养，为他们提供能够担当抚养他们重任的家庭。

至于那些"失踪者"——一般都这样称呼他们——他们将被埋在公共的壕沟里，他们中的大部分人也可能在集中营中被麻醉，然后再被人活生生地从秘密飞机上抛入格兰德河和大海中。

这场屠杀没有留下任何可以控诉当权者的证据……

安德鲁又扫了一眼写满这些应该对此负责的野蛮人名字的名单。一个地区接一个地区，一个城区接一个城区，一个集中营接一个集中营。时间就在他一个接一个地梳理凶手的名字间过去了，随后是抽丝剥茧地整理各类证据副本和法庭记录。民主制度建立后，这些野蛮人很快就享受到大赦的好处，免于受到惩罚。

在完成这项整理工作后，安德鲁继续寻找一个叫奥尔蒂斯的人的踪迹。根据他上司提供的信息，此人的经历很有代表性，可以代表从普通士兵变成最残忍的凶手的沉默的帮凶的心路历程。

为什么他是特别的？奥利维亚·斯坦恩告诉他，此人的经历相当神秘。无论事情是发生在阿根廷还是发生在别的地方，主要问题都是一样的，即权力究竟会激发怎样狂热的情绪，令普通人变成施虐狂，一个父亲在白天折磨杀害其他女人和孩子之后，又如何可以在回家后拥吻自己的妻子和孩子？

安德鲁知道他很快就会遇到这位奥尔蒂斯先生。难道他就是凶手之一，就是一直追他到河滨公园小径上的人之一？

但是按照这个逻辑思考，有个说不通的地方。安德鲁是在自己的报道刊登前的两天被杀的，那么不可能有人因此报复杀人。从今往后，他想到，等他回到布宜诺斯艾利斯后，他要比在上一次的生命中更警醒些。

越是按照这个思路思索，安德鲁越是觉得有必要寻求帮助。于是他打电话给皮勒格警官。

退休警官以为这通电话没什么好事，在被撞了之后安德鲁最后还是决定要向他追究责任。

"我的背的确很疼，但那不是您的错。"安德鲁为了让他放心，急忙说道，"我这次打电话给你，和你上次开车从停车场出来有点儿超速没什么关系。"

"啊？"皮勒格舒了口气，"那是什么事让我有幸再次见到你呢？"

"我必须和你见面，事情很紧急。"

"我很愿意请你喝一杯咖啡,但是我住在旧金山,这里离你住的地方有点儿远。"

"我明白。"安德鲁叹气道。

"你说的急事是什么?"皮勒格迟疑了一下问道。

"性命攸关的那种。"

"如果和犯罪行为有关,那我已经退休了。但是我可以介绍你和我纽约的一个同事认识。六区的卢卡斯警官很值得信赖。"

"我知道你已经退休了,但是我想找的人正是你,只是出于直觉。"

"我明白了……"

"我想,你应该没有猜到。我现在身处的情况,完全无法想象。"

"请你说吧。我还挺习惯面对无法想象的情况的,相信我。"警官说道。

"在电话里说有些复杂,你不会相信我的……请你原谅我冒昧地打来这个电话,祝你今晚过得愉快。"

"在旧金山,我们现在还是下午呢。"

"那就祝你下午过得愉快,警官。"

安德鲁挂了电话。他把头埋在双手间,想把分散的思绪集中起来。

一小时后他和瓦莱丽还有一个约会,如果不想弄糟今晚的约会的话,他最好马上转换心情。自私的配额已经在他之前的那次生活中用尽了。

——◆——

他向瓦莱丽求婚,就好像这是第一次一样。瓦莱丽很喜欢安德鲁为她戴上的戒指,并激动地保证说,就算是她自己选她也不会选别的样式。

吃完晚饭后,安德鲁给西蒙打了个电话,他随即把电话交给瓦莱丽,让她向西蒙宣布这个好消息;然后是打给科莱特。

回到东村公寓楼下时,安德鲁感到自己的手机在衣袋里振动着。他接起电话,大吃一惊。

"我考虑了我们之间的谈话。如果我能让我妻子独处几天,她应该会很高兴的。自从我退休以后,似乎就从来没有消停过……放松一下对我来说应该不会太糟。和你说这些是因为明天早上我就会搭飞机过去。我会利用这几天的自由时间,重新拜访一下我在纽约的老朋友们。我们晚上9点在上次吃饭的老地方见吧。别迟到,你已经激起了我的好奇心,斯迪曼先生。"

"好的,警官先生,明天晚上9点在弗兰克餐馆。"安德鲁放心地回答道。

"是谁打来的?"瓦莱丽问道。

"没有人。"

"你明天晚上和没有人一起吃晚饭吗?"

餐厅沐浴在昏暗的灯光下,皮勒格警官坐在餐厅最里面的桌子边等着。安德鲁坐下来,看了看手表。

"是我先到了。"警官说着和他握了握手。

侍者为他们拿上菜单,警官皱了皱眉头。

"餐厅喜欢把光线调暗的把戏,真是让人恼火。这菜单我一个字也看不清。"说着他从口袋里掏出一副眼镜。

安德鲁很快地扫了一眼菜单，然后把它放下。

"这家餐馆的肉做得不错。"皮勒格也不想再看菜单。

"那我们就点肉吧，"安德鲁说，"旅行一切顺利吗？"

"什么问题！在我们这个时代乘飞机，你还能指望旅途怎样愉快吗？好啦，让我们谈谈你的事吧，我能为你做些什么？"

"帮我阻止一些已经把我……"

安德鲁犹豫了。

"一些试图杀我的人。"他放弃了之前的表达方式，回答说。

皮勒格放下啤酒瓶。

"你报警了吗？"

"没有。"

"如果有人真的想杀你，那你也许应该先去报警，不是吗？"

"事情比这更复杂些……应该说这一切尚未发生。"

"我不明白你的意思。是有人试图谋杀你，还是有人将会试图谋杀你？"

"如果我实话实说地回答这个问题，我很怕你会以为我是一个疯子。"

"你先说说看。"

"好吧，事实上两者都是，警官。"

"我明白了，你是一桩蓄意谋杀案的受害人，你怀疑不久凶手还会再来一次，是不是？"

"在某种程度上可以这么说。"

皮勒格示意侍者过来点餐。等侍者走后，他目不转睛地望着坐在对面的安德鲁。

"我刚刚在一个三千英尺高的沙丁鱼罐头里度过了六个小时,因为你请我过来帮助你。你对我很和善,我觉得自己在撞了你之后应该为你的事出点儿力。"

"你只是稍稍碰了我一下,我身上一点儿伤都没有。"

"在这个为了最微不足道的小事都要起诉他人的城市里,你完全可以要求我的保险公司赔偿你一大笔钱。但你没有这样做,因此可以推断你是一个正人君子。我可以感受到你的焦虑,真正的焦虑。在四十年的职业生涯里,我的直觉很少出错,相信我,我曾经历过比你的经历更匪夷所思的事件。如果我把其中的一些讲给你听,你大概会觉得我比你还要疯狂。好了,你讲讲到底发生了什么事情吧,或者我就直接吃完这块牛排然后回家睡觉。我的话你明白吗?"

"不能更明白了。"安德鲁说着垂下了眼睛。

"那就请说吧,我很怕吃冷的东西。"警官边说边开始切他的牛排。

"我在七月九日被人杀了。"

警官用手指数了数。

"那就是十个月前的事情了。你一会儿告诉我谋杀是在什么情况下发生的吧,但是首先请告诉我为什么你会觉得有人再次威胁到你的生命呢?"

"你没有明白我的意思,有人在这个夏天杀了我。"

"但现在才五月十一日,你看上去活得好好的……"

"我已经和你说了。"

"作为一个记者,你的表达方式可不太好懂。如果我没有弄错你的言外之意,你是相信有人会在七月九日那天杀你。你为什么会这样想?"

安德鲁把他在七月九日河滨公园小径上所遭遇的一切以及之后他匪夷所思的经历原原本本地说了出来。

当他说完之后,警官一口气喝干了他的啤酒,接着又要了一杯。

"我应该有一种天赋,天生会吸引各种稀奇古怪的案件,或者说是有个诅咒落在我身上了。"

"为什么你这么说?"

"你不会懂的……"

"到现在为止,我都明白。"

"以后我会告诉你的。好啦,总结一下,你的意思是你被人谋杀了,但在死亡的那一瞬间,你跳回到了两个月前。你去医院做过脑部检查吗? 你的大脑还一切正常吧?"警官用嘲弄的语调说道。

"没有。"

"也许我们可以从这里开始着手。可能是你大脑的某个地方有血块堵住了,你才会异想天开。我在旧金山有个很好的女性朋友,她是这方面的专家,一个很有魅力的女人,她自己也经历过许多不同寻常的事件。我可以帮你给她打个电话,她肯定认识纽约这边的同事,可以帮助你的。"

"如果我告诉你我可以说出从现在起到七月发生的所有事情呢?"

"又来啦,那你就是能卜先知的人啦!"

"不,我只是记忆力好而已,我记得我生命中最后两个月里发生的点点滴滴。"

"好极啦,这至少说明你不会提前得老年痴呆症。认真地说,斯迪曼,你真的相信你刚刚所说的一切吗?"

安德鲁沉默了,皮勒格友好地拍了拍他的手。

"你当然是相信的！要是这件事情落在我身上，我自己又能做些什么呢？"

"没关系，"安德鲁接着说，"我早就想到我可能无法说服你。如果换作是我自己，在你的位置上……"

"你喜欢体育吗？"皮勒格看了一眼吧台上挂着的电视机，打断了安德鲁的话。

"是的，就和所有人一样。"

"别回头，现在纽约扬基队正在和西雅图水手队比赛，比赛时间已经快到了，你可以告诉我最后的比分是什么吗？"

"具体的比分我记不清了，我可以告诉你的是，出乎所有人的意料，水手队这个赛季打得很棒，纽约扬基队只有靠边站的份儿。"

"嗯，"皮勒格叹气道，"但这样的话，任何一个水手队的球迷都会说的。"

"水手队和扬基队的球迷……你开玩笑！扬基队将在比赛的最后几分钟扭转局势，最终赢得比赛。"

"他们不会这样的。"皮勒格叹了口气。

"那明天早上去买一份《纽约时报》。在头版上你会读到美国海军向停在霍尔木兹海峡上的伊朗海军舰队开火的新闻。"

"好啦，斯迪曼！你自己就是《纽约时报》的记者，你不会是想让我相信你可以猜出你就职的那家报纸的明日头条，这样就让我大吃一惊吧？"

"五角大楼将在23:30发出公告；新闻封锁一般是在午夜，而现在离午夜还有一段时间。但是既然你不肯相信我，那么明天，在快中午的时候，一股龙卷风将会横扫佛罗里达州的加德纳镇。可以说几乎整个市中心将彻底从地图上消失。"

"你还记得这些是因为你很迷恋天气预报吗?"

"我记得这些是因为我未来的岳父岳母住在阿卡迪亚,一个离事发地点只有三十多公里的小城。我清楚地记得我的未婚妻是如何忧虑,而且因为这一切发生在我求婚后的两天内,所以我很清楚地记得这个日子。"

"请允许我祝贺你们。还有其他的吗?"

"下午的时候你警队的一位骑警同事将被一辆救护车撞倒。没有性命之忧,但锁骨骨折。不幸的是他的坐骑将接受安乐死。我的未婚妻是兽医,所有纽约骑警的马匹都是由她负责的。因为龙卷风和安乐死,瓦莱丽回家的时候极度焦虑,我很担心她。好了,今晚我已经浪费了你足够多的时间,是时候停止这个不好玩的游戏了。你是我邀请来的,请告诉我你的机票钱是多少,我来付。"

"我可以让你请这顿饭,至于我的旅费,我已经是个成年人了,但还是要谢谢你。"

安德鲁结了账,站起身。

"我刚刚想到一件小事,斯迪曼,假如你可以预言接下来的几个月将发生的事情,那为什么不尝试着避免它们发生呢?"

"因为我不能改变事情发展的轨迹。最近这两天来我试着做过一些小小的改变,但我只能让要发生的事情推迟几个小时而已。"

"那么,就是说在现在的情况下,你为什么又相信自己可以阻止要谋杀你的凶手呢?"

"希望,或者绝望,完全取决于我当前的精神状况。"

安德鲁和警官告别,然后走出餐馆。

皮勒格一人站在桌边,陷入深深的沉思。他看到比赛的结尾,在最后几分钟扬基队果然凭借着一次全垒打,最终赢得了比赛。

11

安德鲁没有等到了办公室才读当天的《纽约时报》。他在街角的报刊亭买了一份，头版上赫然登着弗雷迪·奥尔森在新闻封锁前半小时紧急撰写的针对五角大楼通告的文章。由于伊朗海军的一艘驱逐舰在行驶中过于接近霍尔木兹海峡附近的第六舰队，美国海军的一艘巡洋舰便向其发了一枚警告炮。警告炮没有给驱逐舰造成任何损伤，两国关系却因此日益紧张。

安德鲁希望皮勒格警官也同样读到了这篇文章。在下午早一些的时候，他打电话给瓦莱丽通知还不知情的她，一次F5级的龙卷风已摧毁了一个离她父母家不远的小镇。不过得知这个消息瓦莱丽倒不用为她的父母担心，就算安德鲁有为了让她安心而骗她的动机，但他的确也已经打听清楚了阿卡迪亚平安无事。

考虑到有些事情他还不能告诉瓦莱丽，于是安德鲁又打电话给花店，订下一束牡丹，并在卡片上写下情意绵绵的简短祝福，派人随花束一同送给她。今天晚上，他要好好照顾瓦莱丽。

整个下午剩下的时间都贡献给了调查工作。前一天晚上警官短短的几句话令他陷入了沉思。为什么不尝试改变事情发展的进程呢？

为了避免和奥尔森争执,他只是将争吵推迟了几个小时而已,但是这次他们的争吵更加激烈。

为了在求婚前买好戒指,尽管那时他走进了另一家首饰店,但奇怪的是最终他买到的仍是同一枚戒指。

他真的需要如此步步为营,尽量避免因为此前生活的已知经历而受益吗? 也许在下一次去布宜诺斯艾利斯旅行时,他就能让那个可能提供关键口供的男人哑口无言,无法推托。如果他能够成功地令奥尔蒂斯少校言听计从,说出所有他想知道的情况,那么他的上司一读完他的报道便会将头版的位置留给它,而他也能在新婚的第二天带瓦莱丽去度蜜月了。

如果一切重来? 安德鲁在笔记本上胡乱地写下这么一句话……谁没有想象过这样的可能性呢? 修正自己的错误,重新来过。生命正向他提供第二次机会……

所以你不会去诺维桑多瞎混了,是吗? 内心里一个低沉的声音轻轻地问道。

安德鲁努力将这个想法从脑海中赶走。他整理好东西,准备在瓦莱丽回家之前回去。这时他的电话响了,接线员为他接进一个电话,警察局有一位警官想和他聊聊。

"你真厉害,"皮勒格警官开门见山地说道,"几乎是丝毫不差。"

"几乎?"

"我同事被撞断的不是锁骨,而是腿骨,但这似乎更加麻烦。我不想和你说谎,今天早晨当我读报纸的时候,我的确一度怀疑你是一个高明的骗子。看到电视上播出的关于龙卷风的可怕新闻后,我仍对自己的判断坚信不疑。直到大约一个小时前,我和那位在六区工作的朋友联系上。他帮我做了些调查,向我证实了下午骑警队的一位同事确实被救护车撞倒。靠猜,你不能猜对所有这一切的。"

"是的,的确不可能。"

"我们应该再见一面,斯迪曼先生。"

"明天如何?"

"直接乘电梯下来应该更节省时间,我正在你工作的报社的大厅里,我等你。"

———※———

安德鲁带皮勒格去了万豪酒店酒吧。警官要了一杯苏格兰威士忌,安德鲁不假思索地点了一杯菲奈特-可乐。

"谁会希望你死呢?"皮勒格问,"为什么你听到这个问题笑了?"

"我已经开始列名单,但没有想到会有那么长。"

"我们可以按字母顺序开始,如果这能够帮助你的话。"皮勒格说着拿出一个小笔记本。

"我首先想到的是弗雷迪·奥尔森,办公室的一位同事。我们彼此都看对方不顺眼,尽管出于谨慎,我昨天已经同他和好了。"

"仇恨最是顽固。你知道他为什么恨你吗?"

"工作方面的妒忌吧。最近几个月,我从他手上抢了好几个选题。"

"要是每次有同事挡了你的晋升之路,我们都选择把他做掉,那华尔街早就变成地下墓穴了。但不管怎么说,万事皆有可能。除此之外呢?"

"我收到过三封死亡恐吓信。"

"你真是个古怪的家伙,斯迪曼,你说这话的语气好像就在说收到了几份广告宣传册子……"

"这种情况时有发生。"

安德鲁将他在亚洲进行的调查活动的大致情况告诉了皮勒格。

"你还保留着这些信吗?"

"我已经把它们交给警方了。"

"去取回来,我明天想看看它们。"

"都是些匿名信。"

"在今天没有东西是匿名的。我们总能找到些诸如指纹之类的蛛丝马迹。"

"估计都是我的,还有那些警察的。"

"专业的警官知道如何筛选信息。你还保留着那些信封吗?"

"我想是的,为什么这么问?"

"信封上的邮戳能提供很多信息。这类信件通常写于暴怒的状态下,怒气冲冲的人难免不够谨慎。写信的人可能会在离家不远的地方寄出这些恐吓信件。虽然调查过程会很长,但我们必须找出那些通过这家孤儿院收养孩子的父母,然后核实他们的住址。"

"我倒没有想到这一点。"

"因为就我所知你不是警察。一个办公室同事,三封恐吓信,你告诉我名单会很长,还有谁?"

"眼下我正在进行一项同样微妙的调查活动,是关于阿根廷独裁统治时期某些军人的不当行为的。"

"你专门在调查某些人吗?"

"一位退役的空军少校是我报道的核心。他被怀疑曾参与空军方面的杀人活动,但法庭已经将他的过去洗白。我用他的经历作为报道的主线。"

"这家伙，你已经遇到过他了？"

"是的，但那时我没法儿从他嘴里得到任何东西，我希望下次去阿根廷的时候能够让他亲口承认。"

"要是我相信你荒诞的陈述，你在过去已经完成了这次旅行，是不是这样？"

"是的，没错。"

"我想你无法改变事情的进程？"

"昨晚我还是这样想的，但是现在既然你坐在我面前，既然我们正在进行这次过去没有的谈话，这一切向我证明改变也许不是不可能的。"

皮勒格转动着杯子里的冰块。

"让我们打开天窗说亮话吧，斯迪曼。你已经证明了自己具有某种预言的能力，如果因此毫无保留地相信你的故事，我始终还是有一步不能迈出。关于你的个人经历，还是让我们先采用一个更容易令我接受的版本吧。"

"你说的是哪一个？"

"你告诉我有人要谋杀你，同时也因为我看到你身上确实具有一种未卜先知的直觉，所以我决定助你一臂之力。也算是帮助一下觉得自己身处险境的你吧。"

"如果你觉得这样想可以让事情变得简单的话……回到我们刚刚讨论的话题上，我并不认为这位退役的阿根廷空军少校会追我到纽约来。"

"但他可以派他的手下来对付你。但为什么要选择他作为你报道的主线呢？"

"因为我的主编交给我的材料主要是围绕着这位退役少校的。'只有当报道中涉及的人变成活生生有血有肉、可以指名道姓的某个人之后,他们的故事才会打动读者。否则,就算报道的叙述再翔实,甚至有恐怖至极的细节,它们在读者眼中也只是一连串冷冰冰的日期和事件而已。'我居然复述了她的话! 她确实有理由相信这个人的经历会是展开叙事的一个良好切入口,让读者了解在政府或者狂热的民粹主义的操纵下,普通人是如何变成真正的浑蛋的。随着时间的推移,这会是一个相当有趣的话题,你不觉得吗?"

"你的上司,你从来没有怀疑过她吗?"

"奥利维亚? 毫无疑问,她根本没有理由嫉恨我,我们相处得很好。"

"很好,好到什么程度?"

"你到底想说什么?"

"你很快就要结婚了,是不是? 要我看,你办公室的男同事们是不会妒忌的。"

"你弄错了,我们之间没有任何暧昧。"

"但她呢,她可能和你的看法不一样。"

安德鲁思考着警官提出的问题。

"不,坦白说我觉得不可能。"

"既然你这么说,那么就让我们先排除你的奥利维亚……"

"斯坦恩,奥利维亚·斯坦恩。"

"名字后面最后带 e,还是不带 e?"

"不带。"

"谢谢,"警官在笔记本上写下这个名字,"还有你的未婚妻?"

"什么,我的未婚妻?"

"记者先生,根据我漫长的职业生涯积累的经验,除了有精神病犯下的谋杀罪之外,一般只有两类谋杀,利益杀人和激情杀人。我有三个问题要问你:你欠人钱,或者你曾经是一桩犯罪行为的证人吗?"

"都没有,你的第三个问题是什么?"

"你欺骗过你的妻子吗?"

警官又要了一杯苏格兰威士忌,安德鲁于是将一件可能与谋杀自己的人有关的事情告诉了他……

因为工作繁重,安德鲁已经有好几个月没有开过他的达特桑了。它应该布满灰尘,停在离万豪酒店酒吧不远的停车场的地下三层。电池可能已经没电了,安德鲁估计汽车轮胎的状况也不会太好。

他在午餐的时候约了一位汽车修理员,拜托他将车拖到西蒙的车行去。

就像每次他将车送去西蒙那里时一样,安德鲁知道西蒙必定会责备他没好好照料自己的车。他会提醒安德鲁他的修理员花费了多少时间和精力来修理这辆车,要让他满意是件多么不容易的事情,最后他会总结说这样一辆值得收藏的好车不应该落在不懂得珍惜的人的手上。他会多花一倍的时间来使车子恢复到正常的状态,就像小学老师没收学生的玩具作为惩罚一样,但安德鲁的达特桑在被还回去的时候还是锃光瓦亮得就像新的一样。

安德鲁离开报社，穿过大街。在停车场的入口，他和正埋头看报无暇他顾的门卫打了个招呼。当他沿着扶梯向下走的时候，安德鲁听到背后传来一阵声响，好像正踩着他的脚步声的节奏，很可能是回声。

一盏孤零零的氖管灯发出微弱的光，照亮了地下停车场最下面的一层。安德鲁沿着通道向37号车位走去，这是整个停车场最狭小的一个车位，正好夹在两根柱子之间。在这样的环境下打开车门挤进车内，没有一定的体操基础可办不到，但相应的好处是很少有司机能将车停在这个位置上。

他伸手摸了摸车子的引擎盖，发现他的达特桑比他预计的还脏。他又用脚试了试轮胎的气，看起来车子拖出去的时候应该不会受到什么损伤。拖车应该不会迟到，安德鲁在口袋中摸索着钥匙。他绕过柱子俯身用钥匙开车门时，忽然感到身后有人来了。安德鲁来不及转身，就感觉自己的腰上结结实实地挨了一记棒球棍，他痛得弯下了腰。他随即的反应是侧身避开，面向他的攻击者，但是第二次攻击打在了他的肚子上，他痛得屏住呼吸倒在了地上。

安德鲁蜷缩着倒在地上，几乎无法看清来人的样子，来人用棒球棍抵住他的喉咙，迫使他仰面躺在地上。

如果来人是看上了他的车，那就让他夺走好了，反正它现在也无法发动。安德鲁晃了晃钥匙，那人狠狠地踩在他的手上，钥匙落在了地上。

"钱你尽管拿去，请不要伤害我。"安德鲁一边从上衣口袋里拿出钱包一边哀求道。

棒球棍以惊人的准头一下就把钱包挑到了车道的另一头。

"蠢货！"攻击者叫骂道。

安德鲁心想攻击他的陌生人要么是个疯子，要么就是弄错了目标，把他当成了别人。如果是这样，那最好让他尽快明白现在的情况。

他慢慢移动着身体，终于背靠着汽车的车门。

棒球棍一下子打碎了车窗玻璃，紧接着的第二记呼啸着落在距离安德鲁头顶几厘米的地方，打落了汽车的后视镜。

"停下，"安德鲁大喊道，"我到底哪里得罪了你，浑蛋？"

"你现在才想起这个问题？那我，我曾经得罪过你吗？"

好了，这人毫无疑问是个疯子，惊呆了的安德鲁这样想着。

"是时候该让你付出代价了。"来人边说边再次举起了棒球棍。

"求求你，"安德鲁呻吟着说，"我根本不明白你的意思，我都不认识你，我敢保证你一定是弄错了。"

"我完全清楚自己正在和谁打交道。一个只担心自己前程的无耻之徒，一个从来不为身边人考虑的浑蛋，一个彻彻底底的社会渣滓。"来人的语气越来越有威胁的意味。

安德鲁悄悄地将手伸进上衣口袋，找到自己的手机。他用指尖摸索着，想找出能拨出紧急求救电话的按键，但是他很快意识到在地下三层的停车场他的手机根本收不到任何信号。

"我要打断你的手，打碎你的肩膀，我要彻底摧毁你。"

安德鲁听到自己的心脏猛烈地跳动着，看来这个不可理喻的怪人是不杀死他不罢休了。应该再碰碰运气，但他血管中奔腾的肾上腺素令他的心脏以一种该死的节奏狂跳着。他浑身颤抖，此时的他很可能连站都站不住。

"别一副自命不凡的样子，嗯？"

"请站在我的立场想想吧。"安德鲁回答说。

"你居然有胆子这么说，真奇怪！没错，我很愿意你在我的位置上替我想想。如果你替我想想，我们现在就不会在这里了。"那男人用棒球棍抵住安德鲁的前额，叹了口气。

安德鲁看着棒球棍一点点举到他的头顶，然后猛地落在他的达特桑的车顶上，车顶马上凹了下去。

"你得到了多少好处？两千、五千，还是一万美元？"

"你究竟在说什么？"

"别装无辜了！你是想和我说根本不是钱的问题，你只是为了荣誉而战吗？没错，你的确从事着这世上最美丽的职业，不是吗？"那个男人又用厌恶的语气补充道。

这时忽然传来汽车发动机和离合器的声音，两道灯光刺穿了黑暗。

攻击者迟疑了一下；安德鲁绝望之下，猛地用力站起身扑向来人，想要掐住他的脖子。那人毫不费力地甩开他，狠狠地用拳头击中他的下巴，然后奋力奔向扶梯，差点儿撞上开来的拖车。

汽车修理员下了车，慢慢走近安德鲁。

"发生了什么？"

"我刚刚被人袭击了。"安德鲁揉着脸回答说。

"这么说，我来得正是时候！"

"如果是十分钟之前，那就更好了，但我还是要感谢你，我想你的到来让我避免了一场灾难。"

"我希望你的车子也是，看起来那人似乎把你的车也狠狠地砸了一通。但不管怎么说，被砸的是它总比是你要好。"

"是的，尽管我知道有人不会同意你的看法。"安德鲁望着他的达特桑叹了口气。

"这是自然,我是有备而来的。你的钥匙呢?"修理员问道。

"应该就在地上。"安德鲁一边回答一边用脚摸索着。

"你确定不需要我开车送你去医院吗?"修理员接着问道。

"谢谢你,没什么大损伤,除了我的自尊心。"

借着拖车的灯光,安德鲁在一根柱子旁找到了他的钥匙串,又在离一辆凯迪拉克不远处找到了他的钱包。他把钥匙交给修理员,告诉他自己没法儿和他一起去了。他在拖车收据上潦草地写下西蒙车行的地址,然后交给修理员。

"我需要对对方说什么吗?"

"告诉他我没事,今晚我会给他打电话的。"

"上车吧,我捎你一程到停车场外面,没人知道刚刚那个疯子是不是还在附近游荡;你应该去警察局报案。"

"我没法儿向他们描述那个人的模样,唯一可以说的是那个人比我矮了一头多,当然这并不是我自夸个子高。"

安德鲁在街上和修理员分手后,回到自己的办公室。髋部的疼痛开始减轻,但他始终觉得有一块硬水泥似的东西紧紧地卡住了他的下颌。他完全弄不清那个攻击者的身份,不过他怀疑那人很可能是认错了人,这个想法令他越发紧张。

"你是在什么时候出事的?"皮勒格问道。

"年末假期那段时间,在圣诞和新年之间,那时我一个人在纽约。"

"这人看上去身手敏捷,是吗? 一个有家室做父亲的人,周末常和自己的孩子玩棒球。如果说你收到的匿名信是出自这样一位为了表达愤怒的父亲之手,我丝毫不会惊讶。说起来,你还是描述不清他的长相吗?"

"停车场内光线太暗了。"安德鲁说着移开了视线。

皮勒格把手搭在他的肩膀上。

"我和你说过退休前我在警察局干了多少年吗？三十五年,还要再多一点儿,还是挺久的,不是吗?"

"是的,我可以想象。"

"那么在你看来,在这三十五年的职业生涯中我究竟审问过多少罪犯呢?"

"我知不知道会有关系吗?"

"坦白说吧,连我自己都数不清了,但是我可以告诉你的是,即使在退休后,我还是一眼就可以看出有人在掩饰什么。每当有人花言巧语试图蒙混过关时,他的言行中总有什么东西会泄露他的秘密。"

"什么东西?"

"身体语言从不会说谎。皱眉、脸红（就像你现在的样子）、抿嘴唇,或者目光游移。你的皮鞋上过蜡了?"

安德鲁这才抬起头。

"我在停车场捡到的钱包不是我的,而是那个攻击者的。应该是他在逃跑时落下的。"

"你刚刚为什么不告诉我这件事?"

"我不好意思说自己被一个比我矮一头的家伙放倒了。而且在翻看他的证件时,"安德鲁接着说道,"我发现他是一名老师。"

"这会改变什么?"

"他并不是一个人高马大的粗人。他报复我一定事出有因,应该是我的报道曾经伤害过他。"

"他的身份证件,你还留着吗?"

"就在我办公室的抽屉里。"

"那我们现在就去你的办公室吧,反正只有一街之隔。"

12

皮勒格来找安德鲁的时候是6:30。如果他们想堵住那个名叫约翰·卡佩塔的家伙——纽约大学的神学教授，他们最好赶在他出门上班前到他家门口等着。

出租车将他们放在101大街和阿姆斯特丹大街的交叉口。这批廉租房属于市政府。在826号大楼的二十层，正好可以俯瞰篮球场和有栏杆围着、供孩子们玩耍的小公园。

皮勒格和安德鲁在一张长凳上坐下，正对着大楼的出口处。

来人穿着大衣，胳膊底下夹着一个帆布包，行走的时候佝偻着腰，好像全世界的重量都压在他肩上一样。安德鲁立刻认出这就是卡佩塔，这人的样子他在一张驾照上已看过无数遍，他曾暗自思忖自己究竟曾对这人做过什么，令他大发雷霆。

皮勒格冲安德鲁使了个眼色，安德鲁点点头，表示这正是他们要找的人。

于是两人站起身加快脚步，在来人走到公共汽车站前拦住了他。当他看到安德鲁时，脸色一下子变得苍白。

"你不会反对我们在工作前去喝一杯咖啡吧？"皮勒格的语气

毫无商量的余地。

"我上课要迟到了,"卡佩塔干巴巴地回答道,"让我过去,不然我就要喊救命了,警察局离这里不到一百米。"

"你打算和那些条子说点儿什么?"皮勒格问道,"告诉他们你在几个月前用一根棒球棍袭击了这位先生,砸坏了他的古董车,而这一切只是你在假日期间的小小消遣?"

"放开我!"卡佩塔以轻蔑的眼神看着安德鲁,"你今天算是带着保镖过来报仇吗?"

"谢谢赞美,"皮勒格回击道,"至少,你没有否认我刚刚说的话。我不是这位先生的贴身保镖,只是一个朋友而已。鉴于你们上次见面时阁下的所作所为,我想你没有理由指责他这次找朋友陪伴。"

"我这次来不是想对你以牙还牙、以眼还眼的,卡佩塔先生。"安德鲁打断了他的话。

"你怎么找到我的?"

安德鲁将钱包还给卡佩塔。

"为什么你等了这么久才来找我?"卡佩塔一边说一边收起钱包。

"好啦,现在我们一起去喝一杯咖啡吧。"皮勒格一边在人行道上跺着脚一边提议。

三人走进罗马咖啡馆,在大厅深处找到一张桌子坐下来。

"你们想要什么?"卡佩塔问道。

"一杯淡咖啡。"皮勒格回答说。

"我想知道你为什么要袭击我。"安德鲁接着说。

皮勒格从口袋中掏出他的笔记本和钢笔,然后把它们推到卡佩塔的面前。

"在喝咖啡之前,我希望你可以在这个本子上写下以下字句:'烤牛肉、四公斤土豆、两个红洋葱、一罐50%的奶油、一袋芥末粉、两袋奶酪末儿、一捆芦笋',啊,对了,还有'一份奶酪蛋糕'。"

"我为什么要写下这些?"卡佩塔问道。

"因为我很有礼貌地请求你。"皮勒格说着站起身。

"如果我不愿意呢?"

"说真的,我并不是很想去告诉纽约大学的人事处主任,贵校的教授在圣诞假期做了什么,我想你知道我在说什么!来吧,让我们开始吧!我去点餐,一会儿回来,你要点什么,来杯茶如何?"

安德鲁和卡佩塔惊愕地对望了一眼。卡佩塔接受了皮勒格的要求,当他写下刚刚皮勒格念出的词句时,安德鲁急不可待地向他提出了一个问题。

"我到底对你做过什么,卡佩塔先生?"

"你是在假装不知情,还是你是个白痴?"

"也许两者都有。"

"你家的看门犬刚刚是说一袋还是一罐芥末粉?我不记得了。"

"一袋,我想。"

"你彻底毁了我的生活,"卡佩塔说着又开始继续写,"这样说够了吗?还是说你想知道更多的细节?"

卡佩塔抬起头看着安德鲁。

"你当然是想知道细节了!我有两个孩子,斯迪曼先生,一个七岁的小男孩和一个四岁半的小女孩,山姆和蕾艾。山姆的降生给我妻子带来一些健康上的麻烦。医生告诉我们,我们不能再有其他孩子了。但我们一直希望山姆能有一个小弟弟或是小妹妹。波琳娜，我的妻子，是乌拉圭人。对她来说，孩子就是她的生命。她也是一位老师，主要教授历史，她的学生年纪要小很多。当我们最终确认确实没有希望为山姆多添一个弟弟或妹妹时，我们开始考虑办理领养手续。不用我说你也知道这类程序有多漫长烦琐。一些家庭在实现自己的梦想前不得不等上好多年。我们得知在亚洲某些国家，每年都有数量不少的弃婴。

"这些为数不少的孩子，他们的命运就注定是被送往孤儿院的围墙内，接受有限的教育，去过一种没有多大希望的生活。我是一个虔诚的教徒，我愿意相信我们遭遇的不幸不过是主的安排，目的是希望我们能够睁眼看到他人的不幸，希望我们能成为一个被抛弃的孩子的父母。通过当局的相关部门，我可以向你保证这是世界上最合法的部门，我们最终幸运地完成一切手续实现了我们的梦想。事情就是这样的。我们接受了美国政府部门的调查，然后获准收养这个孩子。我们付给孤儿院五千美元的费用，对我们来说这可不是一笔小数目，但我们终于得到了自山姆出生以来最大的幸福。我们在二〇一〇年五月二日前往当地迎接蕾艾。根据我们收到的文件证明，她那时正好两岁。你可以想象当我们带着蕾艾回去时山姆喜悦的心情。他高兴得快发疯了。在这一年中，我们是世上最幸福的家庭。当然，一开始抚养蕾艾并不容易。她不停地哭泣，害怕一切，但是我们给予她的爱和柔情终于让她在几个月后开口叫了爸爸妈妈，她给了我们一份无与伦比的礼物。你请坐吧，"卡佩塔回头对皮勒格说道，"我可不喜欢你站在我身后。"

"我是不想打断你。"

"但你还是打断我了。"卡佩塔回答说。

"请继续说吧,卡佩塔先生。"安德鲁请求道。

"去年秋天快结束的时候,有一天,我照常乘公共汽车回家,就像每天傍晚一样。我坐在后排的椅子上,和往常一样开始阅读晨报。

"那天晚上,不用我告诉你是哪天,不是吗,斯迪曼先生?我的注意力被一篇关于买卖儿童的报道吸引住了。你的报道相当犀利,斯迪曼先生,尤其是当你写到那些母亲被人夺去她们在世上最珍爱的东西——她们的孩子时那种生无可恋的心情。她们等待死神降临的样子仿佛是在等待一位朋友来访。这是您的原话。我不是轻易动容的人,但是在阅读这篇报道时我泪如雨下,斯迪曼先生,我流着泪叠起报纸,当晚拥吻我的女儿后我也是流着泪入睡的。

"我立即想到她可能也是这些被夺走的孩子中的一员。时间、地点、交给孤儿院的手续费,一切都是吻合的。我清清楚楚地知道这一切,但之后的几周里我更想假装从未读过这篇报道。如果一个人的信仰是真诚的,它便不会允许你有违自己的人格。我们必须在主面前对自己的人格负责,因为那是主在赐予我们生命时一同赐予我们的。有时只是一瞬的游移、软弱、残忍,我们便会永远地丧失自己的尊严。一些信徒害怕死后的地狱深渊,而我,作为神学教授,这种想法只会令我发笑。地狱就在我们身旁,当人们失去作为人的理性时,地狱的大门便在他们的脚下打开。这些想法日日夜夜地折磨着我。我怎能成为同谋,怎能对这一切无动于衷?当我知道在世上的某个地方蕾艾的亲生父母正在绝望地哭喊着她的名字时,我又怎能继续心安理得地听蕾艾叫我们爸爸妈妈?我们只是想将我们所有的爱给予一个被亲生父母抛弃的小姑娘,而不是成为一对窝藏偷来的孩子的父母。

"在负罪感的驱使下，我最终将这一切告诉了我的妻子。波琳娜什么都不想听。蕾艾是她的女儿，当然也是我的女儿。蕾艾已经是我们的孩子了。她在这里可以过上一种更好的生活，接受更好的教育，拥有更好的未来。而在大洋的彼岸，她的亲生父母可能无法满足她的温饱、保证她的健康。我至今还记得我和波琳娜之间的一次激烈争吵。我反驳她的逻辑，按照她的说法，那么世上所有穷人的孩子就都可以随便抢夺！我对她说，她的话毫无道理，她也无权这样想。那时我深深地伤害了她，关于蕾艾的讨论就此彻底结束了。

"就在波琳娜试图将生活扳回正轨时，我开始进行我自己的调查。学校的几位亚洲同事很钦佩我的勇气，他们给予我很多有力的帮助。一封信接着一封信，一个人转向另一个人，最后所有的信息都汇总到我这里。我很快便弄清楚事情的来龙去脉。蕾艾是十五个月大的时候被人从她父母身边带走的。关于这一点你和我一样清楚，二〇〇九年八月，一小队腐败的警察闯入好几个小村子强行带走了一些年幼的孩子。当他们赶到的时候，蕾艾正在家门口玩耍。警察们便在她母亲的面前抢走了这个孩子，她的母亲赶来阻拦，被他们一下子推倒在地。

"我必须感谢一位任教于学校东方语言系的同事，威廉姆·黄，他有一些有力的关系。我将蕾艾的一张照片交给他，他回国归来之后给我带来一个惊人的消息。高层派出的警察已经逮捕了参与这起事件的犯罪分子，他们也找到了蕾艾的亲生父母。他们住在距离那所孤儿院一百五十公里的一个小村庄里。

"去年十二月初，山姆和他母亲一起回乌拉圭探望他的外祖父母。正好就剩下我和蕾艾在家。从我的同事回国之后这件事情的真相便已毋庸置疑，那时我就下定决心要做些什么。我开始安排我一生中最可怕的一件事。

"我妻子和儿子动身之后的第二天，蕾艾便和我乘飞机去了她的出生地。鉴于蕾艾的出生地和我此次旅行的动机，我们毫不费力地拿到了签证。政府高层派出的官员在机场接待了我们，并陪同我们前往蕾艾出生的村庄。

"你无法想象，斯迪曼先生，在这二十五个小时的旅程中我的内心是如何煎熬。许多次我好想直接掉头回去，当蕾艾冲我微笑，当飞机座椅后背的小屏幕播放的动画片让她惊讶不已，当她喊我爸爸，问我现在我们是要去哪儿的时候。飞机降落的时候，我把真相告诉了她。我告诉她我们现在要去她的出生地，我在孩子的目光中看到了惊讶和喜悦交织的神情。

"随后我们便到了她的家乡。那里离纽约很远，街道都是土路，很多石块搭建的房子还没有通电。那里的一切都令蕾艾惊讶，她抓着我的手，高兴得叫喊起来。当我们四岁的时候，我们眼中的世界总是美妙的，不是吗？

"我们敲了一家农户的门，一个男人赶来开门。当他看到蕾艾时，惊讶得说不出话来，我们的目光交会，他立刻明白了我们为什么会出现在那里。他的眼里满含着泪水，我也没有比他好到哪里去。蕾艾打量着他，心里可能在想为什么一个小女孩就能让这位先生哭泣呢。这个男人转过身，喊着他妻子的名字。在我看到他妻子的那一刹那，我最后的一线希望也破灭了。她和蕾艾是那么像。蕾艾简直就是她母亲的一个缩小版。你曾凝视过春天的大自然吗，斯迪曼先生？我们有时竟会怀疑冬天仿佛从未存在过。

这个女人的脸庞是我这一生中所见过的脸庞中最纠结的。她跪在蕾艾面前，浑身颤抖，向孩子伸出手去，生命中最不可摧毁的力量令她们的手紧紧握在一起。蕾艾一点儿都不害怕，一点儿都不犹豫，就向她的母亲迈出了一大步。她把她的小手放在她母亲的脸庞上，抚摸着她的脸颊，好像想认出那个将她带到这个世界上的人的模样。然后她用双手抱住了她母亲的脖子。

"这个女人是如此瘦弱，但她一把将她的女儿从地上抱起，让女儿紧紧地贴着自己的身子。她哭泣着吻着她的孩子。这时她的丈夫也慢慢走过来，张开双臂将她们一同搂进自己的怀里。

"我在那里和他们待了七天，在这七天之中蕾艾有了两个父亲。在这短短的一周中，我慢慢让蕾艾明白现在她已经回到了自己家中，她的生活应该是属于那里的。我向她保证我还会回来看她的，以后有一天她也可以飞越重洋来美国看我们……这是一个虔诚的谎言，但是我实在无法想出别的办法，我已用尽全力。

"我们的向导也是我们的翻译，他明白我的处境，我们两人曾聊过许久。第六天的晚上，当我一个人在黑暗中哭泣的时候，蕾艾的父亲走近我的床边，他邀请我跟他走走。于是我们走出家门，来到外面，天气很冷，他为我披上一条毯子，然后我们坐在房前的台阶上，他将一支烟递给我。我不抽烟，但那个晚上，我接受了。我希望烟草的味道能让我忘却心中的痛苦。第二天，我们和向导商量好下午就走，就在蕾艾睡午觉的时候。我没法儿和她当面说再见。

"午饭之后，我最后一次送她上床睡午觉，我对她说了许多爱意满满的话，告诉她我要去旅行了，告诉她她会很幸福的，告诉她有一天我们还会再见的。她在我怀中睡着了，我最后一次吻了吻她的前额,闻了闻她身上的气味,这气味是我到死都不会忘记的。然后,我就动身离开了。"

约翰·卡佩塔从口袋中掏出一块手帕,擦了擦眼睛,然后将它折好,深深地叹了口气,继续讲他的故事。

"在离开纽约的时候,我曾给波琳娜留下一封长信,在信里我把自己想做的一切都向她坦白了,我对她说由于我们意见不一致,所以我只能一个人去做。我告诉她,随着时间的流逝,我们一定可以通过这次艰难的考验。我请求她的原谅,请求她想想如果我不这样做,会有怎样的未来等待着我们。难道我们就可以看着我们的孩子在不知情的情况下慢慢长大,天天害怕有朝一日东窗事发吗?一个被收养的孩子总有一天会想弄明白自己的身世之谜的。而那些弄不明白的人则会终生受这个问题的折磨。我们对此无能为力,因为这是人类的天性。但是我们又该如何向她解释呢?告诉她我们其实一直知道如何找到她的亲生父母?告诉她我们是导致她骨肉分离的间接帮凶?告诉她我们唯一的理由是因为我们爱她?我们这样做,最后的结果只有一个,就是那时她必然彻底和我们断绝关系,而她再想和她真正的亲人相认已为时太晚。

"我在信里告诉我的妻子,我们收养这个孩子并不是为了等她长大成人后再一次成为孤儿。

"我的妻子非常疼爱我们的女儿,对她视如己出。这种爱意并非出自血缘的联系。那时她们只分离过一次,就是当波琳娜带山姆去乌拉圭的时候。

"您可能会觉得我就这样将她们粗暴地分开,实在是君子不齿的行为。但是,斯迪曼先生,就在蕾艾第一次到我们家的时候,她的口中一直重复着一个词,那时我们以为这只是婴儿口齿不清的呢喃而已。她整天一边望着门，一边哭喊。等我后来向我的同事询问时才明白，她每天哭喊的那个词就是'妈妈'的意思。蕾艾喊了几周她的母亲，而我们根本不明白。

"我们和她一同生活了两年，也许等到她七八岁的时候，或者更小一点儿也有可能，她会将我们彻底从她的记忆中抹去。而我，即使我能活到百岁，我也不会忘记她的面容。直到生命的最后一刻，我仍会记得她的音容，我仍闻得到她圆乎乎脸庞的味道。人们永远不会忘记自己的孩子，即使从严格意义上说她并不是我的孩子。

"等我回到家时，我发现整个公寓都空了。波琳娜只留下了我们的床、餐桌和一把椅子。一件玩具都没有留在山姆的房中。而在餐桌上，就在我留下信请求她原谅的位置上，她用红墨水写下了'永远不会'。

"我不知道他们去了哪里，不知道她是否离开了美国，不知道她是否带着我们的儿子回到了乌拉圭，或者她只是搬到了美国的另一个城市。"

三个男人一时间陷入了沉默。
"你去警察局问过吗？"皮勒格问道。
"问什么？告诉他们我带走了我们的女儿，而我妻子为了报复我带走了我们的儿子？然后请求警察逮捕她？再等警察找到她后，让法官解决我们的问题，并把我们的儿子送去寄养家庭，让他等待关于他未来命运的判决？不，我不会这样做的，每个人都有自己应承受的痛苦。你瞧，斯迪曼先生，绝望有时会转化为怒气。我毁了你的车、我的家庭，还有我的生活。"

"我很抱歉，卡佩塔先生。"

"你现在当然会感到抱歉，因为此刻的你正为我的痛苦而深感同情，但是，到明天早晨，你就会对自己说这又不是你的错，你只是在做你分内的事，你为自己的职业感到骄傲。你的确报道了真相，对此我表示同意，但是我想向你提一个问题，斯迪曼先生。"

"你想问什么就问吧。"

"在你的报道中，你写到有五百个美国家庭，也许甚至可能是一千个美国家庭在完全不知情的情况下卷入这桩案件。在你发表你的报道前，你可曾考虑过这会导致他们陷入怎样不幸的悲剧吗？"

安德鲁垂下了眼睛。

"和我想的一样。"卡佩塔叹了口气。

随后他将刚刚写下的东西交给了皮勒格。

"这就是你要的那个愚蠢的听写结果。"

皮勒格从口袋里掏出那三封恐吓信的复印件——安德鲁已经将它们从报社保卫处取了回来——放在了桌子上。

"字迹不符，"他说，"不是出自同一个人。"

"你在说什么？"卡佩塔问道。

"斯迪曼先生曾收到过三封死亡恐吓信，我想确认你是不是其中一封信的始作俑者。"

"你今天来就是为了这件事？"

"可以算是其中一个原因吧。"

"在停车场的时候，我很想报仇，但是我没有能力完成。"

卡佩塔拿起桌上的信读了起来。

"我永远无法真的杀死某个人。"他边说边放下信纸。

但当他看到第二封信的时候，他的脸色忽然变白了。

"你还保留着这封信的信封吗?"他声音颤抖地问道。

"是啊,为什么这么问?"安德鲁反问道。

"我可以看看它吗?"

"你得先回答我们刚刚提出的第一个问题。"皮勒格插话道。

"我认得这个笔迹,"卡佩塔啜嚅着说,"这是我妻子的笔迹。你还记得信封上的邮戳是外国邮戳吗? 我想一张乌拉圭邮票应该挺显眼的。"

"我明天就去看看。"安德鲁回答说。

"谢谢你,斯迪曼先生。这对我来说太重要了。"

皮勒格和安德鲁站起身向神学教授告别。当三人走向大门时,卡佩塔又叫住了安德鲁:"斯迪曼先生,刚刚我曾对你说我永远没有办法杀死某个人。"

"你现在改变主意了?"皮勒格问道。

"不,但是基于我对波琳娜的了解,我却不能保证她不会这样做。如果我是你的话,我肯定不会将她的威胁视若儿戏的。"

皮勒格和安德鲁走进地铁站。在这个时间点,这是回到报社办公室最快的方法。

"我应该承认你可真有办法赢得别人的同情,我的老朋友。"

"为什么不告诉他你就是警察?"

"如果他知道我是警察的话,他很可能就什么都不说了,他会保持沉默并要求律师在场。相信我吧,让他认为我是你的保镖显然更有利,尽管这个误会并不是一种恭维。"

"可你现在已经退休了,不是吗?"

"是的,没错。你还想怎样,时间又无法倒流。"

"用听写的办法鉴别笔迹,我就没有想到这个办法。"

"你觉得警察的工作是随随便便在一个桌角就能完成的吗,斯迪曼?"

"但你要他写的东西太傻了。"

"我答应了为我提供住宿的朋友们,今晚要为他们下厨。你刚刚说的那些傻乎乎的东西,是我一会儿要用的购物单。这样看就不傻了吧,记者先生? 这位卡佩塔先生现在的思绪太混乱了。你曾考虑过你的报道可能会影响他人的生活吗?"

"你在做警察的漫长职业生涯中从来没有犯过错吗? 你难道就没有为了证实自己的想法,为了百分之百地完成调查,而扰乱过一位无辜者的生活吗?"

"当然是有的。睁一只眼还是闭一只眼,在我的职业中,是日常的两难选择。是将一个犯了点儿小罪的犯人送入监狱让他在里面度过余生,还是假装没看见,直接写完报告了事? 每桩犯罪都是一个特殊的案例。对某些人来说,他们梦想着有一发子弹结束生命,而对另一些人来说,他们渴望有一次重来的机会,但我只是个警察,我不是法官。"

"你经常闭上眼睛假装没有看到吗?"

"你到啦,斯迪曼先生,再说下去你可要坐过站了。"

地铁减慢速度停了下来。安德鲁和警察先生握了握手,然后下了车。

13

　　二十四岁的时候,伊莎贝尔已是一个两岁小女孩的母亲了。她的丈夫,拉斐尔·桑托,年纪只比她大一点儿,他的职业是记者。这对小夫妻住在巴拉卡斯街区一个寒酸的公寓里。伊莎贝尔和拉斐尔是在大学里相识的。和拉斐尔一样,伊莎贝尔学的也是新闻专业;拉斐尔总是对她说自己的文笔比她的要更笃定、更细腻,而她呢,则在描述某个人的外貌时有一种无与伦比的天赋。然而,当他们的女儿出生后,伊莎贝尔却选择放弃她的事业,直到玛利亚·露兹到了能上学的年龄。记者生涯是这对夫妇共同的热情所在,拉斐尔发表每一篇报道前都要念给伊莎贝尔听。每当他们的女儿睡着之后,伊莎贝尔便在厨房餐桌旁坐下来,手里拿着铅笔,修改拉斐尔的稿子。拉斐尔、伊莎贝尔和玛利亚·露兹一家三口过着幸福的生活,美好的未来正在等待着他们。

　　但是震动全国的军事政变毁了他们的计划。

　　拉斐尔失去了工作。过去雇用他的中间派日报《观点》,尽管在涉及新政权时经常采取极为"谨慎"的立场,但还是被取缔了。这件事导致这个家庭陷入了最糟糕的经济危机,但是对伊莎贝尔来说这也不失为一桩好事。此时仍供职于报社的记者多少都对魏地拉将军的政权表示效忠。而伊莎贝尔和拉斐尔,作为左派的庇隆主义[①]者,他们永远不会同意自己的文字出现在诸如《卡比尔多》或者其他还在出版的报刊上。

心灵手巧的拉斐尔很快在街区的一家木工工场找到了新的工作,伊莎贝尔则和她最好的朋友轮流照看孩子,以便腾出时间去理科高中担任学监。

月末的日子总是不那么好过,但是两人的工资合在一起仍可以帮助他们脱离困境,满足他们的小女儿的所有需要。

每天当拉斐尔从工场回来后,一家人用完晚餐,他们便在餐桌边坐下。伊莎贝尔做点儿缝缝补补的工作补贴家用,拉斐尔则记下有关不公正、政府压迫、权力腐败、宗教同谋等种种社会现象,记录下阿根廷人民的忧伤。

每天上午11点,拉斐尔会借口抽烟离开工场。一个骑车的人会停下车问他要一支烟抽。拉斐尔趁着帮他点火的时候,悄悄将前一天晚上写好的文章塞给他。信差将这些违禁文字送去一个破败的工场,那里现在是一处秘密印刷所。拉斐尔就这样为一份抵抗组织秘密出版的地下刊物贡献自己的力量。

拉斐尔和伊莎贝尔梦想着有一天能够离开阿根廷,移居到一个自由的国度。

每当伊莎贝尔气馁的时候,拉斐尔便从衣橱的小抽屉里取出一个红封面的小本子。他计算着他们的存款,倒数着还有多久就可以离开这里。躺在床上的时候,他向伊莎贝尔低声一一细数那

---

① 20世纪40年代阿根廷前总统胡安·庇隆提出了"政治主权、经济独立、社会正义"的口号。

些城市的名字,就像人们在讲述梦境一般,他们就这样双双睡去,拉斐尔总是先睡着的那个。

夏初的一天,在晚餐后,小玛利亚·露兹已经入睡,拉斐尔和伊莎贝尔都比往常更早地结束了当天的工作。伊莎贝尔裸着身子躺在被子下。她的皮肤细腻苍白。拉斐尔担心自己做惯了木匠活的粗糙双手会在抚摸时弄疼她,尽管这肌肤相亲中满是浓情蜜意。

"我喜欢你这双劳动者的手,"伊莎贝尔在她丈夫耳边呢喃着笑道,"告诉它们紧紧地抱住我。"

就在拉斐尔和他的妻子温存之际,有人敲响了他们小公寓的门。

"别动。"拉斐尔抓过床角的衬衣说道。

门外的敲门声越来越急促,拉斐尔害怕这突如其来的变化会惊醒他们的女儿。

当他打开大门时,四个全副武装的男人一把将他按在了地上。

其中一人用膝盖抵住拉斐尔的背,另外一个人抓住了受惊的伊莎贝尔的头发。他将伊莎贝尔推到厨房的墙上,用一块抹布绕住她的脖子,直到她再也叫不出声为止。等她的叫喊声一停止,那人就趁机放开她让她能接上呼吸。第三个男人开始快速地搜查房间。过了一会儿,他回到客厅,一只手抱着玛利亚·露兹,另一只手用刀抵住她的喉咙。

这些男人一言不发地示意拉斐尔和伊莎贝尔穿上衣服,跟他们出去。

他们将这家人带到一辆小卡车上,玛利亚·露兹被安排坐在前座。

卡车快速地穿过城市。尽管卡车的前后被隔开,尽管发动机不住地轰鸣着,但拉斐尔和伊莎贝尔仍能听见他们的女儿一路上不住地呼唤着他们。每次当小玛利亚·露兹喊"妈妈"的时候，伊莎贝尔的哽咽都会变得更不可遏制。拉斐尔握住她的手，想让她平静下来，但是怎样才能安慰一个因听到自己孩子的喊声而痛苦的母亲呢？三十分钟后卡车终于停了下来。车门打开后，他们发现自己来到一处方形广场上。有人毫不留情地将他们拖下车，当拉斐尔想回头看看他的女儿时，头上又重重地挨了一下。伊莎贝尔试图跑回去，其中一个男人猛地抓住她的头发将她拖回来。他们被带到一栋围绕着小广场的房子里。

伊莎贝尔最后一次呼喊她女儿的名字，随后下巴挨了一下，滚下了楼梯。拉斐尔跟着也被人踢下了楼梯。

他们躺在台阶的最下方，一块散发着尿臊味的泥地上。随后伊莎贝尔被关入一间牢房，而拉斐尔则被关入另一间……

"你在做什么？"安德鲁走进客厅问道。

瓦莱丽将她刚刚在读的东西放在面前的茶几上。

"由于对方也是记者，所以这次调查令你非常烦心？"

"好啦，瓦莱丽，这是机密！我可不想在自己家也得把所有东西都锁在抽屉里！请理解我，这是我的工作，我希望你能尊重它。"安德鲁收起茶几上的纸平静地做了个总结。

"伊莎贝尔有权阅读她丈夫写的东西……甚至她还可以帮他出主意。"

"我很抱歉，但请不要让我生气，我不喜欢有人读我的笔记和草稿。"

"'有人'也包括你未来的妻子。'有人'得忍受你出差的几周时间内彻底的孤独和无聊；而当你回来后，'有人'还得理解你其实心在别处，挂念着你的工作；'有人'必须尊重这一切，出于爱你。但是对我来说，如果不能分享你工作的激情，我就无法和你一起生活。"

"你喜欢你刚刚读到的东西吗？"安德鲁问道。

"我害怕知道这个家庭将会遭遇的事情，同时我又妒忌拉斐尔和伊莎贝尔两人可以亲密无间地在厨房餐桌上并肩工作。"

"这只是份草稿而已。"安德鲁咕哝道。

"远不止如此。"

"如果我不再去阿根廷一趟，就永远无法发表他们的故事。这不是一个虚构的故事，你明白吗？那里面的人都是真实存在的，我不能只靠一点点蛛丝马迹就完成我的报道。"

"我明白你必须再回那里一次。这种令你兴奋的激情，也是我爱你的原因之一。我只是希望你不要因此远离我。"

安德鲁在瓦莱丽身边坐下，握住她的手吻了她。

"你说得对，我是一个傻瓜，只要谈到工作就马上不管不顾。对于保密，我总有一种近乎偏执的执着，害怕无法呈现真正的真相，担心自己太片面化、易受人影响、为人所利用。也正是因为这个原因，我才希望在这篇报道登出之后你能明白我平日纠结的原因。但是，我错了，"他说着摇了摇头，"今后，我写到哪里，就会请你读到哪里。"

"然后？"瓦莱丽接着问。

"然后什么？"

"然后你会对我的工作稍稍多一些兴趣？"

"所有与你有关的东西都令我感兴趣，你想要我阅读你每天的工作报告？"

"当然不是，"瓦莱丽笑道，"我想要你来我的诊所，即使只有一次，然后我可以让你看看我每天的工作是什么。"

"你想要我去看骑警的马厩？"

"还有我的办公室、手术室、分析实验室……"

"我想，要是你工作的对象是宠物的话，我会更高兴的……我至今都没有去过你工作的地方，原因只有一个，就是我很害怕马。"

瓦莱丽望着安德鲁笑了。

"你一点儿都不用怕它们。我刚刚读到的文字比最桀骜不驯的马都可怕百倍。"

"不驯到什么程度？"安德鲁问道。

说着他站起身。

"你要去哪里？"瓦莱丽问。

"我去呼吸点儿新鲜空气，我想我们一会儿去外面散散步吧，然后我带你去一个适合浪漫晚餐的地方。"

安德鲁为瓦莱丽披上外套，她回过身问道：

"拉斐尔和伊莎贝尔他们后来怎样了？"

"下次，"安德鲁边说边关上公寓的门，"下次我会告诉你一切的。"

安德鲁在8:30左右来到报社。他经过保卫处，然后在上楼去办公室前到咖啡厅要了一杯咖啡。

安德鲁坐在他的办公桌前，打开电脑，输入密码后开始查找。过了一会儿，他找到一些材料，又摸出一支钢笔。

卡佩塔先生：

您的妻子是从芝加哥寄出恐吓信的，邮票上的邮戳显示是华伦公园对面的邮局。

我对您所遭遇的一切深感抱歉。

真诚地致意。

安德鲁·斯迪曼

另，请您核实一下这个公园的位置，根据我在互联网上看到的图片，这似乎是一个儿童公园……

安德鲁将这张字条塞入一个信封，写下收件人的地址，然后将它放入每日邮差来收的邮件箱内。

回到办公桌旁，他忍不住开始回想卡佩塔临走时所说的话。

"如果我是你的话，我肯定不会将她的威胁视若儿戏的。"

而芝加哥离纽约坐飞机只需要两个小时……

这时他桌上的电话响了起来，接线员告诉他有位访客正在一楼的接待处等他。

安德鲁向电梯走去。在电梯里，一股剧烈的战栗忽然贯穿了他的身体，他感到背部向下的位置传来一阵钝痛。

―✦―

"你的脸色看起来不太好。"皮勒格警官说道。

"是疲劳，我不知道我这是怎么了，我觉得自己快冻僵了。"

"真奇怪，但你正在出汗。"

安德鲁用手抹了一下额头。

"你想要坐一下吗？"皮勒格建议道。

"我们出去走走吧，我想呼吸点儿新鲜空气。"安德鲁回答道。

但是，突如其来的痛苦是如此强烈，安德鲁根本无法迈出一步。他双腿发软，身子向下滑，皮勒格急忙一把抱住他。

等安德鲁恢复神志的时候，他发现自己正躺在大厅的一把长椅上。皮勒格就在他身边。

"你终于缓过来了。你的样子吓坏我了，刚刚你一下子就倒了下来。过去常常会这样吗？"

"不，怎么说呢，之前从来没有过。"

"应该是压力太大了，我的朋友，"皮勒格叹了口气，"我知道我在说什么，当人们发现自己丢了钱包里所有的钞票时也是这样的。心跳加快，出现耳鸣，身子轻飘飘的，没有力气，外部的声音好像越来越远，然后一屁股坐在地上。你的样子就是焦虑过度的症状……"

"也许是吧。"

"你曾和我之外的别的什么人说过你的遭遇吗？"

"你觉得我还能和谁说这一切，有谁会相信我说的话呢？"

"你没有朋友吗？"

"当然有啦。"

"许多无论发生什么事情都可以信赖的朋友？"皮勒格嘲弄地问道。

安德鲁叹了口气。

"好吧，我还是一个孤独的人。西蒙就像我的兄弟一样，一段真诚的友谊总好过许多浮夸的表面上的朋友。"

"两者并不矛盾嘛。你应该和这位西蒙老兄谈谈,告诉他你的故事。现在你还剩八周时间找到那个凶手。"

"谢谢你提醒我。我从早到晚无时无刻不想着这件事。就算我一时间会忘记这件事,我背上那要命的疼痛也不会让我忘记的。"

"时间越是紧迫,你就越需要依赖某个人。"

"这是你告诉我我需要另找他人的方式吗?"

"别这个样子啦,斯迪曼,只是一个建议而已。我没说要扔下你不管,但是我也得回家啊。我也有自己的生活,我有妻子正在家中等我,而且我只是一个退休的警察。我会继续留在纽约调查,直到你动身去阿根廷的那天。之后我们之间还可以靠电话联络,而且我也常常上网。这些年来我一直在用打字机打印报告,所以我的打字速度也挺快的。但不管怎么说,我希望你可以将这件事告诉你的朋友,这是命令。"

"你今天早晨为什么会来找我,是有新的进展了吗?"

"可能怨恨你的嫌疑人名单在昨晚拉长了,但这还不能帮我们解决问题。我会查查卡佩塔夫人这条线索,看看有没有发现。至于你,你最好关注一下你的同事弗雷迪·奥尔森的精神状态。另外我还想多了解一下你的女上司。"

"我已经告诉你了,奥利维亚那条线不对。"

"如果这次的当事人是我,那么我可以告诉你我不会遗漏任何一个人。另外,虽然很遗憾,但是我还是需要指出我的名单上还有其他人。"

"还有谁呢?"

"你的妻子,你在新婚之日就将她抛弃了。"

"可是瓦莱丽连打死一只苍蝇的力气都没有。"

"平日她只是兽医。但事实上为了报复那个深深伤害了她的男人,她很可能会做出出格的事情。你想象不到一个人如果心怀复仇之意,她的行为将会是如何难以预料。而且她平时还整天和警察打交道。"

"所以?"

"如果是我妻子对我起了杀心,那么她的所作所为绝对比侦探小说家所能想到的更有创意。"

"你是在陪我玩,警察先生,还是你是真的相信我?"

"别耍嘴皮子功夫了,斯迪曼,论说我总是说不过你的。跟我来。"

"我们去哪里?"

"去那个谋杀还没发生的案发现场。"

14

"你租的车？"皮勒格示意安德鲁坐上一辆停在报社门口的黑色福特车，安德鲁如是问道。

"是借来的。"

"还有一个警察专用的电台，"安德鲁吸了口气，"这辆车你是从哪里搞来的？"

"系上安全带，盖上副驾驶储物箱的盖子。现在的人还真是什么都相信。要是我是个医生，我就能搞到一辆救护车，这样的回答你满意了吗？"

"我还从没坐过警车。"

皮勒格看了看安德鲁，笑了。

"好啦，我明白了。"皮勒格边说边向储物箱探过去。

他摸出一个旋转警灯，将它搁在车顶，又打开警报器。

"这样你满意了吗？"

"相当满意。"

十分钟后，警官先生将他的福特车停在查尔斯大街和高速公路西侧辅路交叉的十字路口。

安德鲁带着他走上自己平日跑步常去的步道。他们在4号防波堤上停下脚步。

"事情就是在这里发生的,现在只要来到这里我的痛楚就会变得更加强烈。"

"这是心理作用!深呼吸,这会让你感觉好受一些。当你再度想起这个有预兆性的梦时,你能够记起凶手用的凶器是什么吗?"皮勒格环视着四周的环境。

"这不是一个预兆性的梦!"

"好吧,如果我们把时间浪费在争辩这件事上,那么我想这事肯定会再次发生的。"

"有人从我的后面攻击我。当我明白过来到底发生了什么时,就已经倒在血泊里了。"

"这些血是从哪里来的?"

"我咳嗽着从口中还有鼻腔里喷出了血。"

"试着回忆一下,你小腹的位置没有伤口吗?"

"没有,为什么这么问?"

"因为一发子弹在射入人体时造成的伤口远没有子弹离体时的严重。如果有人冲你开枪,你的内脏可能会流到沥青路面上,你不会注意不到的。"

"要是有人在远处用带瞄准镜的狙击枪向我射击呢?"

"这正是我刚刚四下观察的原因。高速公路另一侧的建筑,没有一处的顶部有足够的空间让人能瞄准一个在远处跑步的人。而且你告诉过我你是在七月十日死亡的。"

"九日,怎么了?"

"抬头看看吧,很快道路两侧的树叶便会完全遮住这条步道。所以只有一个可能,你的伤口是由某个跟着你的人从水平方向造成的。"

"但我没有感到腹部有任何疼痛。"

"那么杀死你的凶器就是一种冷兵器,虽然我们还不知道它是什么。深呼吸,你的脸色又开始发白了。"

"这种谈话可不轻松啊。"

"那位西蒙老兄,我们去哪里能找到他?"

"现在这个时候,去他的办公室吧。他在培瑞街有一家古董车修理行。"

"太好了,那儿离这里就几步路,而且我爱死那些古董车了。"

皮勒格走进车库的时候惊讶得目瞪口呆。一辆克莱斯勒、一辆德索托、一辆香槟色的普利茅斯、一辆一九五六年的雷鸟、一辆一九五四年的福特-克雷斯特莱恩以及其他型号的车辆整整齐齐地停在干净的地面上。警官先生径直冲着一辆梅费尔老爷车走去。

"难以置信,"他咕哝着,"我父亲有一辆一模一样的,我已经好久好久没有见过这种车了。"

"因为这款车的产量本身就很少,"西蒙解释道,"而且,它在我这里也不会待很久了,这是一种特别罕见的型号,到下周五它就会找到它的新主人。"

"别骗人了,我们不是来买车的,"安德鲁说着也走过来,"这位先生是和我一起的。"

"你居然也来了!来之前你好歹和我说一声嘛。"

"为什么,我来之前要先给你寄上书信吗?如果你不想我来,那我走好了。"

"当然不是,只是……"

"他讨厌我在他工作的时候过来,"安德鲁转头对皮勒格说道,"当然我们得承认他特别适合干这行,不是吗?这是一种特别罕见的型号,到下周五它就会找到它的新主人……还有什么话是他说不出来的!其实这车压在他手上已经两年多了,去年夏天我们开着它出去度假,结果它还在路上抛了锚,这才是大实话!"

"好啦,行了,我想这位先生已经明白了。你想要点儿什么,我一会儿还有工作要做呢。"

"你们的友谊可真是令人动容。"皮勒格吹了个口哨。

"我们可以去你的办公室谈吗?"安德鲁问道。

"你的样子真奇怪,是遇到了什么麻烦吗?"

安德鲁沉默了。

"是什么样的麻烦?"西蒙锲而不舍地问道。

"还是去你办公室谈比较好。"皮勒格插话道。

西蒙冲安德鲁打了个手势,示意他走后面的楼梯。接着他向皮勒格问道:

"请容我冒昧地问一句,你是哪位?"

"安德鲁的一位朋友,但请不用嫉妒,我们之间不会构成敌对关系的。"

西蒙请两位来客坐在自己对面的扶手椅上,安德鲁将整个故事告诉了他。

西蒙一言不发地听完整个故事,直到一小时后安德鲁告诉他已经讲完,西蒙久久地凝视了他一会儿,然后开始打电话。

"我给一个做医生的朋友打个电话,每年冬天我都和他一同去滑雪,这是一位很热心的全科医生。你可能是肾脏出了问题。我听说如果血糖指数有问题的话,那么身体其他机能也会紊乱的。别担心,不论是什么毛病,我们总能找到……"

"别费力了,"皮勒格一把按住他的听筒说道,"我已经建议过你的朋友去看精神科的医生,但是你的朋友知道自己在说什么。"

"你相信他的故事?"西蒙转身向皮勒格问道,"好吧,漂亮的说服力,好极了。"

"车行老板先生,我不知道你的朋友是否精神有问题,但是我知道如何分辨一个人是否说谎。根据我三十五年来在警察局工作的经验,这世上的确有许多事情是不合常理的。"

"你是警察?"

"我曾经是。"

"好吧,那我也不是什么车行老板,我是一个艺术品商人。来吧,谈谈你遇到过的奇怪事件。"

"在我最近负责调查的一桩案件中,有个男人从病床上绑架了一位陷入昏迷的女士。"

"这倒是挺不寻常的。"西蒙吹了个口哨。

"嫌疑人是一位建筑师,一位该死的绅士。我很快相信他便是罪犯,但问题是还有一些东西不相符,因为我找不到他的犯罪动机。只找到嫌疑犯而找不出犯罪动机,这说明我只完成了警察工作的一半。这个男人,无论从哪个方面看,都没有理由犯下这桩罪行。"

"那你怎么办呢?"

"我盯了他几天梢,几天后我就找到了那个年轻女人。他将那个年轻女人藏在加尔默罗那边一栋废弃的房子里。"

"你当场逮捕了他?"西蒙问道。

"不,他之所以绑架这个女人是为了将她从她的医生和家人手中解救出来。那些人希望能够一次性摆脱她。这个男人告诉我,那女人找到他,来到他家中,请求他的帮助。荒诞得连小说家都不会相信,是吧?但是他说话时的神情十分真诚,而且他的所作所为多少是正确的,因为等我将这个女人送回医院后不久她就清醒了。于是我故意假装遗失了这个案子的档案,如果你们能明白我的意思的话,因为从某个角度看这个男人的行为的确帮助他人脱离了危险。"

"就像你为我所做的那样,是吗?"安德鲁插嘴问道。

"我们因为剐蹭事件一起吃晚饭的时候,我已经把这个故事告诉过你了,所以,你才会一遇到问题就来找我。你那时候一定是想能够相信这么荒唐的故事的人,一定也会相信你,对吧?"

"我错了吗?"安德鲁微笑着问道,"事情难道不是这样的吗?"

"我只是问问而已。"西蒙叹了口气,"你别太认真了。"

"但就我所知,我还没有要你做什么呢。"

"你不是要我相信几周之后就会有人暗杀你,要我相信你对此深信不疑,因为你已经死过一回了……除此之外,是的,你并没有要求我做什么别的事情。好啦,我们一起来理理思绪吧,光听你说我都有些糊涂了。"

"我应该向你承认,第一次听到这个故事时,我的反应和你完全一样。"皮勒格说道,"但同时,我也必须承认,你的朋友有一种不同寻常的天赋。"

"什么天赋?"西蒙反问道。

"告诉你一些还没有发生的事情。"

"没错，就是这样！也许我该去医院检查检查，看来似乎只有我一个人觉得这个故事太不真实了……"

"别说了，西蒙，我本不想来打扰你的，是警察先生坚持要这样做。好吧，我们走吧。"说着他站起身来。

"去哪里？"西蒙拦住了他的去路。

"你，你待在这里，既然你手边有做不完的工作；而我们呢，我们要继续我们的调查，去找出究竟是谁杀死了我，我们必须赶在它发生之前。"

"等一下！我一点儿都不喜欢这样，一点儿都不，"西蒙咕哝道，他在办公室里来来回回地踱着步，"为什么要我一个人待在这儿，而你们两个人却可以去……"

"西蒙，好啦！这可不是在开玩笑，这可是性命攸关的事情。"

"嗯，"西蒙叹着气抓起搁在椅背上的外套，"我能知道你们是要去哪儿吗？"

"我要去一下芝加哥，"皮勒格边说边走出办公室，"只要一有空儿我就会回来。不用送我，我能找到回去的路。"

西蒙走近靠近车库一边的玻璃窗，望着警官先生离开他的车行。

"你真的可以预言接下来几周内发生的事情？"

"只有那些我还记得的事情。"安德鲁回答说。

"我会卖出一辆车吗？"

"一辆庞蒂亚克，七月初。"

"你怎么会记得这种事？"

"因为你为了这件事特地请我吃过晚饭，还鼓励我来着。"

安德鲁犹豫了，他望着他的朋友叹了口气。

"只是一辆庞蒂亚克？世道艰难，生意不好做啊，想想去年，我一个月可是能卖出两辆的！你还有别的好消息要告诉我吗？"

"你会活得比我久，这已经挺不错了，是吧？"

"安德鲁，如果你是在骗我，你现在就告诉我吧，我一定要把奥斯卡最佳男主角奖颁发给你，我真的差不多就要相信你了。"

安德鲁没有回答。

"这有什么关系呢！关键是你自己相信这是真的就好了。我可很少见到你如此不知所措的样子。我们从哪儿开始呢？"

"你觉得瓦莱丽会杀了我吗？"

"如果你真的在新婚之夜抛下了她，那么我倒是很能理解她的复仇之心。或者也可能是她父亲想替女儿报仇。"

"我没把他也算在里面。好吧，现在又多了一个人。"

"你知道，我有个简单的办法也许能帮你解决一切问题。下次你结婚的时候，记得要在婚后的几个月内和瓦莱丽寸步不离，这可以一下子帮你减去两个嫌疑人。"

"这一切都是你的错。"

"为什么说是我的错？"

"如果你没有带我去诺维桑多的话，我就不会……"

"好吧，看你说的，照你刚刚讲的故事，明明那时是你要我陪你去的……"

"我不相信她会杀人，即使是被怒气冲昏了头的时候。"

"你说自己是被刀子杀死的，她可能是用一把外科手术刀那样的东西刺中你，这东西在她平日的工作里随处可见，而且她操作起来肯定也相当精准，不是吗？不是训练有素的人可做不出。"

"别说了，西蒙！"

"我可什么都没有做,是你来找我的!你可以告诉你那位退休的警官朋友,从这一秒钟起,我和他就是敌人了。因为我决定要帮你找出这个凶手!对了,这位警官先生要去芝加哥做什么呢?"

"一会儿路上我和你说。"

西蒙打开抽屉摸出一串钥匙。他带着安德鲁走进车行,指了指那辆梅费尔老爷车。

"我要把这车开去让一位顾客瞧瞧,我和他约在他家楼下看车,我送你一程?至于我这次为什么非去不可,既然你对我说在七月之前我什么都卖不出去……"

"因为你其实并没有完全相信我。"

安德鲁利用路上的时间一一回答了西蒙一个接一个的问题。他们在《纽约时报》的大楼前分了手。

当安德鲁回到办公桌前时,发现自己的电脑上有一张字条。奥利维亚·斯坦恩让他看到字条后尽快去见她。弗雷迪·奥尔森在自己的办公桌后小声地打电话。一般当他故意压低声音打电话时,就意味着他手头有一条他想要留住的头条新闻。安德鲁往后退了退椅子,凑过去听。

"谋杀案发生在什么地方?"弗雷迪·奥尔森向电话那头问道,"我明白了,我明白了,同时又有一把匕首插在后背上,这在纽约可不寻常,所以说是一个连环杀手,你也许很快便能破案。我会继续跟进的,谢谢你。如果我这边有新消息,我也会给你打电话的。再次感谢。"

弗雷迪挂了电话,站起身,估计是去了洗手间。安德鲁一直怀疑弗雷迪是借上洗手间之名去做别的事,或者就是这家伙的确彻底肾虚了。但是考虑到他这位同事充沛的活力，安德鲁怀疑他其实是去吸可卡因了。

弗雷迪一消失在安德鲁的视线里，安德鲁便冲向他的座位翻找他的笔记本。

昨夜有人在中央公园的乌龟塘附近被人用匕首刺伤。袭击者对受害人连刺三刀，然后抛下受害人逃离现场。受害人现正在勒鲁医院接受治疗。信息来自主攻小道消息的《纽约邮报》。在这页纸的下方，奥尔森还草草写下了两个日期和两个地址：一月十三日，141大街和三月十五日，111大街。

"我可以知道你在这里做什么吗？"

一个声音忽然吓了安德鲁一跳。

"就像你看到的那样，我正在工作，虽然这个时候并不是人人都在工作。"

"你在我的办公桌边工作？"

"我刚刚正在想为什么我找不到自己的东西！原来是我弄错了办公桌。"他站起身随口又补充了一句。

"你以为我是个傻瓜吗？"

"这倒是经常的事。不好意思，头儿在等我。还有好好擦擦你的脸，你嘴唇上还留有一点儿白末儿。你刚刚吃了一块华夫饼？"

弗雷迪揉了揉鼻子。

"你这话什么意思？"

"没什么意思……你现在在跟进被车辆轧伤的小狗的新闻吗？"

"你到底在说什么？"

"在你的笔记本上的这几个日期和地址，这难道不是小狗们被公共汽车轧倒的时间和地点吗？你知道我女朋友是兽医，如果你在调查中需要帮助的话……"

"有个读者注意到最近在纽约发生的三起凶杀案，他相信这是一个连环杀手所为。"

"你同意他的看法？"

"在一个有八百万居民的城市里，五个月内发生了三起相似的事件，数据的确没有什么说服力，但是奥利维亚指派我继续跟进调查。"

"好了，那我就放心了。不好意思，我现在要走了，和你的谈话很愉快，但头儿还在等我。"

安德鲁转了半圈，然后向奥利维亚·斯坦恩的办公室走去。她示意安德鲁进去。

"你的调查进展得如何了？"她一边继续敲击着电脑键盘一边问道。

"我的线人又给我寄来了一些新消息，"安德鲁撒了个谎，"我约了好几个知情人了解情况，还有一条有用的线索可能会让我必须离开这里去布宜诺斯艾利斯待一阵子。"

"什么线索？"

安德鲁假装在大脑中搜索了一下，自从他回到过去后，他就没花什么心思在调查上，显然他自己的命运更为要紧。为了满足上司的好奇心，他动用了自己的记忆，一段关于他在这个时空还未开始旅行的记忆。

"奥尔蒂斯会去山脚的一个村庄待一阵子，那里离科尔多瓦不远。"

"所以说？"

"我到了那里应该就能把事情搞清楚。两周之内我肯定会动身的。"

"我已经告诉过你,我想要具体的证据、文件以及近期的照片。我不想只要一些模棱两可的人证,或者至少这些人证得有不容置疑的人格保证。"

"你每次和我这样说的时候,总让我觉得自己好像是个业余记者。这可真让人恼火。"

"你的样子真奇怪,安德鲁,而且……"

"请相信我,我有我的道理。"他边说边站起身。

"我已经为你的报道投入了大笔的资金,希望你不要让我失望,我们没有犯错的权利,不论是我还是你。"

"真是疯了,这种警告我最近听得太多了。对了,你是不是还让奥尔森去调查一桩连环杀手的案子?"

"没有,怎么了?"

"没什么。"安德鲁说着走出了奥利维亚·斯坦恩的办公室。

安德鲁在自己的电脑前坐下。他在电脑上找出一张曼哈顿地图,开始寻找奥尔森笔记本上记下的地址。前两次谋杀行为发生在一个公园附近,一月十三日的141大街和三月十五日的111大街,最后一次是在79大街上。如果是同一个凶手犯案,最后一次的行动就说明凶手开始从曼哈顿岛的北部向南部转移。安德鲁很快联想到让他自己陷入现在这种地狱般局面的谋杀。他于是查到前几位受害人的信息,抓起外套就冲出了办公室。

走到走廊时,他透过格子窗的玻璃看了一眼下面的街道,有个细节吸引了他的注意。他拿出手机,拨了一个号码。

"我可以知道你在我报社对面的一棵绿色植物背后做什么吗?"

"你怎么知道的?"西蒙问道。

"因为我看到你了,笨蛋。"

"你认出我了?"

"雨衣和帽子又是做什么的?"

"用来乔装打扮的装备。"

"太明显了! 你到底在搞什么?"

"什么都没有,我只是在监视你的同事奥尔森的一举一动。等他离开报社,我就会跟踪他。"

"你疯了!"

"那你还想让我怎么样? 现在我已经知道在接下来的两个月内自己卖不掉一辆车,那我为什么还要浪费时间待在我的车行里,更何况这个时候正有人想要谋害你的性命! 对了,小点儿声说话,不然我会被人发现的。"

"没有我,你也会被人发现的。留在原地等我,我这就来找你,记得从这株植物后面出来!"

安德鲁在人行道上找到西蒙,然后拖着他离开了《纽约时报》报社的大门。

"你的打扮好像菲利普·马洛,你的样子太可笑了。"

"这件雨衣可价值不菲,它是巴宝莉的正品。"

"它简直是金光四射呢,西蒙。"

"你以为自己是上帝的化身吗? 是不是还打算给我好好上一课,因为我居然胆敢装扮成私家侦探?"

安德鲁拦下一辆出租车,请西蒙先上车,然后告诉司机他们要去公园大道和77大街的交叉路口。

十分钟后,出租车停在了勒鲁医院急诊病房的门口。

西蒙抢先下了车，径直向前台走去。

"你好，"他向护士打听道，"我们来是想帮我的朋友……"

安德鲁急忙一把抓住他的胳膊，将他拉开。

"我又做了什么？你不是想来看心理医生吗？"

"西蒙，要不你就正常一些，要不你立马走人，明白吗？"

"我以为你终于醒悟过来肯做个正确的决定了。如果说我们来这里不是为了你，那是为了什么？"

"有个家伙也被人从后背捅了一刀。我想从他那里问点儿料。你要想办法帮我悄悄溜进他的病房。"

西蒙的脸上流露出掩饰不住的喜悦，能够参与这样一项行动无疑令他心花怒放。

"那我应该怎么做？"

"再去前台找刚刚那个护士，告诉他你是某位杰里·莫肯兹先生的兄弟，你是来探望病人的。"

"放心吧，没问题。"

"但先给我脱掉你那件傻乎乎的雨衣！"

"别这样，不然就骗不了别人啦！"西蒙的回答渐渐远去。

五分钟后，西蒙再次找到安德鲁，他正在候诊大厅的长凳上坐着。

"怎么说？"

"720号病房，但探视时间要从下午1点开始，我们现在还不能进去，而且还有个警察站在门外。"

"所以说彻底没戏了。"安德鲁愤怒地咆哮起来。

"除非我们能弄到一个工牌，就像这个一样！"

"你是从哪儿搞来这个东西的？"

"我向护士小姐出示了我的身份证件,告诉她我是这位倒霉的杰里的兄弟,我们同母异父,虽然母亲有时候会用别名,我这次是从西雅图赶过来的,我是他唯一的家人。"

"然后她就相信了?"

"看起来是的,而且有了这件雨衣,我的可信度就更高了,西雅图一年四季三百六十五天都下雨。我还问了她的电话号码,邀请她一会儿共进午餐。反正我现在也是一个人。"

"她给你了?"

"没有,但是她的表情看起来很受用,而且她还给了我另一个工牌……给我的司机。"西蒙说着又掏出一个贴在安德鲁的外衣上,"我们走吧,詹姆士?"

电梯驶上七楼,西蒙将手搭在安德鲁的肩膀上。

"来吧,说出来吧,你不会有什么损失的,可以试试看。"

"说什么?"

"谢谢你,西蒙。"

安德鲁和西蒙在进入病房前接受了警察的例行检查。

安德鲁靠近那个似乎沉睡着的病人。那个人忽然间睁开了眼睛。

"你们不是医生,是吗? 你们来这里做什么?"

"我是记者,我对你没有恶意。"

"去和政治家说你们的鬼话吧……"那人坐起身做了个鬼脸,"我没什么好对你说的。"

"但我现在不是在工作。"安德鲁说着继续向病床靠近。

"立刻从这里滚出去,不然我就叫人了!"

"和你一样,我也曾被人用匕首刺伤,而且还有另外两名受害人也在差不多类似的情况下被人刺伤了。我在想袭击我们的人是不是同一个人。我只是想问问你是不是还记得关于他的一些细节,例如,他长什么样子? 他是用什么东西刺伤你的?"

"我是被人从背后袭击的,你是傻还是怎么的!"

"所以你什么都没有看到?"

"我听到身后有脚步声。那时候我和同伴刚刚从公园里走出来,我感到有人在靠近。我的运气真好,再往上一厘米这个浑蛋就会刺中我的动脉。那样的话我还没有被送到医院,血就流尽了。而且医生们也和我说,如果医院不是在附近的话,估计他们也回天乏术。"

"我就没有那么好的运气。"安德鲁叹了口气。

"你看起来气色不是挺好的嘛。"

安德鲁脸红了,他看到西蒙翻了个白眼。

"你立即就失去了意识,是吗?"

"差不多算是吧,我觉得自己看到袭击我的凶手绕过我逃离了现场,但是我的视线已经模糊,我完全无法描述他的长相。那时候我正赶着去见一个客户,那人从我这里抢走了价值一万美元的货物。这是我五年来第三次被人袭击,经历这次事件之后我一定要去申请一个持枪许可证,让我可以在自己的珠宝店附近二十米内持枪。对了,记者先生,那人从你那里抢走了什么?"

就在安德鲁与西蒙到达勒鲁医院的时候,弗雷迪·奥尔森开始在他同事的办公桌上翻找,他想找到安德鲁电脑的密码。

"我们现在做什么?"西蒙走出医院后站在人行道上问道。

"我去看瓦莱丽。"

"你需要我陪你吗?"

安德鲁沉默了。

"我明白的。我晚点儿给你打电话。"

"西蒙,答应我不要再去报社了。"

"这可得由我自己决定。"

西蒙跑着穿过街道,然后跳上一辆出租车。

安德鲁向前台登记了自己的姓名。警卫打通电话后给他指了路。

瓦莱丽上班的地方和安德鲁之前所想象的完全不同。

他走进一道环形长廊,在庭院的尽头矗立着一栋现代化的长条形建筑,这让安德鲁大吃一惊。第一层是马厩,正中的大门通过一条长长的走廊通向兽医办公室。

瓦莱丽在手术室里。她的一个助手请安德鲁先在休息室等候一下。当安德鲁走进休息室的时候,一个警官忽然惊讶地站起身来。

"手术还顺利吗,您是有消息要告诉我吗?"

安德鲁也吃了一惊。这个虎背熊腰的男人，要是放在平日他要安德鲁招认什么，安德鲁立马都会招认，只希望不要惹怒这人，但是现在他的模样看上去十分沮丧。

"不，还没有消息，"安德鲁说着坐了下来，"但请不要担心，瓦莱丽是纽约最好的兽医。您的警犬不可能受到比这更好的治疗了。"

"这不仅仅是一条警犬，你知道，"男人叹了口气，"它是我的同事，也是我最好的伙伴。"

"它是什么品种？"安德鲁问道。

"是一条寻物猎犬。"

"那我最好的朋友和它倒也应该是挺像的。"

"你也有一条寻物猎犬？"

"不，我的朋友品种不是特别纯正，但更聪明。"

瓦莱丽走进休息室，惊讶地发现安德鲁也在这里。她告诉那位警官现在可以去恢复病房看他的警犬了，手术进行得非常顺利。从现在开始再过几周，只要再稍加训练，它就可以继续执勤。警官听完这些，刚刚忧虑的神情一扫而光。

"这真是个令人惊喜的意外。"

"它怎么了？"安德鲁问道。

"腹部中枪。"

"它能因此得到一枚勋章吗？"

"别开玩笑了，这条警犬扑到凶手和受害人之间，我想换作是人也不会有这样的勇气。"

"我没有开玩笑，"安德鲁似乎陷入了沉思，"你不带我四处看看吗？"

休息室气氛凝重,光线明亮。墙上刷着石灰,两扇大窗户冲着院子敞开,一块玻璃板搁在两个旧支架上,那就是瓦莱丽的办公桌,一台电脑、两罐铅笔,还有一把温莎式的椅子,应该是瓦莱丽从旧货商人那里淘来的。文件堆在她身后的一个柜子上。安德鲁看了看放在一件金属小家具上的照片。

"这是科莱特和我,那时我们还在读大学。"

"她也是兽医?"

"不是,她是麻醉师。"

"对了,你父母,"安德鲁说着俯身去看另一个相框,"你父亲一点儿都没有变,或者应该说这么多年过去了始终没有太大变化。"

"不论是生理还是心理,唉。他总是认为自己比世界上的其他人知道得更多更对。"

"我们小时候他似乎不是很喜欢我。"

"他讨厌我所有的男朋友。"

"你那时候有过许多男朋友?"

"有一些吧……"

瓦莱丽用手指了指另一个相框。

"看这个。"她微笑着说道。

"该死,这是我?"

"那时候我们还管你叫本。"

"你是在哪里找到这张照片的?"

"我一直都留着它。它是我离家时带走的不多的几样东西之一。"

"你一直留着我的照片?"

"至少你属于我少年时代的一部分,本·斯迪曼。"

148

"我很感动,我想不到你愿意带着我一同离开,即使那个我只是在一张照片上。"

"就算那时候我提议你和我一起走,你也不会答应的,不是吗?"

"我不懂。"

"你一直梦想成为一名记者。你一个人创办了学校的报纸,定期在一个小本子上系统地记下学校发生的事情。我还记得你希望能够采访我父亲,让他谈谈自己的工作,而他却让你一边凉快去。"

"这些我都忘了。"

"我要告诉你一个秘密,"瓦莱丽说着靠过来,"当你还叫本的时候,你爱我要多于我爱你。但是,每晚当我看着你入睡时,我又觉得是反过来的。有时,我对自己说这不会行得通的,我不是你想要的妻子,我们也不会结婚的,你最后必然会离开我。你不会知道这些想法令我多么难过。"

安德鲁向瓦莱丽迈近了一步,然后将她拥入怀中。

"你错了,你就是我一直梦寐以求的妻子,你比我的记者梦更加重要。如果你觉得我这段时间是在等你主动离开我……"

"那你有保留我的一张照片吗,安德鲁?"

"没有,你离开的时候没有留下地址,我那时是那么生气。但是你的模样一直镌刻在我的记忆中,"安德鲁说着指了指自己的额头,"它无时无刻不陪伴着我。你无法想象我是多么强烈地爱着你。"

瓦莱丽让安德鲁走进手术室。安德鲁看着沾满血污的纱布,忍不住一阵恶心。他走近一辆推车,望着上面的外科手术器械,其中各种尺寸都有。

"这些工具特别锋利,是吗?"

"就和解剖刀一样锋利。"瓦莱丽回答说。

安德鲁弯腰去看最长的那把,用手指去拿它。他隔着袖子抓住它,掂量了一下它的重量。

"小心,别割伤自己。"瓦莱丽一边说一边从他手上轻巧地接过这把刀。

安德鲁注意到她操作这把器械时动作十分娴熟。她用食指和中指将它转了一圈,然后放回原处。

"跟我来,这些器械还没有消毒。"

瓦莱丽引着安德鲁走向墙边的洗手池,墙面上铺着瓷砖。她用手肘打开水龙头,按了按肥皂盒,然后用她的双手洗干净安德鲁的手。

"外科手术真是性感。"安德鲁在瓦莱丽耳边私语道。

"要看有谁在场。"瓦莱丽回答说。

她用双手搂住安德鲁,给了他一个吻。

和一群警察一同坐在咖啡厅的桌边时,安德鲁又一次想到了皮勒格警官,他一直在等皮勒格那边的消息。

"你有心事?"瓦莱丽问道。

"不,是周围的气氛。我还不太习惯坐在那么多穿制服的人中间吃饭。"

"很快就会习惯的,而且如果你没有做过什么亏心事,那么这里比纽约的任何地方都安全。"

"只要我们不去看你的小马们……"

"我本来打算等你喝完咖啡,我们就去马厩呢。"

"不行,我该回去上班了。"

"真是个胆小鬼!"

"如果你真的想的话,那就下次吧。"

瓦莱丽望着安德鲁。

"为什么你今天会来这里,安德鲁?"

"为了和你喝一杯咖啡,参观一下你工作的地方。你曾经和我提过这件事,而我也很想来这里看看你。"

"你穿过整个城市确实只是为了要让我高兴?"

"也为了能让你在一辆放满手术器械的推车旁吻我……这是我浪漫的一面。"

瓦莱丽陪着安德鲁去打车。在车门关上前,他忽然回过头来。

"事实上,你父亲之前是做什么行业的?"

"他是制造厂的工业设计师。"

"工厂主要生产什么?"

"制衣材料、样片、裁缝剪刀、各种型号的缝衣针、毛衣针,那时候你说这是女人做的工作,还狠狠地嘲笑了他一番。为什么忽然问起这个?"

"没什么。"

他吻了吻瓦莱丽,答应她自己会按时回家,然后关上了出租车的车门。

15

……两个男人将拉斐尔从牢房内拉出来。一人用力抓住他的头发,另一人用一根牛筋绳抽打他的脚踝,使他无法站立。拉斐尔头痛欲裂,感觉自己的头皮都快被扯下来了。每走一步他都希望自己能够站起身,但是在抽打之下他的双膝还是忍不住跪下来。直到他们来到一扇铁门前,施刑者才住手。

门后是一个方形的大房间,没有窗户。

墙上满是一道道暗红色的血迹,泥地上散发着干涸的血和粪便的气味——一种令人不能忍受的呛人的气味。两个光秃秃的灯泡从天花板上垂下来。

房间里的光线亮得晃眼,不然就是因为牢房的昏暗和这里形成了强烈的对比。整整两天没有一个人给过他任何食物或水。

有人脱去他的衬衣、长裤和内裤,随后强迫他坐在一张用水泥浇筑在地上的铁椅子上。椅子的扶手上有两条皮带,椅脚处也有两条。当他们鞭打拉斐尔的时候,皮带将他的皮肤割出一道道口子。

此时一个佩戴将军军衔的人走进来。他身着笔挺的制服,在一张桌子旁坐下,用手擦了擦桌上的灰尘,然后放下他的帽子。他站起身,沉默着走近拉斐尔,冲他的下颌狠狠击了一下。拉斐尔感到自己的血从嘴角流了下来。但他没有发出一声呻吟，他的舌头因为口渴而紧紧地贴着上颚。

"安东尼奥……（又是一拳打在他的鼻子上），阿尔封索……（又一拳打在下巴上），罗伯特……（第三拳差点儿打裂他的眉骨）……桑泽，你知道我的名字吗，还是你想要我再告诉你一遍？"

拉斐尔失去了意识，有人将一桶散发着恶臭的水泼在他脸上。

"说我叫什么名字，浑蛋！"将军命令道。

"安东尼奥·阿尔封索·罗伯特，婊子养的。"拉斐尔口齿不清地说道。

将军举起胳膊，但又停住了手，他微笑着示意两个手下好好拷问这个不识趣的异见分子。

有人将铜板捆在他上身和大腿上，然后将剥去外皮的电线缠上他的脚踝、手腕和睾丸。

第一次通电激得他的身子一下子往前冲了冲，拉斐尔立刻明白了为什么椅子是被固定在地上的。好像有上千枚小针在他皮肤下的血管内乱扎着。

"安东尼奥·阿尔封索·罗伯特·桑泽！"将军用无动于衷的嗓音重复道。

每次拉斐尔失去知觉时，都有一桶恶臭的水将他拉回自己正在受刑的现实。

"安特……阿尔封索……罗伯……昂泽。"他在第六次被电击后喃喃说道。

"这些人自称是知识分子，但他们其实连正确地念个名字都不会。"将军冷笑道。

他抬起拉斐尔的下巴，重重地给了他一记耳光。

此时拉斐尔的脑海中只有伊莎贝尔,只有玛利亚·露兹,只有绝不求饶、绝不有损自己的荣誉。

"你们那该死的印刷厂在哪里?"将军又问道。

一听到这个名词,伤痕累累、面庞肿胀的拉斐尔的思绪立刻飞向了那个有着蓝色墙壁的地方。他闻到纸张、墨水以及他的朋友们用来擦拭油墨印刷机的工业酒精的味道。这段气味的回忆令他恢复了部分思考的能力。

又是一次新的电击,拉斐尔开始抽搐,他的括约肌放松了。带血的尿液沿着大腿淌了下来。他的眼睛、他的舌头、他的生殖器官现在像被火炭烧着一样疼。他又一次失去了意识。

将军身边的医生走过来听了听拉斐尔的心跳,又翻开他的眼皮看了看,然后宣布,如果他们还想留着拉斐尔的性命,那么今天就应该到此为止。安东尼奥·阿尔封索·罗伯特·桑泽将军坚持要留他的囚犯一条性命,如果他想杀拉斐尔的话,那么只要一颗子弹就可以了。但是与死亡相比,将军显然更想让他遭受痛苦,以此来惩罚拉斐尔的背叛行为。

当那些人拖着拉斐尔回到牢房时,他慢慢地恢复了意识。他听到走廊另一头的桑泽将军喊道"把他的妻子给我带来",这是拉斐尔今天所经受的最残酷的折磨。

伊莎贝尔和拉斐尔在集中营待了两个月。他们的眼皮被胶带粘住以防止他们睡着,当他们陷入昏迷时,就会有人对他们拳打脚踢将他们弄醒。

两个月来,伊莎贝尔和拉斐尔从未在通往审讯室的走廊上相遇过,他们感觉自己渐渐远离了人性的世界。在这些无边无际的白天与黑夜里,他们深深地陷入黑暗的深渊,即使是最狂热的信徒也无法想象的深渊。

然而，每当桑泽将军命人将他们带去审讯室拷问时，他总是不断强调他们的背叛，他说他们背叛了祖国，也背叛了上帝。每当提到上帝的名字时，他下手总是特别重。

将军让人挖去了伊莎贝尔的眼睛，但她的心中始终有一缕光线照亮。那是玛利亚·露兹的目光。有时她也想不如就这样忘记自己女儿的面容算了，这样她就能安心走向死亡。只有死亡能够让她解脱，只有死亡才能还给她作为人的尊严。

有天晚上桑泽将军厌倦了日复一日的审讯，他命人割下拉斐尔的生殖器官。他的手下用一把剪刀将它割下，然后医生对伤口进行了处理。可不能就这样让拉斐尔流血而死，这样就太便宜他了。

在他们被抓捕的第二个月，就有人用橡皮膏撕掉了他们的眼皮。每当将军想起他的囚犯们时，他们就会被折磨得更加不成人形。现在伊莎贝尔的样子已经完全不能被认出来了。她的脸庞和胸口的很多地方都有被烟头烫伤的痕迹，将军将烟头在她的皮肤上摁灭。（他每天要抽两包烟。）她的肠胃因为电击已经很难消化每天他们强迫她吞下的汤。她的鼻子也已经闻不出囚室中粪便的气味。尽管伊莎贝尔现在已经沦入动物的状态，但在黑暗中玛利亚·露兹的脸庞一直支撑着她，她不知疲倦地呼唤着她的小名。

一天早晨，将军再也找不到任何工作的乐趣。不论是拉斐尔还是伊莎贝尔，没有人肯吐露印刷厂的地址。他厌倦了，其实自从他接手这个工作的第一天起他就厌倦了。一位像他这样等级的将军显然还有更重要的任务要完成，而不是仅仅去追踪一台印刷机的下落。他厌恶地望着他的囚犯们，高兴地看到事情终于快要结束了。他已经完成了自己的任务，打垮了那两个背叛祖国的不法分子，他们胆敢拒绝服从唯一能够帮助阿根廷实现伟大复兴的政权。桑泽将军是一个虔诚的爱国主义者，上帝会认可他的工作的。

太阳落山的时候，医生走进伊莎贝尔的牢房。最讽刺的是，在给她打麻醉针前，他还是用蘸了医用酒精的药棉擦了擦她的手臂来消毒。麻醉针剂让伊莎贝尔昏睡过去，却没有杀死她。这只是开始。接下来轮到拉斐尔在走廊尽头的另一个牢房里接受同样的待遇。

夜晚来临。他们被搬上一辆开往布宜诺斯艾利斯郊区的秘密机场的卡车。一辆双发动机的军用飞机正在等着他们。失去意识的伊莎贝尔和拉斐尔在四个士兵的守卫下和其他二十多名犯人一同被抬进机舱。驾驶员按照命令向河流方向飞行，目标是东南方向的崖脚处，飞机飞得很低。飞机的航线绝不能靠近乌拉圭方向的山脉。在入海口的上空，飞机又掉转头飞回它的起点。这是一项每日的例行工作。

奥尔蒂斯指挥官严格按照指令执行计划。飞机在阿根廷的天空下慢慢飞高，越过拉普拉塔河，然后在一个小时后到达终点。

这时，士兵们打开机舱门，只需几分钟便可将失去意识但仍活着的十个男人和十个女人扔进大海。发动机的轰鸣声掩盖了这些人被扔进水里的声音。大批鲨鱼已经习惯了在这片混浊的海域里游荡，它们在等待每天这个时刻准时从天而降的美食。

伊莎贝尔和拉斐尔在生命中的最后几个小时里就这样并排躺着，但他们再也没有机会看对方一眼。当飞机回到机场后，他们永远地加入了阿根廷专制时期三万失踪者的行列……

瓦莱丽放下笔记走向窗边，她忽然感到自己必须呼吸一些新鲜空气，她已经快说不出话来了。

安德鲁从背后紧紧抱住了她。

"是你想读下去的，我和你说过最好还是不要再看了。"

"玛利亚·露兹后来怎么样了？"瓦莱丽问道。

"他们不杀孩子，但他们会把这些孩子交给权贵家庭的亲戚或者朋友抚养。体制为他们编造出一整套新的身份，帮他们冠上养父母的姓名。拉斐尔和伊莎贝尔被绑架时，玛利亚·露兹只有两岁大，但那时还有许多女人在被捕时是怀有身孕的。"

"这些浑蛋也会折磨怀孕的女人？"

"是的，他们会留着怀孕的女人直到孩子出生，然后再将新生儿抢走。军队的目的是通过将孩子交给会向他们灌输符合专制体制价值观的父母，以挽救这些无辜的灵魂。他们假借天主教慈善的名义行事，教会尽管知情但仍在其中扮演了帮凶的角色。等到分娩前的最后几个月，这些未来的母亲会被送入设立在集中营中的产房。等她们的孩子一出生，马上就有人将他们从自己的母亲身边带走……可以想象接下来等待着这些母亲的命运。这些孩子中的大部分人现在已经成年，但他们并不知道自己的亲生父母在被折磨囚禁后又被活活扔进了大海。这也很可能是玛利亚·露兹现在的情况。"

瓦莱丽转过身面向安德鲁。安德鲁从未见过她如此慌乱又愤怒，瓦莱丽的眼神几乎令他害怕。

"告诉我那些没有死去的刽子手今天已被绳之以法，他们会在监狱里度过他们的余生。"

"我也很想这样告诉你。但是由于后来阿根廷颁布了大赦法律，这些罪人最后都被无罪释放了。而等到该法律被取缔时，这些人中的大部分早就想方设法将自己洗白或者完全换了个身份。在这方面，他们并不缺乏经验和政府的政策支持。"

"你会再回到那里，完成你的调查，你会带着这个奥尔蒂斯和其他浑蛋一同回来的。向我发誓！"

"这正是我接受这次调查的目的。你现在明白了为什么我在工作时会有这样的热情了吧？你现在不再怨我冷落你了？"安德鲁问道。

"我想要把他们都撕成碎片。"

"我明白，我的心情也是一样的，但现在请冷静一些吧。"

"面对这样的人渣，你无法想象我能做出什么事来。"

"然后你就可以在监狱中度过余生……真是明智。"

"相信我，我知道怎么做才可以不留下任何痕迹。"瓦莱丽面不改色地说道。

安德鲁望着她，然后用力地紧紧抱住了她。

"想不到这个故事会令你如此激动，也许还是不让你知道的好。"

"我从未读过如此令人义愤填膺的故事，我真想和你一同亲手抓住这些怪物。"

"我不知道这是不是个好主意。"

"为什么？"瓦莱丽生气了。

"因为就像你说的，这些怪物中的大部分还活着，虽然许多年过去了，但是他们的力量并未削弱。"

"而你，你还害怕小马呢……"

———— ∽∽∽ ————

第二天早晨，安德鲁从家中出来的时候惊讶地发现西蒙正在楼下等他。

"你有时间和我喝一杯咖啡吗?"他问道。

"早上好,但是……"

"跟我来。"他的朋友说道,面色比以往更加凝重。

他们沿着查尔斯大街向北走,西蒙一言不发。

"怎么了?"走进一家星巴克时,安德鲁也焦虑起来。

"去买两杯咖啡,我来看着这个位置。"西蒙在一张靠窗的桌子边坐下。

"遵命!"

安德鲁排队时目光从未离开过西蒙,西蒙的态度让他吃惊。

"一杯摩卡是我的,一杯卡布奇诺给王子殿下。"几分钟后他回到西蒙身边。

"我有些坏消息。"西蒙宣布道。

"请说。"

"是关于那个弗雷迪·奥尔森的。"

"你跟踪了他,然后你发现这家伙根本哪里都没去……我早就知道了。"

"事情很奇怪。昨晚我花了一个晚上的时间在电脑前浏览贵报的网站,研究你的报道。"

"要是你真是闲得没事做的话,你可以打电话给我,我的西蒙。"

"等我说完你就不会嘲笑我了。我感兴趣的不是你的文章,而是读者的评论。我只是想看看是不是有人会在你的文章下面说粗话。"

"我猜可能的确有那么几个人……"

"我说的不是那些觉得你是个糟透了的记者的人。"

"有读者在报社的网站上写下了这样的留言？"

"有一些，是的，但……"

"告诉我。"安德鲁打断了他的话。

"你让我把话说完！"

"这该不会就是你所谓的坏消息吧？"

"我注意到一系列的留言，当中充满敌意，但并非针对你的职业素质而发。言辞激烈，令人惊愕。"

"就像？"

"就像没人希望它们是针对自己而发的那样。在最激烈的留言中，有一位网名为 Spookie-Kid 的网友的留言吸引了我的注意，因为他的留言数量实在太多了。我不知道你对这个家伙做了什么，但是显然他很不喜欢你。我扩大搜索范围，想看看使用这个网名的人是否曾在别的论坛上发言，或者他有一个博客。"

"然后？"

"然后他果然只针对你。每次你发表一篇报道后，他都会毫不留情地攻击你，即使有时候你什么都没有发表。如果你看完我找到的这个 ID 在网上的所有留言，你一定会第一个大吃一惊的，不对，应该还是第二个，在我之后。"

"如果我没有理解错的话，一个考试不及格的家伙，狂热地爱着玛丽莲·曼森，又极度厌恶我的工作，这就是你所说的坏消息吗？"

"什么玛丽莲·曼森？"

"我不知道，就是脱口而出的，继续说！"

"好了，老实说，刚刚真的是不假思索脱口而出吗？"

"Spookie Kids 是曼森第一次组队取的名字。"

"你怎么会知道这个？"

"因为我是一个糟透了的记者,继续说!"

"我动用了自己的朋友关系,托了一位擅长电脑技术的朋友,如果你明白我是在说什么的话……"

"一点儿都不明白。"

"就是一位网络黑客,周末的时候为了好玩常常试图侵入五角大楼或者中央情报局的服务器。而我自己在二十岁的时候除了泡妞还什么都不懂,唉,好吧,想怎么样呢,时代变了呀……"

"太漂亮了!你怎么会认识一个黑客?"

"是几年前的事了,那时候我刚刚开了这家车行,周末的时候我将一些车租给富裕家庭的小孩子们,补贴自己的开销。他们中的一个将一辆克尔维特还给我的时候,把一些东西忘在了里面。"

"一把左轮手枪?"

"是大麻,但剂量很大,足够喂饱一群奶牛。抽大麻这事不适合我。但如果我将这件事报告给警察的话,那么他在再次坐到电脑前之前就有大把时间治好他的痘痘了。于是我把原本属于他的东西还给了他,他觉得我是个'超级诚实'的家伙,就对我发誓说,日后要是有需要,我可以去找他。所以昨晚11点的时候,我对自己说现在正是需要他的特长帮助的时候。不要问他是怎么做到的,我对电脑技术一窍不通,但是今天早晨在找到 Spookie 的 IP 地址后他打电话给我。"

"你的键盘小贼朋友知道了这个恶毒攻击我的 Spookie 的身份了?"

"不是他的身份,而是他留言时候的位置。要是知道这位 Spookie 是通过《纽约时报》的局域网留言的,你大概要大吃一惊了。"

安德鲁看着西蒙,惊呆了。

"你能重复一下吗?"

"你听得很清楚了。我帮你打印了一些他的留言,虽然还算不上是威胁生命的恐吓,但里面的确充斥着极度危险的恶意。在你们报社,谁会写下这些该死的东西? 看看最新的一条留言。"西蒙说着将一张纸递给安德鲁: 如果有辆公共汽车将这个玩忽职守的安德鲁·斯迪曼轧死, 那它的轮胎上就会沾满粪便, 而我们的报业也将从灾难中得到永远的拯救。

"我想我知道答案了,"被这段话震惊了的安德鲁回答道,"如果你同意的话,我要去找奥尔森。"

"你什么都别做,我的老朋友。首先我没有任何正式的证据证明这些都是他做的,他又不是唯一一个在《纽约时报》工作的人。其次,如果你插手这件事的话,他可能就会起疑。你就让我来做吧,在我同意之前你可连一根手指头也不能动。你同意这样做吧?"

"好吧,我同意。"安德鲁让步了。

"回到报社就装作什么事都没有发生过。你不知道一个如此憎恨你的家伙会做出什么事来,关键是要将他一把抓住。至于我这边,不论和奥尔森有没有关系,这个 *Spookie-Kid* 看起来都像想你快点儿死的那伙人的头头儿。"

安德鲁和他的朋友告别,然后站起身。当他就要从桌边走开时,西蒙笑着问道:

"我会继续跟踪的, 你还觉得我的行为可笑吗?"

安德鲁这天剩下的时间都花在准备阿根廷之行的材料上了,

他一个接一个地打电话安排旅行的各项事宜。当太阳快落山的时候，他还在继续工作，这时一个小女孩的侧影在他心头浮现出来。她站着纹丝不动，在一条通往山丘的柏油路上。安德鲁将双脚搁在办公桌上，身子向后倒在扶手椅里。

小女孩引着他向一个位于山间的小村落走去。每次当他以为自己很快就能赶上她时，她便加快脚步又离远了。她的笑声引导着安德鲁在这场疯狂的奔跑中欲罢不能。晚风吹拂，夜幕降临。安德鲁打了个冷战，天气很冷，他开始发抖。一个废弃的仓库出现在他面前，他走进去，看到那个小女孩正坐在屋檐下的一扇窗户前，双腿悬空摇晃着。安德鲁慢慢靠近墙角，但还是看不清那孩子的面容。他只能看到她在微笑，一种古怪的微笑，几乎是大人的模样。小女孩轻轻吐出几句话，夜风将这几句话送到他耳边。

"来找我，找到我，安德鲁，请不要放弃，我相信你，我们没有犯错的权利，我需要你。"

说完她任由自己的身体从空中跌落。安德鲁急忙赶去想要接住她，但她的身体在落地之前消失了。

安德鲁孤零零地待在这个仓库里，他跪下来，浑身颤抖。他的背部越发疼痛，一阵剧烈的疼痛差点儿让他昏过去。当他再次醒来时，发现自己正被人绑在一张金属椅子上。他呼吸困难，肺部烧得生疼，感到一阵窒息。一股电流通过他的身体，身体所有的肌肉开始抽搐，他感到自己被一股巨大的力量向前扔出去。他听到远远传来一个声音——"再来"，一股无法抗拒的巨大冲击波再次贯穿他全身，脉搏狂跳，心似火烧。一股烧焦的皮肉的气味钻进他的鼻孔，捆住四肢的绳索弄得他生疼，他的脑袋歪向一边，他开始哀求折磨快点儿结束。他的心跳又开始了，空气流入缺氧的肺部，他大口呼吸着，好像刚刚从呼吸暂停中缓和过来。

一只手按在他的肩上，毫不顾惜地猛烈摇晃着他。

"斯迪曼！斯迪曼！"

安德鲁重新睁开眼，发现奥尔森的脸差不多都快贴上自己的脸了。

"你有权选择在办公室里睡觉，但是至少请保持安静，记住还有人在这里工作呢！"

安德鲁一下子清醒了。

"该死，你在这里干什么，弗雷迪？"

"我听到你呻吟了十多分钟，你让我完全没法儿集中精力工作。我想你是生病了，便过来看看，但是看起来我只是自讨没趣而已，我还不如今天压根儿不在办公室里省事。"

安德鲁的额头上冒出了汗珠，但他觉得自己仿佛置身于冰窟之中。

"你应该回家休息，你大概有什么自己都不知道的状况。看到你这样真不好受，"弗雷迪叹了口气，"我一会儿就回家了，你需要我一会儿帮你叫一辆出租车吗？"

噩梦，安德鲁一生中也做过不少，但是从来没有一个像今天这样真实。他看着弗雷迪，然后从椅子上站起身。

"谢谢，我会好起来的。应该是因为中午吃了一些不消化的东西。"

"现在已经是晚上8点了……"

安德鲁暗暗计算自己在现实中过了多久。他试图回忆起自己之前看电脑屏幕下方的时钟时是什么时候，他开始怀疑自己现在是不是还在梦里。

然后他回到了自己家，精疲力竭，打电话给还在路上的瓦莱丽，想告诉她，他今天等不及她要先睡了。但是山姆告诉他，瓦莱丽刚刚进入手术室，估计今天会很晚下班。

这个夜晚他一个噩梦接一个噩梦，那个面目模糊的小女孩始终没有离开过。每次当他醒来的时候，就全身哆嗦，汗如雨下，他发现自己一直在寻找她。

在最可怕的一个梦中，她忽然停下脚步转身面对他，然后挥了一下手，不许他说话。

一辆黑色的汽车停在他们俩之间，四个男人从车上下来，但对他们俩毫不在意。四个男人的身影消失在一栋小房子的入口。从安德鲁站着的这条空旷的街道上，他听到叫喊声、女人的尖叫声以及一个孩子的哭泣声。

小女孩站在对面的人行道上，她摇晃着双臂，哼唱着一首无忧无虑的儿歌。安德鲁想要保护她，但是当他迈步向她走过去时，他看到了小女孩的眼神，一种充满威胁性的微笑着的眼神。

"玛利亚·露兹？"他轻轻问道。

"不，"她用一种大人的声音回答说，"玛利亚·露兹早就不存在了。"

就在同时，一个孩子的声音传到他的耳中：

"快来找我，没有你我就永远迷路了。你弄错方向了，安德鲁，你没有去对的地方寻找，你搞错了，他们所有人都在骗你，你一旦迷失就会付出巨大的代价。快来救我，我需要你就像你需要我一样。我们是紧密相连的两个人。快来，安德鲁，快来，你没有权利犯错。"

安德鲁这晚第三次尖叫着醒来。瓦莱丽还没有回家。他打开床头灯,试着恢复平静,然而却忍不住抽泣起来。

在最后那个梦境中,玛利亚·露兹的眼神只是一闪而过。但他坚信自己曾在别的地方看到过这种眼神,在一段不属于他的过往中。

安德鲁下了床,走进客厅。他在电脑边坐下,打算用工作填补这个夜晚剩下的时间,但是他的思绪一直飘忽不定,令他无法集中注意力工作,他根本连一行字都写不了。他看了看表,犹豫了一下,然后向电话机走去。他要打电话给西蒙。

"我打扰你了?"

"当然没有,我正在重读《我弥留之际》,就在你深夜两点打电话吵醒我的时候。"

"你无法相信我遇到的事情。"

"明白了,我在穿衣,十五分钟后就到你家。"

西蒙来得比预计的更快,他在睡衣外面直接套上了巴宝莉的雨衣,然后穿了一双篮球鞋。

"我知道,"他走进安德鲁的公寓,"你又要批评我不得体的衣着了,但是我刚刚遇到两位穿着睡衣遛狗的邻居……当然,是邻居穿着睡衣,而不是小狗们……"

"很抱歉在半夜把你吵醒了。"

"不,一点儿都不是,否则你就不会给我打电话了。你是拿出你的乒乓球台让我们打一局,还是直接告诉我你找我来的原因?"

"我很害怕,西蒙,在我的一生中我从来没有这么害怕过。我的每个夜晚都惊悚至极，每天早上起来心里都不舒服，因为那时会让我想到自己离死期又近了一天。"

"虽然我不想过分地抹杀你身处境况的戏剧性，但我还是想提醒你，世界上还有七十亿人身处同样的境地。"

"除了我，我只剩下五十三天可活了！"

"安德鲁，我知道这个离奇的故事让你很不安。我是你的朋友，我不想让你冒生命的危险，但是老实说你在七月九日被谋杀的概率不会比我现在从你家出去就被汽车撞死的概率更高。不管怎么说，穿着这件红格子的睡衣，司机很可能真的很难在车灯光下看见我。我在伦敦买的这件睡衣，绒布料子，现在这个季节穿的确有些太热，但是这是最适合我的一件。你没有睡衣吗？"

"有的，但我从来都不穿，我觉得这样做太老派了。"

"我的样子看起来很老吗？"西蒙说着张开了双臂，"去穿上一件睡衣，然后我们出去兜一圈。你把我从床上叫起来就是为了让我来改变你的主意的，不是吗？"

他们从查尔斯大街的警察局门前经过，西蒙冲站岗的警察打了个招呼，问他是否看到一只剃了毛的猎犬。警察表示抱歉，说自己没有看到任何一只小狗。西蒙感谢了他，然后继续向前走，边走边肆无忌惮地高喊着"弗雷迪"。

"我想我还是不要在河边散步了。"快走到高速公路西侧出口时安德鲁忽然说道。

"你的警官朋友那边有新消息吗？"

"没有任何消息，到目前为止。"

"如果这事真是你那位恨你入骨的同事做的，我们就应该尽快让他打消念头；如果不是他，那我们从现在到七月初这段时间内几乎没有什么具体的事情可做，就让我在九日到来之前带你去长途旅行吧。"

"我倒希望事情有这么简单。对了，提到出行，我肯定不会放弃自己的工作的，我也不会偷偷躲起来苟且度日。"

"那你什么时候动身去阿根廷？"

"几天后吧，我并不否认稍稍离开一下对我来说确实是个不错的主意。"

"瓦莱丽将会很高兴听到这话的。但你一个人在那边还是要小心。我们到了，你能穿成这样一个人回去吗？"

"我又不是一个人，我正在遛弗雷迪嘛。"安德鲁边回答边冲西蒙挥了挥手。

随后他转身离开，一举一动都仿佛自己的手上的确握着小狗的项圈。

———

安德鲁只睡了一小会儿就被电话铃声吵醒了。他手忙脚乱地取下听筒，听出这是警官先生的声音，皮勒格告诉他自己正在街角的咖啡馆里等他。

安德鲁走进星巴克的时候，皮勒格正坐在昨天西蒙坐过的位子上。

"你有坏消息要告诉我？"他说着在桌边坐下来。

"我已经找到卡佩塔夫人了。"警官回答道。

"你是怎么找到的？"

"我想这对我们要解决的事情没有什么帮助，我有一个小时的时间把事情告诉你,如果我不想错过我的飞机的话。"

"你又要走了?"

"我不能永远留在纽约呀,而且你很快也要离开这里了。旧金山肯定没有布宜诺斯艾利斯更有异国情调,但那是我的家。我的妻子正在等着我,她很想念我的唠唠叨叨。"

"你在芝加哥得到了什么消息?"

"这位卡佩塔夫人是个非常漂亮的女人,乌木般的眼睛,她的目光能令人沉溺其中。卡佩塔先生要找到她应该不太麻烦,她甚至都没有更换身份。她和她的儿子一起住在离那个邮局只隔两条街的地方。"

"你和她谈过了吗?"

"没有,好吧,有,但和我们的事情没有关系。"

"我不太明白你的意思。"

"我假装自己是个慈祥的爷爷,坐在公园的长凳上呼吸新鲜空气,我告诉她我的孙子和她的儿子同岁。"

"你已经做爷爷了?"

"不,我和娜塔莉认识的时候已经太晚了,我们没有孩子。但是我们有个可爱的小侄子,是那位我和你提过的神经科医生和她的建筑师丈夫的儿子。我们的关系十分亲密。他今年五岁,在我妻子看来我们都有点儿糊糊涂涂的。好了,别再问我的生活,不然我真的要赶不上飞机了。"

"那你为什么要故意装出偶遇的样子,如果你没有打算真的询问她的话?"

"因为就算是询问人也有不同的方法。你想我对她说什么?亲爱的夫人,趁着你的孩子正在沙地上玩耍,你可以告诉我你是否有计划在下下个月刺杀一名《纽约时报》的记者吗？我更愿意逐渐获取她的信任，为此我在这个公园里花了整整两个下午和她东拉西扯地闲聊。她是否有能力实施谋杀计划，老实说，我完全不知道。但毫无疑问，这是个非常有个性的女人，她的目光中有某种可以让人全身血液凝固的东西，我觉得她聪慧得可怕。但我还是很难想象她会愿意冒着和她的儿子分开的风险来刺杀你。即使有的时候有人能够确保自己无懈可击地犯罪，但是他们还是无法完全避免被发现蛛丝马迹的可能。最令我困惑的是，当我问她是否已经结婚的时候她那种镇定自若的神态。她毫不犹豫地告诉我她的丈夫和女儿已经在一次国外旅行途中丧生。如果我没有遇到过卡佩塔先生的话，我应该会毫不怀疑地相信她。从旧金山回来之后，我又利用我在纽约的人脉关系，继续调查在嫌疑人名单上的其他人。包括你的妻子和你的女上司，虽然我想这个举动可能会激怒你。等我有了新的消息，我会再和你联系的。如果有必要的话，等你从布宜诺斯艾利斯回来的时候，我会再乘飞机来纽约见你，只是这次，必须得由你来支付机票了。"

皮勒格递给安德鲁一张纸，然后站起身。

"这是卡佩塔夫人的地址，由你来决定是否要将它交给她的丈夫。请多保重，斯迪曼，你的故事是我在职业生涯中所听过的最疯狂的一个，我预感到有些不妙的事情就要发生，我有些担心呢。"

回到报社之后，安德鲁在电脑前坐下。电话机上有个红色的小灯闪烁着，显示语音信箱中又有一条新的留言。是玛丽莎的留言,她是安德鲁在布宜诺斯艾利斯下榻酒店的酒吧服务员,她留言说自己有消息要告诉他,请安德鲁收到留言后尽快和她联系。安德鲁觉得自己记得过去的这次谈话,尽管时间和事件已经在他的记忆中开始混淆。毕竟当人们第二次经历同样的事情时,要想清楚地记住事情发生的时间并不容易。安德鲁俯身在抽屉里翻找自己的笔记本。当他打开挂锁的时候,忽然发现一件有趣的事情,密码锁的数字不再是他生日日期的前三位了。然而按道理说,事情不应该是这样的,这意味着有人动过他的东西。安德鲁探头往旁边看了一眼,奥尔森的办公桌边没有人。他急忙把笔记本翻到本来应该记录和玛丽莎这次谈话的那页纸上,幸好他还什么都没有写,安德鲁舒了口气。他立刻拨了玛丽莎留给他的电话号码。

玛丽莎的姑姑的一位朋友认出过去为军队服务的一位前飞行员,此人的种种情况与在专制时期名叫奥尔蒂斯的人很相近。他现在是一家皮革厂的老板,为众多皮具生产商提供精美的皮革原料,顾客包括全球各地的皮包、皮鞋和皮带生产商。

玛丽莎的姑姑的朋友是在那个人去布宜诺斯艾利斯郊区为一位客人送货时认出他的。这位女士也是"五月广场母亲"中的一位,她的客厅里现在仍贴着一张所有在专制时期犯下罪行但后来被无罪赦免的军人的照片海报。自从她的儿子和侄子在一九七七年六月失踪以后,她日日夜夜望着这张海报。那时他们还只有十七岁。这位母亲不肯签署确认两人死亡的文件,因为活要见人死要见尸。然而她也知道这一天永远不会到来,不论是对她本人来说,还是对其他三万失踪者的父母而言。多年来,她常常在其他和她一样敢于对抗强权的女性的陪伴下,高举贴有她们孩子画像的牌子,走到五月广场。她是在那个人前往位于十月十二号大街上的一家鞋店的时候遇上他的,她全身的血液当场就凝固了。她紧紧地抓住了自己的篮子,尽力不让自己流露出一点一滴不寻常的样子,随后她在一堵矮墙边坐下来,等着他从鞋店出来。她跟着那个人走出十月十二号大街。谁会怀疑一个提着篮子的老妇人呢？当这人上了自己的汽车后,她立刻记下了车的型号和车牌号码。然后一个电话接一个电话地打,通过"五月广场母亲"组织的网络,她们终于找出了那位被玛丽莎的姑姑的朋友认为是奥尔蒂斯的人的地址。她认为这个现在改名叫奥尔塔格的人就是过去的奥尔蒂斯。他住在离他的皮革厂不远的地方,就在杜美尼尔,距离科尔多瓦不远的一个小镇。在布宜诺斯艾利斯的十月十二号大街上出现的汽车是当地的牌照,他登机前将车还给了机场。

安德鲁提议自己寄钱给玛丽莎,以便她可以搭乘飞机前往科尔多瓦,并且购买一台数码相机继续追踪这位所谓的奥尔塔格。安德鲁已经坚信奥尔塔格就是过去的奥尔蒂斯。

这样一趟任务必须得花上三天,玛丽莎的老板不会同意的。安德鲁请求她找一位可靠的朋友代替她完成任务,他可以自掏腰包支付耽误她们工作的相关费用。玛丽莎回答说,她只能答应他一件事,就是等事情有了解决办法后就给他打电话。

奥尔森在快中午的时候回到报社,他径直从安德鲁面前走过,连个招呼都没打,就直接坐在了自己的位子上。

这时安德鲁面前的电话响了。西蒙让他在不惊动别人的情况下尽快赶去第八大道和40大街的路口与他会合。

"什么事情这么紧急？"安德鲁看到西蒙的时候问道。

"我们换个地方。"西蒙拉着他走向一家理发店。

"你要我离开办公室就是为了去理发店？"

"你是随便惯了，但我，我必须找个合适的地方，一个安安静静的环境告诉你。"

他们走进理发店的店面，并排坐在一面大镜子前的红漆布椅子上。

两位看起来像是兄弟的俄罗斯理发师立刻走过来为他们服务。

当西蒙让人为自己抹洗发水的时候，他告诉安德鲁，自己从奥尔森一出家门就跟踪了他。

"你是怎么知道他住在哪里的，我都还不知道？"

"因为我那抱歉的计算机天赋！我有你同事的社保号码、手机号码、健身俱乐部会员卡号、信用卡号以及所有他登记过的卡证项目编号。"

"你知道你这样做已经侵犯了他人的隐私权吗？这可是属于刑事犯罪的范畴的。"

"你是打算马上检举我，还是等我先把事情的前因后果一起告诉你？"

理发师在安德鲁的脸上抹上泡沫，这让他没法儿回答西蒙的问题。

"首先，你要知道你的同事已经是毒瘾很大的人。今天早晨在吃早饭之前，他先去了中国城用一捆美元换了一小塑料包的货。我拍了两三张他们交易的照片，没有人发现。"

"你疯了，西蒙！"

"等一下，过一会儿你就会改变主意了。他在10:00左右的时候去了中央警察局。口袋里就装着那些东西，他的胆子也真够大的。要不就是他的镇定让警察不会起疑心，要不就是他自己也没有意识到这点。我不知道他在那里做了什么，但是他在那里待了大半个小时。接着，他走进一家贩卖武器的商店。我看到他和店主交谈了好一阵子，后者给他看了专门的猎刀。我小心地躲在远处，但是我觉得我看到的武器形状很奇怪。对了，如果我待在你现在的位置，我就不会像你现在这样指手画脚了，不然你迟早会被剃须刀割断喉咙的。"

理发师表示自己完全同意西蒙的建议。

"我没法儿告诉你他到底买了什么，我想我最好还是在他注意到我之前就离开。过了一会儿他也走了出来，神色是前所未有的愉悦。我估计他可能刚刚去厕所吸了点儿毒品。然后你的同事去买了个牛角面包，他一边沿着第八大道向前走一边吃完了自己的早饭。随后，他又走进一家钟表首饰店，和店主讨论了很久才离开。等他到了报社之后，我就马上打电话给你，事情就是这样。我不想表现得太乐观，但是现在嫌疑圈的确在奥尔森周围慢慢缩紧了。"

这时理发师询问安德鲁是否需要剪指甲。

西蒙替他做了回答，告诉理发师可以每只手剪掉一点儿。

"我也许应该建议你和我一起去布宜诺斯艾利斯。"安德鲁微笑着说。

"别拿这事开玩笑，我对阿根廷女人可没有抵抗力，我会现在立马就回去收拾行李的！"

"别说风就是雨的，事情还没到这一步，"安德鲁回答说，"现在也许正是我好好收拾收拾奥尔森的时候了。"

"再给我几天时间。按照现在这个节奏，估计到周末的时候我就比他的亲生母亲都更了解他了。"

"但我剩下的时间不多了,西蒙。"

"那就按你想的做吧,我只是你卑微的仆人。考虑一下我的布宜诺斯艾利斯之行,我们两人一起去,想想就觉得激动人心。"

"那你的车行呢?"

"我的汽车生意!我相信我在七月初之前还是什么都卖不出吧!"

"如果你不回去工作的话,就算到了七月中旬你也还是什么都卖不出去。"

"好了,刚刚我提到的是奥尔森的母亲,而不是我自己的!我把买单的机会留给你吧,"西蒙照了照镜子补充道,"短发很适合我,你不觉得吗?"

"我们去吃午饭?"安德鲁问道。

"我们先去那家武器商店看看。如果你想好好收拾某个人,你只须出示你那漂亮的记者证给老板,就可以知道奥尔森在店里干了什么。"

"有时我会想你到底几岁了……"

"你敢打赌说那位店主不会上当吗?"

"拿什么打赌?"

"就拿你刚刚说的午餐打赌。"

安德鲁在前面走进武器商店,西蒙跟随其后,和安德鲁拉开几米的距离。当安德鲁开口说话的时候,店主用眼角的余光打量着他,脸上流露出焦虑的神情。

"在快中午的时候,"安德鲁说道,"一位《纽约时报》的记者来过你的店里,你可以告诉我们他在你这里买了什么吗?"

"这关你什么事?"店主不客气地反问道。

就在安德鲁在口袋里翻找记者证的时候，西蒙慢慢靠近柜台，脸上露出威胁的神色。

"这事当然和我们有关，因为这个家伙是个地地道道的骗子，他的记者证是假的，我们正在追踪他的下落。你应该明白阻止他再犯案的必要性吧，尤其是当他还配有你提供的武器的时候，不是吗？"

店主打量着西蒙，迟疑了一会儿，然后叹了口气。

"他只对一些非常特别的武器感兴趣，只有真正的猎人才会搜寻的武器，在纽约他们的人数可不多。"

"什么样子的武器？"安德鲁紧接着问道。

"碎肉刀、锥子、撬钩、剥皮器。"

"剥皮器？"安德鲁问道。

"我给你找个看看。"店主说着转身向商店后面走去。

他回来的时候手上拿着一段前端连着一根长针的木头。

"这家伙原来是外科医生的手术工具，后来猎人们借用它来剥皮，这玩意儿在剥皮的时候可以只撕扯下很少的兽肉。你要找的人想知道购买这玩意儿的顾客是否需要将姓名登记在册，就像购买枪支或军刀那样，我实话告诉他不用登记，老实说在任何一家五金商店里都能找到比这更危险的东西。他还问我最近是否卖出过这玩意儿，虽然实际情况是没有，但我还是告诉他这就要问我的店员了，不过今天他休假。"

"那他，他在你这里买了吗？"

"每种尺寸的各买了一件，一共是六件。好了，现在如果你允许的话，我就要回去工作了，我还有账要算。"

安德鲁对店主表示了感谢，西蒙冲他微微点了点头表示满意。

"现在是谁输了?"当两人走到街上的时候,西蒙问道。

"这个店主肯定把你当成了一个神经不正常的人,我觉得他的判断完全正确。他一一回答我们的问题,不过是想尽快摆脱我们。"

"你真是个忘恩负义的家伙!"

"好啦,我请客。"

16

第二天，到办公室的时候安德鲁又收到玛丽莎的一条新留言。他毫不迟疑地回拨了过去。

"我也许找到了一个解决的办法。"她告诉安德鲁说，"我的男友答应帮我们追踪奥尔塔格这条线。他现在正处在失业中，赚点儿小钱对他来说正合适。"

"需要多少？"安德鲁问道。

"五百美元一周，当然路费之类的费用由你出。"

"这数目不小，"安德鲁叹了口气，"我不确定报社的高层是否会同意。"

"一周五天，每天工作十小时，这差不多等于一小时十美元，在纽约就算是雇用一位清洁工也需要这个价格吧。你可不能因为我们不是美国人就对我们区别对待。"

"我从来没有这样想过，玛丽莎。报社的生意不是很景气，预算越来越紧张，在我的上司们看来这次调查已经花了太多的钱了。"

"安东尼奥明天就可以动身，如果他开车去科尔多瓦的话，大概还能省下飞机票钱。至于住宿问题，他自己可以想办法解决，他有亲戚就住在圣罗克湖边，反正都离得不远。你只需要支付他的工资、汽油费和餐饮费即可。最后还是由你决定吧。其实也就是现在这段时间了,如果他之后找到工作,自然就不可能帮你做事了……"

安德鲁考虑了一下玛丽莎提出的条件,他笑了一下,决定接受她的提议。他在一张纸上记下玛丽莎留下的银行账号,答应当天就转账。

"等我一收到钱,安东尼奥就立即上路。我们会每晚给你打电话,随时和你保持联系的。"

"你会陪他去?"

"如果开车去的话,两个人不比一个人更贵,"玛丽莎回答说,"两个人的话我们就不会那么显眼,我们看上去好像一对去度假的情侣,圣罗克湖那边景色相当优美。"

"我以为你的雇主不会同意你请假的。"

"你还不知道我微笑的力量,斯迪曼先生。"

"我可没有打算让你度过一周公主般待遇的带薪假期。"

"现在事关追踪一位过去的战犯,谁说我们是去度假的?"

"下次如果我决定为你涨工资的时候,我会再打给你的,玛丽莎,我迫切地等待着你的消息。"

"回见了,斯迪曼先生。"说完她挂断了电话。

安德鲁卷起袖子,他打算就额外费用支出的问题和奥利维亚·斯坦恩好好谈一次。他在去的路上满心欢喜。和玛丽莎的这次交易并不在过去发生过的事件之中,所以它最后的结果完全是未知的。他决定申请这次活动的费用从他自己的经费中出,如果能够得到有价值的信息的话,那么日后申请追加经费也会更容易些,而且他可以避免给上司们留下一个耗费无节制的印象。

他离开办公室,来到西联汇款的柜台,在那里转了七百美元。五百是付给安东尼奥的工资,两百是预支的其他费用。然后他又打电话给瓦莱丽,告诉她自己会早点儿回家。

在下午的时候,他又感到一阵不适。他浑身冒汗,开始哆嗦,阵阵刺痒的感觉贯穿四肢,背部下方的位置开始隐隐作痛,这次比上一次更加严重。尖锐的耳鸣声几乎要震破他的耳膜。

安德鲁起身走进洗手间,想用冷水洗洗脸,这时他发现奥尔森正趴在洗手池边,鼻子冲着一堆粉末。

奥尔森吓了一大跳。

"我确定自己锁了门的。"

"没锁上,我的老朋友,如果能让你放心的话,我可以说看到这一幕我倒并不吃惊。"

"该死,斯迪曼,如果你对外面露出一丁点儿口风的话,那我就完了。我不能失去这份工作,求求你,别做傻事。"

老实说,当安德鲁觉得双腿发软的时候,要不要做傻事的确是他的最后一个念头。

"我觉得不太舒服。"他呻吟着靠在洗手池边。

弗雷迪·奥尔森帮他在地上坐下来。

"你不舒服?"

"就像你看到的一样,我这鬼样子真是好得不能再好了。关上门,不然如果有人现在进来就会误会了。"

弗雷迪急忙起身锁上门。

"你到底是怎么了,斯迪曼? 我不是第一次看到你痛成这样,你也许应该看看医生。"

"你鼻子上的白面比面包师鼻子上的还要多,所以倒是你才应该去医院看看。你是个瘾君子,弗雷迪。这玩意儿迟早会烧坏你的神经。你从什么时候开始吸的?"

"我的健康关你什么事?告诉我实话,斯迪曼,你是不是打算告发我?我求你不要这样做。说真的,你我之间的关系在一些人看来虽然的确不是那么妙,但是你比我更清楚,我从来不是你职业道路上的对手。要是我被开除了,你能得到什么好处?"

安德鲁感觉那阵疼痛渐渐退去。他的四肢重新恢复了知觉,视线清晰,一种柔和的温暖感觉掠过他的全身。

皮勒格的一句话忽然出现在他的脑海中:"对警察来说,抓到罪犯却不明白他的犯罪动机,他的工作只完成了一半。"他尽全力想集中精力。过去他曾当场抓住过奥尔森吸食可卡因吗?奥尔森曾觉得自己是个威胁吗?有可能是别人怂恿奥尔森,而奥尔森由于相信安德鲁要和他过不去,结果孤注一掷决定报复。安德鲁考虑自己该如何揭穿弗雷迪的假面具,要他自己说出是谁指使他去武器商店购买了一套剥皮器,说出他究竟想拿它们做什么。

"你能扶我站起来吗?"他向奥尔森问道。

奥尔森看着他,目露凶光。他将手伸入口袋,安德鲁相信自己看到一把螺丝刀或锥子的尖头。

"首先你必须发誓永远不把事情说出去。"

"别做傻事,奥尔森。你自己也说了,告发你对我有什么好处呢?你打算过什么样的生活和我没有半点儿关系。"

奥尔森向安德鲁伸过手去。

181

"我以前一直看错你了,斯迪曼,你也许真是个好人。"

"好啦,弗雷迪,别在我面前演你奉承人的把戏,我什么都不会说的,这点你大可放心。"

安德鲁说完将脸浸入水中。纸巾盒和往常一样又卡住了。当他走出洗手间的时候,奥尔森忽然伸腿将他绊倒。于是他们两人便当着正在走廊上等他们的上司的面,面对面地摔作一团。

"你们是在密谋什么,还是有什么和你们有关的事情是我不知道的?"奥利维亚·斯坦恩看了看两人问道。

"你以为我们是在做什么?"安德鲁反问道。

"你们俩在一个九平方米大的洗手间里一同关了一刻钟,你们觉得我会怎么想?"

"安德鲁今天有点儿不舒服。于是我就来看看他是不是还好,结果我发现他正躺在洗手间的地上。我陪着他直到他恢复意识。不过现在一切都恢复正常了,不是吗,斯迪曼?"

"你又不舒服了?"奥利维亚焦急地问道。

"没什么要紧的,放心吧,只是背痛有时太厉害,真是彻彻底底地把我打倒在地了。"

"去看看医生吧,安德鲁,这已经是你第二次在报社发病了,我想可能日后还会有其他情况出现的。这是命令,我不希望看到你动身前往阿根廷的时候还痛得厉害,明白了吗?"

"明白,头儿。"安德鲁故作肯定地回答道。

回到工作岗位上时,安德鲁又回头看了看奥尔森。

"你倒是时时刻刻都不忘拖我下水。"

"你想我怎么回答头儿的问题,你要我说我们那时正在洗手间内接吻吗?"弗雷迪回答说。

"跟我来，我有话对你说，但不是在这里。"

安德鲁拉着弗雷迪去了咖啡厅。

"你去武器商店做什么？"

"我买了点儿排骨要切……这关你什么事，你现在是在监视我吗？"

安德鲁搜肠刮肚，想着到底应该如何回答他的同事才能不惹毛他。

"你平时整天吸可卡因，然后还去一家卖武器的商店……如果你是因为负债累累的话，我希望能在你的债主上门屠杀报社所有员工之前知道这件事。"

"安静点儿，斯迪曼，我去那家商店和这一点儿关系都没有。我只是为了工作才去的。"

"那你就好好解释解释吧！"

奥尔森迟疑了一会儿，然后决定让步，告诉安德鲁事情的真相。

"好吧，我曾告诉过你我在调查那三起用同样的凶器做下的谋杀案吧？我呢，我也有我的线人。我去找了一位警察朋友，他帮我弄到了那几份相关的法医报告。根据报告看，三位受害者的伤口并不是刀锋所致，而是一种像长针一样的尖锐物品，它会留下不规则的伤口。"

"一把冰锥？"

"不，准确地说，每次拔出凶器的时候造成的伤口都太厉害，所以这种凶器不可能只是简单的长针，不管它有多长。法医猜测可能是一种钓鱼钩，这样内部的伤口才可能延伸到腹部，凶器应该是从肋骨边刺入的。当我还是个孩子的时候，就常常陪着父亲去打猎。他的手法完全是传统的，就和设陷阱捕猎的猎人们一样。

我倒不是要你听我的童年故事,我只是想到了我父亲过去用来剥鹿皮的一种工具。我一直在想这种工具是否现在还有地方买,所以就去那家商店核实了一下我的猜想。现在你的好奇心得到满足了吗,斯迪曼?"

"你真的以为一个连环杀手会在曼哈顿街头横行无忌大开杀戒?"

"坚信不疑。"

"那报社真的派你去调查这个烂摊子了吗?"

"奥利维亚希望我们能够抢到这条独家新闻。"

"如果我们落在别人的后面,那这就不是独家新闻了,是吗?为什么要编这些无稽之谈,奥尔森?奥利维亚根本没有指派你去调查任何和连环杀手相关的案子。"

弗雷迪望向安德鲁的目光里满是惊疑,他一下子碰翻了自己的那杯咖啡。

"你那副不可一世的样子真令人讨厌。你是警察还是记者?我知道你恨我恨得牙痒痒,但我可以直截了当地告诉你,我也不是任人宰割的软蛋。我也会反抗的,用一切方法反抗。"

"你也许应该先清理一下你的鼻孔,奥尔森。为了不引起别人的注意,在咖啡厅的正中间打翻一杯咖啡可不是个好主意,所有人都在看你呢。"

"我根本不在乎别人,我会保护自己的,就是这样。"

"你到底在说什么?"

"应该是我问,你到底生活在一个什么样的世界中,斯迪曼?你看不到报社里到底发生了什么事情吗?他们打算裁掉一半的职员,你难道是唯一不知道这件事的人吗?当然了,你丝毫不会觉得有什么威胁。当我们有女上司做保护人的时候,我们就不用为自己的职位担心了,但是我,我没有她的眷顾,我只能尽自己的力量奋斗。"

"弗雷迪,你完全把我弄糊涂了。"

"你就再装傻吧。你关于买卖儿童的报道产生了轰动,上面马上就派你去阿根廷进行另一项调查。他们把你放在很高的位置上。但是我呢,我已经几个月都没有写出值得注意的东西了。我只能每晚祈祷上天赐给我一些特别的事件做题材。要不是为了保住我的工作,你以为我愿意每晚睡在办公桌下面,我愿意牺牲周末的休息时间吗?一旦失业,我就会失去一切,在我的生命中我只有这份工作了。你会每晚做噩梦吗?当然不会,你为什么要做噩梦呢?但是我,我每晚都会浑身是汗地惊醒过来,梦见自己坐在外省乡下散发着霉味的办公桌边。我为了街角的白菜叶子而努力工作,面对污迹斑斑的墙面,望着一份发黄的《纽约时报》梦想着自己曾经的辉煌。然后电话铃响了,有人告诉我必须马上赶回杂货店,因为有条狗刚刚进来捣了一通乱。我每晚都会做这样该死的噩梦。好啦,斯迪曼,奥利维亚从来没有派过我去做任何调查,或者应该说自从你得宠以来,她从来没有再正眼看过我。我自己给自己派工作。如果我运气足够好可以真的找出一个连环杀手的话,这绝对会是一个爆炸性新闻,为此我可以跑遍纽约、新泽西还有康涅狄格州的所有武器商店,只要能抓住他,我会不惜一切代价,我也不管你是不是高兴我这样做。"

安德鲁观察着他的同事,奥尔森双手颤抖,呼吸急促。

"抱歉。如果我能在你的调查中助你一臂之力的话,我会很乐意这样做的。"

"当然了,以你这高高在上的地位,同情心泛滥的斯迪曼先生。

快滚蛋吧！"

说着奥尔森站起身，头也不回地离开了咖啡厅。

和奥尔森的谈话占据了安德鲁这一天剩下时间的思绪。自从得知了他同事的处境，安德鲁忽然觉得自己不再孤独了。晚上和瓦莱丽吃晚饭的时候，他将弗雷迪的绝望处境告诉了她。

"你应该帮帮他，"瓦莱丽说，"帮他一起调查，而不是自顾自地转过身。"

"那全怪办公室的格局让我们背对背。"

"别装傻，你完全明白我在说什么。"

"我现在的生活已经因为阿根廷的调查足够复杂啦，如果我还要去追踪一位被臆想出来的连环杀手，那这日子真的没法儿过了。"

"我不是和你说这件事，而是他吸可卡因的事。"

"为了检验法医的结果，这个不正常的家伙还真的去买了剥皮器。他以为这就是连环杀手用的凶器。"

"应该承认，这东西的确很厉害。"

"你也知道？"

"这是一种外科手术工具，如果你想看的话，我明天可以从手术室带一个回来。"瓦莱丽回答的时候，嘴角带着微笑。

这个小小的微笑让安德鲁陷入了沉思，直到入睡的时候他仍然在想这件事。

天刚蒙蒙亮，安德鲁就醒了。他很怀念沿着哈得孙河奔跑的日子。自从时间倒流以来，他有千百种理由不再踏足那里，但是转念一想，他觉得七月九日离他还很远。瓦莱丽睡得很沉。安德鲁蹑手蹑脚地爬下床，套上跑步外套，然后离开了自己的公寓。西村还沉浸在万籁俱寂中。安德鲁迈着小步沿着查尔斯大街向下走。在快到街尾的时候他加快了脚步，第一次没有停留地一口气穿过高速公路西侧辅路的八车道。

这个发现让他心情大好，随后他就跑上河滨公园的步道，因为重拾晨练的习惯而兴高采烈。

为了看着霍博肯的灯光一一熄灭，安德鲁中断了一小会儿他的晨练。他痴迷地看着这迷人的一幕，这令他回忆起自己的童年。当他还住在波基普西的时候，他的父亲每周六早晨都会早早地将他叫醒。他们两人一同在厨房里吃完早餐，为了不吵醒母亲，父亲便让他坐进那辆达特桑的驾驶室，自己将车推到路上。上帝才知道他究竟有多想念他的父母，安德鲁想道。等车子到了街上，已经学会开车的安德鲁就发动汽车，松开离合器的踏板，听着发动机突突突突启动的声音。为了教他开车，父亲让安德鲁穿过哈得孙大桥，随后拐进橡树路的岔路，将车停在河边。从他们的位置，正好可以看见波基普西的灯光一一熄灭的时刻。每当这时，安德鲁的父亲便会鼓掌叫好，好像他们看到的是一场快结束的焰火。

当泽西城的灯光一一熄灭后，安德鲁收拾心情再次踏上晨跑的征程。

突然，他转过身，认出了远处一个熟悉的身影。他眯起眼睛，是弗雷迪·奥尔森，他的右手藏在厚绒套头运动衫中间的口袋里，正慢慢向他走过来。安德鲁感到危险正在逼近。他本可以考虑和弗雷迪正面对峙，或者试着和他讲道理，但是安德鲁也知道第二个选择很可能会使自己在还没开口时就受到致命的一击。安德鲁开始全力奔跑。恐惧完全笼罩了他，他又一次回过头想看看奥尔森现在距离自己有多远。奥尔森离得越来越近了，安德鲁用尽全力也无法甩掉奥尔森。奥尔森应该吸了不少剂量的可卡因；他怎么可能打过一个整天和毒品打交道的人呢？安德鲁注意到前方有一群跑步的人。如果能够赶上他们的话，他就得救了。弗雷迪看到这么多人的话只能放弃他的袭击计划。还有五十米，追上他们看起来并不是完全没有可能的事，尽管此时安德鲁早已精疲力竭。他祈求好心的上帝赐予他足够的能量，现在离七月九日还有好久，他还有任务要去阿根廷完成，还有那么多话要对瓦莱丽说，他不想今天就告别人世，时间还没有到呢，再来一次也还没有到呢。现在距前方的跑步者只剩下二十米了，但是安德鲁忽然感到弗雷迪越逼越近。

"再加把劲儿吧，求求你了，"安德鲁对自己说道，"向前冲，向前冲，我的好伙计。"

他很想高喊救命，但上气不接下气的他根本喊不出一个字。

忽然间，他感到后腰一阵撕心裂肺的剧痛。安德鲁因为痛苦大声叫喊起来。在前方的跑步者中，有个女人听到了他的声音，回过头来看着他。安德鲁的心脏停止了跳动，他发现前面这个女人就是瓦莱丽，她正平静地、微笑着看着他死去。他倒在沥青路面上，光线熄灭了。

当安德鲁再次睁开眼睛时,他发现自己正躺在一辆长长的推车上,浑身发抖,他身下塑料材质的清爽感并没有减轻他的痛苦。一个声音从他头顶的喇叭中传来:他正在做CT,但时间不会太久。他要保持身体不动。

可当一个人的手脚都被皮带绑住时他又怎么可能活动身体呢? 安德鲁努力控制自己的心跳,他的心跳声在这个白色的房间里回荡。他还没有时间看清房间里的陈设,推车就将他推进了一个硕大的机器中。他感觉自己好像是被活活埋入一个现代的石棺中。外面传来机器沉闷的声音,还有一连串吓人的金属敲击声。高音喇叭里的声音似乎想要安慰他:一切都很顺利,不用害怕,检查不会痛的,而且很快就会结束。

噪声终于结束了,推车又开始移动,安德鲁慢慢看到了光亮。一位担架员将他移到一张带轮子的病床上。他认出了这张脸,他肯定在别的地方见过他。安德鲁集中精力回想,他几乎可以肯定自己认出了山姆的样子,瓦莱丽在兽医诊所的助手。由于药物的作用,他怀疑自己已经开始说胡话。

但不论如何他还是希望自己能够问他一些问题,可那人冲他微微一笑后便将他独自留在了病房里。

"我究竟是在哪个医院里?"安德鲁暗暗寻思道。不管怎么说,这都不重要了。他在被人袭击后终于活了下来,而且还认出了下手的人。等到伤势稳定后,他很快就能过上正常人的生活。该死的弗雷迪·奥尔森肯定要在铁窗里待上十年,这应该是谋杀未遂罪最轻的量刑。

安德鲁本不该那么轻易地就被奥尔森虚假的故事骗过去的。这家伙应该是对自己起了疑心,所以提前动了手。安德鲁心想现在自己不得不推迟阿根廷之行了,但现在他已经确信,只要自己能够活着回来,事情的发展轨迹肯定会有变化。

有人在敲门,皮勒格警官在一位穿白上衣的漂亮女士陪伴下走了进来。

"我感到很抱歉,斯迪曼,我失败了,让这个家伙伤害了你。我跟错了对象,我真是老了,直觉也不像过去那么管用了。"

安德鲁很想让警官先生放心,但他一个字也说不出来。

"当我知道你遇到什么事后,我立即搭乘下一班航班赶了过来,我还带来了这位神经科的医生朋友,之前我和你提起过她。请允许我向你介绍克林医生。"

"叫我罗兰。"女医生说着向安德鲁伸出了手。

安德鲁记得她的名字,皮勒格曾在一次晚餐的时候提过,但不知为什么每次当他犹豫是否要去接受检查时,他都无法记起她的名字。

医生摸了摸安德鲁的脉搏,看了一下他的眼珠,然后从口袋中掏出一支钢笔:一支奇怪的钢笔,笔杆的部分是玻璃制的。

"用眼睛看着这束光,斯迪曼先生。"医生一边左右来回地移动着钢笔,一边说道。

她将笔放入上衣的口袋中,后退了几步。

"奥尔森。"安德鲁艰难地念出那几个音节。

"我知道,"皮勒格叹了口气道,"我们已经去报社找过他了,他否认是他做的,不过你的朋友西蒙关于武器商店的证词把他给问住了。他最终承认了一切。唉，不过我也没有彻底弄错，你的妻子是他的同谋。我真的感到很抱歉，关于这一点我宁可是我弄错了。"

"瓦莱丽，为什么？"安德鲁结结巴巴地问道。

"我不是和你说过这世上只有两大类犯罪行为吗……在百分之九十的情况下，罪犯会是一位亲友。你的同事告诉她你爱上了别的女人，你要和她取消婚礼。她无法接受这样的羞辱，我们刚刚在她的诊所内将她逮捕。鉴于到场的警察数量，她没有反抗，束手就擒。"

一阵悲伤将安德鲁吞没，他几乎瞬间丧失了继续活下去的欲望。

女医生又一次来到他的床边。

"CT扫描证明你的身体一切正常，大脑没有任何病变或损伤。这是一个好消息。"

"但是我好冷，背上也疼得厉害。"安德鲁口齿不清地说道。

"我知道，你的体温太低，所以我和我的同事们已经达成共识。你已经死了，斯迪曼先生，真真正正地死了。这种寒冷的感觉不会太久的，等到你的意识消失它就结束了。"

"我很抱歉，斯迪曼，我对自己的失败真的感到很抱歉，"皮勒格警官重复着说道，"我一会儿先陪我的朋友吃午饭，然后我们会送你进太平间的。我们不会就这样扔下你不管。尽管我们相识的时间并不长，但我还是要说我很高兴认识你。"

女医生礼貌地和安德鲁告了别，皮勒格友善地拍了拍他的肩膀，他们熄灭了病房里的灯，一起走出了病房。

安德鲁一个人留在黑暗中，绝望地大叫起来。

他感到有人在摇晃自己，身体好像正在暴风雨中的大海上飘摇。一道强烈的光线冲击着他的眼皮，安德鲁睁大双眼，他看到瓦莱丽的脸，她正俯身望着他。

"安德鲁，醒醒，亲爱的，你在做噩梦。快醒醒，安德鲁！"

他深深吸了口气，猛然坐起身，浑身是汗，他发现自己正躺在西村公寓的床上。瓦莱丽被他的样子吓坏了。她用双臂搂住他，紧紧地将他抱在怀中。

"你每晚都在做噩梦，你应该去看看医生，这事不能再拖了。"

安德鲁回过神来。瓦莱丽递给他一杯水。

"来吧，喝点儿水，这会让你好受些的。你浑身湿得好像刚从水里捞出来一样。"

他望了一眼自己放在床头柜上的闹钟。指针指向早晨6点，日期是五月二十六日，周六。

他还剩下六周的时间去找出那个凶手，除非他噩梦般的夜晚在此之前就将他带走。

17

瓦莱丽想尽各种办法让安德鲁平静下来,他那精疲力竭的样子让她担心极了。中午的时候,她领着安德鲁去布鲁克林散步。他们一起逛了威廉姆斯堡的一家古董店。一幅以蒸汽小火车头为主题的画让安德鲁赞叹不已,这是20世纪50年代的作品,它的价格远远超过了安德鲁的承受能力。于是瓦莱丽打发他去商店后面逛逛,等安德鲁一转身走开,她就自己买下了他的心仪之物,然后将它悄悄放进了手袋里。

西蒙整个周六的白天都在跟踪奥尔森。天微微亮的时候他便去奥尔森家楼下等着。开着一辆奥兹莫比尔88,西蒙很难不在每次遇到红灯停下时吸引行人的注意。最后西蒙不得不考虑自己是不是该换辆更加低调的车,但是这辆车已经是他的收藏中最低调的一辆了。

奥尔森在中国城一家可疑的按摩店里度过了他的午餐时间。他在下午快两点的时候从那里出来,头发上抹着发亮的发胶。接下来,他前往一家墨西哥餐馆大嚼墨西哥玉米卷饼,为了不浪费卷饼的酱汁,他将手指也舔得干干净净。西蒙把车停在餐馆的门前。

此前西蒙专门去买了一台专业照相机和一个记者专用的长焦镜头，在他看来这些都是成功完成任务必不可少的装备。

下午的时候，奥尔森前往中央公园散步，西蒙看到他试图和一位坐在长凳上读书的女士搭讪。

穿着这件洒上辣椒酱的衬衣，你要是能得逞，我就去当和尚。

当那位女士合上书本走开时，西蒙叹了口气。

就在西蒙跟踪弗雷迪时，他雇用的黑客也在从弗雷迪的电脑中拷取文件，他不到四分钟就成功侵入。通过分析后台数据，他就可以知道奥尔森是不是使用网名 *Spookie-Kid* 的人。

不过西蒙的电脑工程师并不是此时唯一正在敲打着键盘的人。在美国的另一边，一位退休警察正在和负责六区事务的一位旧同事互发邮件，后者是他过去手把手带入行的下属，现在是芝加哥警局犯罪科的负责人。

皮勒格请这位警长帮个小忙，虽然这事需要法官的批准，但鉴于是同事所托，为的又是一桩正义的事业，所以就让条条框框的行政规定见鬼去吧。

只是他收到的消息让他迟疑了，在给安德鲁打电话之前他犹豫了很久。

"你的声音听起来很疲惫。"他对安德鲁说。

"一个糟透了的夜晚。"

"我也是，我整整一晚没睡。当人上了年纪之后，失眠只会越来越严重。不过这次打电话给你倒不是为了抱怨我自己遇到的小麻烦。我想告诉你今天早晨卡佩塔夫人买了一张飞往纽约的机票。最让我头疼的是，这张票的出发日期是六月十四日，而回程时间还没有确定。你也许会和我说越早订票就越便宜，但是时间的巧合太让人忧心了。"

"你怎么知道这件事的？"

"如果一位警官请你告诉他你的消息来源，你会说吗？"

"绝对不会。"安德鲁回答道。

"那就是了，你只要知道我告诉你的信息即可，剩下的事情和你无关。我这边会请人注意卡佩塔夫人的一举一动。她一踏上纽约的土地，她从早到晚的言行都会受到监视。特别是早晨的时间，个中原因你我心知肚明，不用多说。"

"她也许是想再见见她的丈夫。"

"如果是这样，那就是这几周来最好的消息了，但是鉴于我有个讨厌的缺点，所以我从来不会相信好消息的。对了，你这边有什么进展吗？"

"没有任何进展。奥尔森的态度扑朔迷离，让我担心，但他不是唯一的人，我发现自己已经开始什么人都不相信了。"

"你应该出去透透气，离开纽约充充电。你在这次调查中事事冲在第一线。你需要保持冷静，不然时间的限制对你就更不利了。当然我知道你是不会听我的建议的，我真的感到很遗憾。"

皮勒格和安德鲁说了再见，他保证一有新的消息就会马上再给安德鲁打电话。

"谁的电话？"瓦莱丽一边吃着冰激凌一边问道。

"没什么要紧的事情，还是工作上的事。"

"这还是我第一次听到你说工作上的事不重要呢，看来你应该是比我想的更加累了。"

"我们晚上去海边逛逛怎么样？"

"当然可以。"

"那我们现在就去中央火车站,我知道西港那里有个迷人的小旅店。那里的海风极为怡人。"

"但我们还得先回家收拾行李。"

"不用那么麻烦,我们可以到了那里再买牙刷,只住一夜,不需要其他东西的。"

"究竟发生了什么事,我觉得你好像在逃避什么东西,或者是什么人。"

"我只是想离开城市,和你进行一次爱的旅行,远离这里的一切。"

"我可以问问你是怎么知道这个坐落在海滩上的迷人小旅馆的吗?"

"我以前帮旅馆的主人写过讣告……"

"我喜欢你的殷勤体贴。"瓦莱丽温柔地回答道。

"你一点儿都不介意我的过去?"

"你的过去,还有你的将来。当我们还在读高中的时候,我比你想象的更加妒忌围在你身边的女孩子们。"

"哪些女孩子?"

瓦莱丽笑了笑作为回答,然后拦下一辆出租车。

他们在快傍晚的时候来到了西港。透过房间的窗户,可以看到海浪正不知疲倦地拍打着海港。

吃完晚餐后,他们在礁湖边散步,这里的土地没有一丝一毫人类活动过的痕迹。瓦莱丽在沙地上铺开一块从旅店借来的浴巾,安德鲁将头靠在她的膝盖上。他们一同凝视着翻腾的大海。

"我想在你身边变老,安德鲁,在你身边变老,有足够的时间认识你。"

"你比任何人都更加懂我。"

"自从离开波基普西,我学会的只有孤独,直到有了你在身边我才慢慢脱离这种状态,才感到幸福。"

在凉爽的夜风吹拂下,他们蜷起身子,默不作声地听着海浪的声音。

安德鲁再次回想起他们的童年。记忆有时好像因为时光而褪色的照片,只有在强光下细节才会再次浮现。他感到将两人联系起来的那段童年时光使他们的关系越发亲密。

三天后,他就要动身前往布宜诺斯艾利斯,那个地方离她、离这段他愿意在夏末时节再次享受的宁静时刻,都很远很远。

静穆的午睡时光和日光下的午餐让安德鲁重新焕发了活力。他的背现在不再痛了。

到达纽约的时候,正是周日的晚上。他打电话给西蒙,告诉他明天早晨9点来星巴克找自己。

西蒙迟到了,安德鲁在等他的时候开始读报纸。

"别打量我,我刚刚度过了我一生中最堕落的一个周六。"

"我什么也没有说。"

"因为我刚刚告诉你不许说。"

"我整天都和弗雷迪·奥尔森待在一起,这家伙藏得真深,他比你想象的更加卑鄙龌龊。"

"有这么严重?"

"更加糟糕。妓女、墨西哥玉米卷饼、吸毒,这些只占用了他周六的半天时间。吃完午饭后,他先是去了一趟太平间,不要问我他去那里做什么,如果我跟着进去的话,应该很快就会被识破的,再说冷冻室里藏的东西也不对我的胃口。然后他去买了些鲜花,向勒鲁医院出发。"

"之后他去了医院?"

"他先去中央公园散了步,然后是你住的街区,他在你家楼下逗留了好一阵子。在你家大楼的门前走了四个来回后,他终于走进大楼的门厅,寻找你的信箱,然后突然又转身走了出来。"

"奥尔森去了我家?"

"每次当你一字一顿地回答我的问题时,我总觉得我们的对话会变得很有趣……"

"这家伙真是疯了!"

"他现在当然是走投无路。我这一天一直跟着他,直到他回到家。这个男人的孤独好比一个令人眩晕的无尽深渊,他是个瘾君子。"

"他不是唯一一个觉得自己很失败的人。很快就到六月了。当然,我是不应该抱怨的,能有机会活两次的人可不多。"

"不管怎么说,反正不包括我,"西蒙回答道,"看在这周妙得出奇的营业额的分上,没有什么严重的,这个六月……等待七月的到来。"

"五月是改变我一生的月份,"安德鲁叹了口气,"我很幸福,我还没遇上最妙的事呢。"

"你应该原谅自己,安德鲁,你的经历无人能够重演。多少人曾梦想着一切从头来过,在他们快失去一切时将生活归零。你告诉我说,这就是你的经历,那么就好好享受它吧,不必为你的生活哭哭啼啼的。"

"当我们知道死亡就在转角等待着自己时,梦想很快就变成了噩梦。要是我不在了,你可以替我照顾瓦莱丽吗?"

"要照顾她也得你自己来! 一切都会过去的,生活只是一场百分之百的必死的疾病。但我,我不知道不可避免的那一天究竟什么时候到来,我也无法推迟那不可避免的结局。每当你想到这些的时候,这件事看起来就不那么令人安心了。你要我明天送你去机场吗?"

"不,没有用的。"

"我会想你的,你知道。"

"我也是。"

"好了,现在去找瓦莱丽吧,我一会儿还有个约会。"

"和谁的?"

"你要迟到了,安德鲁。"

"首先回答我的问题。"

"和勒鲁医院的护士小姐。周日晚上我又去了一趟医院,看看她在弗雷迪去过之后好不好,我知道这是我个性中完美主义的一面,但又有什么办法呢。"

安德鲁和西蒙一起站起身,向咖啡馆门口走去。

"我还有一个小忙需要你的帮助,西蒙。"

"我以为一切都搞定了呢,不过没关系,你说吧。"

"我可能需要你去芝加哥一趟。这是我希望你能监视的那位夫人的地址。"

"这么说我没法儿去布宜诺斯艾利斯了。"

"你真的这么想去?"

"我的行李已经准备好了,随时可以动身。"

"我会给你打电话的,我保证一有可能就让你过来。"

"别费劲儿了,我马上就去芝加哥。你自己在那里照顾好自己吧。这位卡佩塔夫人,她漂亮吗?"

安德鲁搂住他的朋友。

"好啦,不管怎么说一切都还不错,不过我想我一会儿和我的护士小姐还有约,否则我们俩倒可以在她面前一同吃点儿猪头炖肉,我想我会很感谢你的。"

"猪头炖肉?"

"这是魁北克人的一种表达法。"

"你什么时候开始说魁北克语的?"

"凯蒂·斯坦贝克出生在蒙特利尔。真奇怪,有时候你就是有让我生气的本事!"

安德鲁抓紧他待在纽约的最后一天收拾行李。他早晨去了一趟办公室,但弗雷迪不在。他打电话给前台,借口自己和弗雷迪有约,请她看到弗雷迪到报社后就给自己打个电话。

挂上电话后,安德鲁便去仔细查看他同事的办公桌。他在抽屉里摸索了好一阵子,只找到一些胡乱写满点子、补记以及报社永远不会刊登的没有价值的文章的本子。奥尔森究竟是怎么走到现在这一步的？正在安德鲁想要放弃的时候，一张粘在废纸篓底部的便笺条吸引了他的注意。上面写着安德鲁电脑的密码。奥尔森是怎么搞到这个东西的，他又对自己的电脑做了什么？

"和你做的事情一样，"安德鲁的潜意识这样回答他，"随意翻找别人的资料。"

"但两者是不一样的，奥尔森对我来说是一个潜在的威胁。"

"可在他看来，你对他也是一个威胁，不论在什么情况下都可以这样专业地说。"最后他又这样想道。

一个疯狂的念头在他的脑海中闪过，他用自己的密码进入奥尔森的电脑查看里面的文件，这个办法奏效了。安德鲁因此推断奥尔森的智力其实和一条金鱼差不多。或者反过来应该说他的深谋远虑反而值得尊敬。因为谁会想到有人会用自己对手电脑的密码作为自己电脑的密码呢？

硬盘里的文件很多，其中有一个被命名为"SK"的文件。打开之后，安德鲁发现里面尽是 *Spookie-Kid* 这个 ID 的留言。奥尔森是个真真正正的精神病人，当安德鲁看到里面铺天盖地的对自己的辱骂时这样想道。尽管浏览这样的文字令人很不舒服，但安德鲁的确宁愿这些辱骂是来自一个妒忌自己的同事，而不是出自一个读者之手。安德鲁插入一个 U 盘，复制了这个文件，他打算回头慢慢研究。就在他清除自己在奥尔森的电脑上留下的痕迹时，他听到隔间另一边的电话响了。电梯间的门打开时，时间刚够安德鲁把一个名为"惩罚"的文件复制到自己的 U 盘里，然后在奥尔森走完走廊上那段路时，火速起身回到自己的位置上。

看着自己的办公桌，安德鲁忽然意识到自己把 U 盘忘在了奥尔森的电脑上，现在他只能祈祷奥尔森不要注意到这点了。

"你去哪儿了?"安德鲁把头伸过隔板问道。

"为什么这么问?我必须把自己的行踪报告给你吗?"

"只是好奇而已。"安德鲁想要分散他同事的注意力。

"你什么时候去布宜诺斯艾利斯,斯迪曼?"

"明天。"

"如果你能够永远留在那里,那我就可以给自己放假了。"

奥尔森听到有人在叫自己,急忙离开了办公桌。

安德鲁利用这个机会急忙取回自己的 U 盘。

随后他整理好自己的笔记本,最后看了一眼自己的物品,决定先回家一趟。瓦莱丽在家中等他,这是他动身去布宜诺斯艾利斯之前他们共度的最后一晚,他想最好还是不要迟到为好。

他带瓦莱丽去小意大利街区的"上海咖啡"吃晚餐。这家餐厅的氛围比"乔伊的上海餐馆"更适合情侣私语。瓦莱丽看起来有些沮丧,在安德鲁面前她没有隐藏自己的情绪。而安德鲁,尽管他很高兴自己能够继续调查,但仍有一种负罪感。他们本应该尽情享受这个晚上的,但临别的沉重气氛让这变得无法实现。

瓦莱丽选择回自己家睡觉。当安德鲁在清晨合上她为其准备的小行李箱时,她宁愿自己不在那里。

安德鲁陪她走回东村的公寓,他们在公寓大楼前拥抱了好久。

"我不喜欢你把我一个人扔在这里,但是如果你因此而放弃了这次旅行的话,我想我会更讨厌你的。"

"所以为了你能稍微爱我一点儿,我应该怎么做呢?"

"在你动身前的这一晚就算了。但我要你快点儿回来,我已经开始想念你了。"

"只有十天而已。"

"但有十二个夜晚。照顾好你自己,找到那个家伙。能成为你的妻子我真骄傲,安德鲁·斯迪曼。现在,在我改变主意要留下你之前,快走吧。"

18

　　安德鲁搭乘的飞机于傍晚时分降落在埃塞萨国际机场。令他大吃一惊的是，玛丽莎正在机场等他。自他们最后那通电话后，他又给她写了好几封邮件，但没有收到任何回复，他甚至都不确定她是不是还活着。而他上次来阿根廷旅行时，他们是安德鲁到达的第二天在酒店见的面。

　　安德鲁注意到随着时间逐渐向前推移，事情的发展越来越偏离过去正常的轨道。

　　他认出那辆车底朽烂的老甲壳虫轿车，每次遇到车辆颠簸时，他都以为自己坐的座椅会穿透车底掉下去。

　　"我以为你已经带着我寄给你的钱出发了，你曾答应我要告诉我新的消息的。"

　　"事情比预期的更加复杂，安东尼奥现在在医院里。"

　　"他怎么了？"安德鲁问道。

　　"我们在回来的路上发生了车祸。"

　　"严重吗？"

　　"相当严重，我的男朋友现在一只胳膊打着绷带，六根肋骨开裂，外加脑震荡。"

"他是车祸的责任方吗?"

"有人认为是因为他没有看到十字路口的红灯,没踩刹车,是的,但是由于我们的车有时刹车失灵,所以我觉得不应该由他来负责。"

"那他的车是不是和你这辆差不多的新旧程度?"没法儿扣上安全带的安德鲁问道。

"安东尼奥很爱他那辆车,有时我甚至会想他爱车是不是胜过爱我。所以上路之前,他不可能没有检查过车辆的状态。是有人暗中弄坏了我们的刹车。"

"你心中有怀疑的人选吗?"

"我们已经查到了奥尔蒂斯的下落,我们悄悄监视他,拍下了照片。我们还问了他的朋友们一些问题,也许是问得太多让他的朋友起了疑心,毕竟他们又不是三岁小孩。"

"这对我的调查可不太妙,他现在应该已经有了提防。"

"安东尼奥的情况很糟糕,但你只考虑到自己的调查。你表达关心的方式真令我感激不尽,斯迪曼先生。"

"我是有些粗疏,但我对你的未婚夫真心感到抱歉,他会好起来的,请放心吧。是的,我现在只为自己的文章担心。但我来阿根廷也不是为了玩的。车祸是什么时候发生的?"

"三天前。"

"为什么你没有早告诉我?"

"因为安东尼奥直到昨晚才慢慢恢复意识,你自然排在他的后面。"

"那些照片还在你这里吗?"

"行李箱受损严重,车辆翻滚了好几次。为了不引人注意,我们没买太贵的型号，我们用的是一台老式照相机。胶卷很可能已经曝光了，我不知道还能从中得到些什么。我已经将它交给一位摄影师朋友，明天我们可以一起去找他。"

"明天你一个人去吧，我要去一趟科尔多瓦。"

"你绝不能做这样的蠢事，斯迪曼先生。我很尊敬你，如果说安东尼奥和我已经被人发现了，那我绝不会让你有半天的时间被奥尔蒂斯的人碰上的。再说你也没有必要赶那么远的路，因为奥尔蒂斯每周都会回到布宜诺斯艾利斯来见他最大的客户。"

"那他下一次来布宜诺斯艾利斯是什么时候？"

"下周二，如果他按照习惯来的话。这是我们询问他在科尔多瓦的邻居后得到的回答，当然这也可能是我们招来车祸这种无妄之灾的原因。"

"我很抱歉，玛丽莎，我没想到这件事会让你们冒那么大的风险，如果我事先知道的话……"安德鲁诚恳地说道。

安德鲁不记得上次曾遇到过这次车祸，那时候什么事情都没有发生。他上次来阿根廷旅行期间，是他本人前去跟踪偷拍奥尔塔格，而照相机最后是在布宜诺斯艾利斯一处偏僻的小巷里被三个男人抢走的。

"你以为一个有法子改换身份逃避判决的男人会那么轻易地被你揭穿假面具吗？你究竟活在一个什么样的世界里？"玛丽莎又接着说道。

"如果我真的将这一切写出来，你们都会大吃一惊的。"这是安德鲁的回答。

车在雷科莱塔小资街区的金塔纳酒店门前停下。

"我们先去看看你的男朋友，我一会儿回来放行李。"

"安东尼奥需要休息，现在探访时间也已经结束了。但我还是要对你表示感谢，我们明天再去医院。他现在躺在离这里不远的阿古杜斯将军医院的重症监护病房里。我明天9点左右过来接你。"

"你今晚不去酒店的吧台上班了？"

"不，今晚不用。"

安德鲁和玛丽莎告别后，从后备厢取出行李，向酒店的入口处走去。

一辆白色的小货车停在酒店门前。坐在驾驶室里的男人通过后视镜监视着安德鲁的一举一动，拍下他一连串的照片。这时货车的后门也打开了，另一个男人下车镇定地走进酒店大厅坐下。而小货车再次发动，继续它的跟踪行动。自从安东尼奥和玛丽莎从科尔多瓦回来之后，货车的驾驶员就一直跟踪着玛丽莎。

安德鲁微微一笑，接过酒店前台小姐交给他的712房间的钥匙。在上一次人生中，也是她接待的安德鲁。

"我可以麻烦你请人帮忙更换房间里电视遥控器的电池吗？"安德鲁问道。

"我们的维护人员每天都会进行例行检查的。"

"好吧，但请相信我，负责这项工作的人员并没有尽职。"

"你还没有去过你的房间，你怎么知道这一点呢？"

"我是认真的！"安德鲁瞪大了眼睛。

712房的布置和安德鲁记忆中的一模一样。窗户卡住打不开，衣柜门开关时咯吱作响，花洒正在漏水，而小冰箱轰轰作响好像一只患了哮喘的猫。

"去你的维护服务！"安德鲁将行李扔到床上，抱怨道。

自从离开纽约之后，他还什么都没有吃，飞机上的食物看上去早就过期了，还是不吃为妙。现在他饿得要命。他回忆起上次来这里时，自己曾在雷科莱塔公墓对面的一家帕瑞拉餐馆吃晚饭。想到一会儿就能和上次一样吃到美味的烤肉，这念头让他开心地关上了房门。

安德鲁走出酒店，刚刚在大厅坐下的那个男人离开扶手椅，亦步亦趋地跟着他走出了酒店，最后在餐馆对面的一张长凳上坐下。

就在安德鲁大快朵颐之际，金塔纳酒店维护部的一位雇员正因为一份特别优厚的小费而答应上楼检查712房的客人的行李。他以最细致的方式完成了任务，用他的员工密码打开了房门，将安德鲁笔记本上的所有地址、他的护照，以及他的记事本一一拍照。

将上述物品逐一归位后，他又检查了电视遥控器，给它换了电池，然后起身离开。他在回维护部之前，把那位慷慨的客人交给他的数码照相机交还给了他。

酒足饭饱的安德鲁睡得又香又甜，今晚任何噩梦都不能打扰他睡觉了，他在清晨醒来后容光焕发。

在酒店餐厅狼吞虎咽吃了一通后，他起身去酒店的门厅等候玛丽莎。

"我们今天不去看安东尼奥。"安德鲁一坐上她的甲壳虫车就听到她这么说。

"他的情况在昨晚变糟糕了？"

"不，今天早晨他的情况应该说是变好了，但我姑姑昨夜接到一个不太妙的电话。"

"怎么了？"

"有个不愿意透露姓名的男人打电话对她说，如果她不想她的侄女惹麻烦的话，那么请她留意她的侄女正在和谁来往。"

"这么说，奥尔蒂斯的朋友办事效率还挺高的。"

"真正令我忧心的是，他们已经知道你到了城里，而且我们还彼此认识。"

"交友不慎，听起来应该说的就是我了？"

"你这话应该不是认真的吧，我想？"

"你真可爱，周围一定有许多男孩子围着你转吧。"

"别这样想我，我可是很爱我的未婚夫的。"

"刚刚的赞美中没有任何言外之意，"安德鲁拍胸脯保证道，"你知道医院病房的入口吗？"

"别想任何瞒天过海的点子了，奥尔蒂斯的人可能已经在医院里安插了眼线。我不想安东尼奥冒险，他已经付出太多了。"

"那我们接下来要做什么？"

"我带你去我姑姑家，她知道的远比我和这个城里的其他居民更多。她是第一批加入"五月广场母亲"组织中的一员。但有一点要事先申明，你并没有付我作为城市导游的钱！"

"我不觉得这属于旅游的范畴，不过我还是会好好记住你的忠告……以及你的幽默的。"

路易莎住在金蒙戈洛街区的一栋小房子里。要进入她家，首先要穿过一个树木繁茂的庭院，院内栽有一株花开正盛的锦葵，围墙上爬满了西番莲。

路易莎本应该成为一位很美的祖母，但是专制政权剥夺了她抚养孙子孙女的权利。

玛丽莎陪着安德鲁走进客厅。

"你就是那位正在调查我们过去历史的美国记者，"路易莎从她做填字游戏的扶手椅上起身说道，"我原以为你还要更英俊一些。"

玛丽莎微笑着看着她姑姑，示意安德鲁在桌子边坐下。她走进厨房，出来时手里拿着一碟糕点。

"你为什么会对奥尔蒂斯感兴趣？"她给安德鲁倒了一杯柠檬水。

"因为我的上司觉得他的经历应该很值得玩味。"

"那她的关注点可真够奇怪的。"

"比如一个普通人究竟是如何变成一个杀人凶手的。"安德鲁回答道。

"她也许应该亲自来。我可以把成百上千个这样的军人指给她看。奥尔蒂斯不是一个普通的人，但他也不是他们中最坏的。他是海岸纵队的飞行大队军官。我们没有直接的证据可以证明他曾参与了虐杀行动。请不要认为我是在为他开脱，他曾犯下不可饶恕的罪行，他也应该和其他人一样接受惩罚，在监狱的铁窗中度过余生。但是就和其他许多人一样，他懂得如何全身而退，至少时至今日是如此。如果你可以帮助我们弄清楚奥尔蒂斯是如何洗白自己成为今天的奥尔塔格的话，我们就能向法院起诉他。至少我们可以试试看。"

"关于他你还知道些什么？"

"关于奥尔塔格我目前知道的还不多，不过关于奥尔蒂斯，你只需要去 ESMA 的档案中心就能拿到他的资料。"

"他是如何逃过法律制裁的？"

"你说的是哪一种法律，记者先生？是那部赦免了这些浑蛋的法律吗？那部让他们有时间假造新的身份的法律？一九八三年恢复民主制度后，我们这些受害人的家属还以为这些罪犯迟早会被绳之以法。可惜我们忘了总统的懦弱，忘了军队的强大力量。军队有足够的时间抹掉过去的一切痕迹，洗净他们沾满鲜血的制服，伺机隐藏虐待囚犯的刑具，反正谁知道过去那段历史是不是未来有一天还会重演。民主制度是相当脆弱的。如果您因为是美国人而对此深信不疑，那么您就和我们一样被骗了。一九八七年两位高级军官发动了一场军事政变，并成功迫使我们的司法系统默不作声。在他们的操纵下，两项耻辱的法律被投票通过，一项规定军队内部下级士兵必须无条件地服从上级命令，另一项'既往不咎'的法律更是我们民族的奇耻大辱，它规定所有至今还未判决的罪行自动过了追诉时效。您的奥尔蒂斯，和他成百上千的同伙一样在这期间只扮演了一些无关紧要的小角色，他们立即从中嗅出这是可以帮助他们逃避追捕的安全通行证的气味。这就是大部分施暴者的情况，而其中早先被投入监狱的一些同伙也因此被释放。这两项法律要再过十五年才会失效，可是在这十五年之中，你可以想象一下这些人渣就拥有了充分的时间抹掉过去的痕迹。"

"阿根廷人民怎能任由这样的事情发生？"

"你傲慢地问出这个问题的样子真有趣。那你们，作为美国人，你们认为你们的总统、副总统或是国防部长代表你们执行公义，然而他们还不是以国家利益至上为名允许伊拉克监狱的狱卒在审讯时对犯人用刑，或是建立关塔那摩监狱吗？你们为关闭这座无视《日内瓦公约》达一个世纪之久的监狱做过什么？你看，民主制度其实就是这么脆弱。所以，请不要随意评判他人。面对无所不能、全力操纵国家机器的军队体制，我们做了我们力所能及的事情。我们欣慰地看到现在大部分普通人能够送孩子上学、吃饱穿暖、头顶有片瓦遮身。对于阿根廷社会的贫民阶层而言，这一切需要大量的努力和牺牲。"

"我从没有评判过任何人。"安德鲁向路易莎保证道。

"你不是法官，记者先生，但是你的工作能为公义的贯彻作出贡献。如果你能揭开奥尔塔格面具后的真面目，如果他真是那个名叫奥尔蒂斯的人，他必将得到应有的报应。如果需要帮助，我随时听候你的差遣。"

路易莎说着站起身，向摆在客厅最显眼处的橱柜走去。她从中取出一个装满文件的抽屉，将它放在桌子上。她用唾沫弄湿手指在文件中翻找着，最终目光停在找到的一份文件上，将它递给安德鲁。

"这就是你要找的奥尔蒂斯，"她说道，"一九七七年的时候他四十多岁，不过对于驾驶飞机而言显然年龄太大了，除了海岸巡逻队的飞机之外。一位前程有限的军官。根据我从国家档案馆失踪人员档案中找到的资料显示，他曾多次下令执行死亡飞行的命令。从他驾驶的飞机上，大量的年轻男女，有时候只是刚刚走出青春期的孩子，被他活生生地投入拉普拉塔河中。"

看到照片上的军官趾高气扬的模样，安德鲁忍不住厌恶地努了一下嘴。

"他不受 ESMA 的头儿马沙拉节制，但马沙拉却很可能是帮助奥尔蒂斯在之后几年内成为漏网之鱼的帮凶。奥尔蒂斯是海岸巡逻队队长赫克托·费布尔的部下，费布尔是 ESMA 情报部门的负责人，他同时还负责包括好几间刑讯室和产房在内的四区的监管工作。说是产房，真是太高看他们了，其实那就是一个只有几平方米的房间，供女囚们像动物一样生产。甚至比动物们的待遇更糟，所有快分娩的女囚头上都被套上麻布袋。费布尔还强迫她们写信给家人，请他们在她被囚期间照顾孩子。你知道之后发生的事情。现在，斯迪曼先生，请好好听我说，如果你真心希望我能够提供帮助的话，那你和我，我们之间必须形成一个契约。"

安德鲁为路易莎的杯子倒满柠檬水，她拿起杯子一饮而尽。

"很有可能由于奥尔蒂斯帮费布尔做事，所以他从费布尔那里得到了好处。换句话说，他有可能得到了其中一个孩子。"

"是有可能，还是你确信事情就是这样的？"

"这不重要，因为这正是我们之间契约的内容。向这些被偷走的孩子揭露他们真正的身世，这一直是我们——五月广场母亲们最关心的问题之一。等到成人之后才得知自己的父母并不是亲生父母，而且他们还是参与杀害自己亲生父母的帮凶，这一定会掀起轩然大波。这一过程必然艰难而又令人心碎。我们一直在为真相有朝一日被揭露、专制受害者的真实身份得以恢复而努力，但是我们却不希望因此而毁掉无辜者的生活。我会把我知道的一切，把我知道的关于奥尔蒂斯的所有事都告诉你，而你，我希望你可以告诉我你知道的所有关于那些孩子的事情,而且只告诉我一个人。你必须以你的名誉起誓,如果没有我的许可就永远不能将这件事公之于众。"

"我不明白你的意思,路易莎,这世上并没有半真半假的真相。"

"是的,没有错,但在这个世上有些真相需要随着时间的流逝才能揭开。请想象一下,如果你本人就是被这个奥尔蒂斯'收养'的孩子,当你得知自己的亲生父母已被人谋害,你的生活只是一场骗局,你的身份甚至你的名字都是一个谎言时,你会无动于衷吗?你愿意在翻开报纸的时候得知这个突如其来的消息吗?你曾经考虑过这样一篇报道会对置身其中的人的生活产生什么影响吗?"

安德鲁忽然有种不祥的感觉,他仿佛看到卡佩塔夫人的影子在这个房间里游荡。

"我们现在还不急于下结论,因为还没有任何证据证明奥尔蒂斯曾收养了这些偷来的孩子中的一个。但是不论如何,我还是希望能够事先和你就一些问题达成一致。"

"我答应你,在没有你的许可下我不会擅自发表任何报道,即使我怀疑你并没有把所有真相都说出来……"

"我们顺其自然吧。另外,你自己也要小心。费布尔是相当残暴的一个人。他曾经用'丛林'来代称战争,在他眼中他比其他人都更加凶猛。所有从他手下侥幸逃生的幸存者至今仍对他心有余悸。"

"费布尔还活着吗?"

"不,唉。"

"为什么你要叹气?"

"因为那项赦免法律,他一生中剩下来的大部分时间都在监狱外度过。直到二〇〇七年他才被起诉,但他被起诉的罪行还不到他之前犯下的罪行的百分之一。我们所有人都在等待着他被判决。他曾在电击某个受害人时,把他十五个月大的孩子绑在这位父亲的胸前。但就在他要接受审判的前几天,他被发现死在自己的牢房里。由于他所享有的监禁制度的优待,他在牢房中的待遇简直好得不能再好了。他死于氰化物中毒。军方害怕他会吐露更多的秘密,因此正义其实从未得到伸张。对于那些受害人的家属而言,就好像折磨从未停止过一样。"

路易莎说罢朝地上啐了一口。

"只是费布尔就这样把那五百个被偷走的孩子的身份秘密也一同带进了坟墓。他的死并没有让我们的工作变得更加简单,但是我们仍坚持不懈地进行着我们的调查工作。告诉你这些是希望你自己能够多加小心。费布尔的许多手下至今还在监狱外活得好好的,他们一定会竭尽全力阻止所有试图揭穿他们的秘密的人。奥尔蒂斯只是他们中的一员而已。"

"那么究竟要如何才能证明奥尔塔格就是过去的奥尔蒂斯呢?"

"比对照片应该是有效的,我们可以看看玛丽莎的胶片里是否还留下了其他什么有用的东西,只是在我的相册中神情倨傲的军官与如今七十四岁的商人之间,隔着三十多年的时间跨度。只有一点儿容貌上的相像不足以说服法官。最好的办法是能够直接从他口中拿到口供,尽管在我看来这种可能性不大。但具体要怎么做我也完全没有主意。"

"如果我去调查奥尔塔格的过去的话,也许我们会发现一些蛛丝马迹的。"

"你可真是太天真了！请相信我吧，要是奥尔蒂斯改换了身份，他必然还有同党。作为奥尔塔格，他的经历必然是从就读的学校开始，学历工作都一路安排妥当，甚至连对国家虚情假意的热爱也必定在内。玛丽莎，请来厨房帮我一下。"说着，路易莎站起身。

独自一人待在客厅里，安德鲁翻看着相册里的照片。每一页都有一张军官的照片，下面写有他的军阶、所属连队与所犯罪行，有几页上还有孩子的真实身份或后来的姓氏。相册的最后一页是一份包括那五百个失踪的孩子的名单，其中只有五十人的身份得到确认。

几分钟后路易莎和玛丽莎再次出现。玛丽莎婉转地告诉安德鲁她姑姑累了，眼下最好马上告辞。

安德鲁再次对路易莎的接待表示了感谢，并向她保证一有新发现就会立刻通知她。

回到车里后，玛丽莎一直沉默着，但她的一举一动却泄露了她紧张的心情。每当在十字路口遇到车辆不肯让她先行的时候，她便会猛按喇叭，满嘴吐脏话。尽管安德鲁的西班牙语也很流利，但他完全听不懂她在说什么。

"我刚刚是说了什么让你生气的话吗？"

"你不必摆出这副尴尬的样子，斯迪曼先生，我在酒吧工作，我希望和我打交道的人都能够开门见山。"

"你姑姑想和你说什么我不能听的话？"

"我不知道你在说什么。"玛丽莎冷冰冰地回答道。

"她叫你去厨房并不是找你帮忙收拾装柠檬水的杯子，你把它们忘在了桌子上,回来的时候更是两手空空。"

"她对我说要小心提防你,你知道的绝对比你说出来的事情更多,由于你向她隐瞒了一些事情,所以我们没法儿完全信任你。你在酒店吧台遇到我时并不是出于偶然,是吗? 我建议你最好不要对我撒谎,除非你想搭出租车回家,日后也不用我帮忙了。"

"你说得对,我早就知道你姑姑是'五月广场母亲'组织中的一员,我也知道只有通过你我才能认识她。"

"所以,在某种程度上对你来说我是块跳板。这倒也不错。你是怎么找到我的?"

"我拿到的那份文件上有你的名字和工作地址。"

"为什么我的名字会出现在你收到的文件里?"

"我也不知道。几个月前我的上司收到一个装有奥尔蒂斯和一对失踪夫妇信息的信封。来信指控奥尔蒂斯参与杀害了这对夫妇。里面提到了你,以及你和路易莎的亲属关系。信里说你是一个十分可靠的人。奥利维亚·斯坦恩,我的上司对这趟调查很热情,她要我跟踪奥尔蒂斯这条线,重构出他在阿根廷专制时代阴暗的生活图景。明年就是阿根廷重获民主四十周年纪念,到时候所有报社都会将视线集中在这个国家上。奥利维亚喜欢在竞争中抢得先机,我想这就是她要我开展调查的动机。"

"那么是谁把这封信交给你的上司的?"

"奥利维亚·斯坦恩告诉我信是以匿名的方式寄来的,但是里面包含的有效信息十分充分,足以令我们认真看待这封信。奥利维亚性格强硬,是个不太容易相处的人,但是她的职业素质不容怀疑。"

"你看起来和她很亲密。"

"根本不是。"

"我，我就不会直呼我老板的名字。"

"我也是，这是年龄特权！"

"她比你更加年轻？"

"年轻几岁吧。"

"一个女人，比你更年轻同时却又是你的上司，你的自尊心应该有些受打击吧？"玛丽莎说着笑起来。

"你愿意陪我去你姑姑刚刚提到的档案馆吗？"

"如果要我充当你的司机，那你得记得给我加工资，斯迪曼先生。"

"你刚刚和我提到了自尊心的问题？"

这时，玛丽莎不得不在一个汽车修理加油站停下车，她的甲壳虫的排气管冒出一束火花，发动机噼噼啪啪地响着，噪声震耳欲聋。

当修理工尽力抢修时——因为玛丽莎没钱换个新的排气管——安德鲁下车给他在纽约的办公室打了个电话。

奥利维亚正在开会，但她的助手坚持请安德鲁稍等一下。

"有什么新消息吗？"奥利维亚气喘吁吁地问道。

"比上次更糟。"

"这是什么意思？"

"没什么意思。"

"为了你的电话，我刚刚从会议室赶过来……"

"我需要你追加调查资金。"

"你说吧。"奥利维亚抓起写字台上的一支钢笔。

"两千美元。"

"你是在开玩笑吧？"

"如果我们想大门顺利打开的话，就得好好为门轴上上油。"

"我给你一半，在你回来之前多一美元都不行。"

"我向你表示感谢。"其实安德鲁刚刚并没有抱着能够要到那么多钱的希望。

"你没有别的事情要和我说了吗？"

"明天我会动身去科尔多瓦，我有足够的理由相信我们要找的人就躲在那里。"

"你已经有证据证明那就是我们要找的人？"

"我希望自己没有跟错线索。"

"一有新消息就打电话给我，如果我不在就打到我家去，你有我家的电话号码吧？"

"是的，就记在我笔记本的某个角落里。"

奥利维亚·斯坦恩挂上了电话。

这个时候的安德鲁忽然比任何时候都更想听到瓦莱丽的声音，但是他不想打扰她工作。他决定晚上再给她打电话。

玛丽莎的甲壳虫终于修理完毕，机械师保证说这车再开上几千公里没问题。安德鲁抢在玛丽莎掏钱之前，递给机械师一张五十美元的纸钞。机械师忙不迭地谢了两次，还为安德鲁打开了车门。

"你不需要这样做的。"玛丽莎说着坐进驾驶室。

"那就算我对这次旅行的贡献吧。"

"本来付他一半就绰绰有余了，你被骗了。"

"所以你看我是多么需要你的帮助。"安德鲁说着，嘴角浮起一丝微笑。

"你刚刚说的旅行是指什么？"

"去科尔多瓦。"

"你真的比我更加固执。在你陷入这样疯狂的冒险前,我还可以告诉你另一个地址。那里比科尔多瓦可近多了。"

"我们要去哪里?"

"我呢,我要回家换套衣服,今晚我要上班。而你,可以乘出租车走。"玛丽莎说着将一张纸递给安德鲁,"这是蒙托内罗斯组织成员们常去聚会的一家咖啡馆。到那里的时候,记得一定要表现出谦逊的样子。"

"你这么说是什么意思?"

"在咖啡馆的最里面,你会看到三个男人坐在桌边打牌。他们的第四个牌友永远不会从 ESMA 回来了。所以每晚他们都会重玩同一局牌局,好像那是一种仪式。请礼貌地向他们询问你是否能坐在空的那张椅子上,然后提议请他们喝酒,只请一轮,再想办法输点儿钱给他们,出于礼貌的考虑。如果你的运气太好,他们自然会赶走你,而如果你玩得太糟糕,他们也会赶走你。"

"他们玩什么牌?"

"扑克,但具体的玩法有很多变化,他们会向你解释的。当你赢得他们的好感后,你转向其中一个留着大胡子的秃顶男人。他叫阿尔伯特,是集中营罕见的幸存者之一。他是从费布尔的手中侥幸保全性命的。和许多幸存者一样,他一直有着一种深深的负罪感,要他讲述过去发生的事情不是一件容易的事。"

"为什么说是负罪感?"

"因为他的朋友都已长眠地下,只有他一个人还活着。"

"那你是怎么认识他的?"

"他是我姑父。"

"路易莎的丈夫？"

"她的前夫，他们很久没有再说过话了。"

"为什么？"

"这和你没关系。"

"我了解的情况多一些，就能少犯一些错误。"安德鲁试图说服玛丽莎。

"路易莎一生都在为找出过去的那些凶手而努力，而阿尔伯特则选择将一切遗忘。但我尊重他们各自的选择。"

"那他为什么会告诉我一些事情呢？"

"因为我和他体内流着一样的血，我们的性格中都有自相矛盾的因子。"

"你的父母呢，玛丽莎？"

"这不是个好问题，斯迪曼先生。我每天都会问自己到底谁才是我真正的亲生父母，是将我养大的人，还是我从不认识的人？"

玛丽莎在人行道边停下车，她转过身子为安德鲁打开车门。

"前面的停靠点就能打到车。如果你回来得不太晚的话，你可以去吧台那里找我。我1点下班。"

那个地方和玛丽莎描述得一模一样。虽然年代久远，但里面的装饰丝毫没有留下时间的痕迹。装饰墙面的层层壁画尽显巴洛克风格，家具倒是不多，除了几张木制椅子和桌子外别无他物。大厅深处的墙上挂着一张拉道夫·沃尔什的照片，他是记者，是蒙托内罗斯组织的传奇领导人，死于政府委员会的暗杀。阿尔伯特

正坐在这张照片正下方。光秃秃的脑袋,一脸花白的大胡子。当安德鲁靠近他们正在玩牌的桌子时,阿尔伯特抬起头,看了一眼安德鲁,又一言不发地低头继续玩牌。

安德鲁完全遵照玛丽莎的指令。几分钟后,坐在阿尔伯特右手边的牌友让安德鲁加入他们的牌局。罗格坐在阿尔伯特的左手边,他发完牌又放下两比索的硬币,大概等于五十美分。

安德鲁手上拿到的牌是同花,他本可以要求加码,但考虑到玛丽莎的建议,安德鲁将牌翻过来扔在桌上。看到这一幕,阿尔伯特笑了。

新的一局,这次安德鲁拿到的是一把同花顺。他又一次翻牌放弃,直接让阿尔伯特赢走了四比索。接下来三轮的情况几乎一模一样,突然阿尔伯特将自己手上的牌直接扔在桌上,然后定定地看着安德鲁的眼睛。

"好啦,"他说道,"我知道你是谁,你为什么会来这里,我也知道你想从我这里得到什么。所以你现在可以不必再像一个傻瓜似的输钱了。"

阿尔伯特的另外两个朋友也放声大笑起来,阿尔伯特将安德鲁输掉的比索还给了他。

"你没有注意到我们在作弊吗?你真的以为自己的运气好成这样?"

"我开始有些震惊了。"安德鲁回答说。

"他开始有些震惊了!"阿尔伯特望着他的两位朋友笑道,"你友好地请我们喝了一轮,这就足够让我们谈谈了,即使我们现在还不是朋友。好了,你是觉得现在自己可以调查奥尔蒂斯指挥官吗?"

"不管怎么说,我希望是。"安德鲁放下他的菲奈特-可乐说道。

"我不喜欢你把我侄女也拉进这件事里来。你的调查相当的危险。但是她比骡子更倔强，我也没法儿让她改变主意。"

"我不会让她冒任何危险的，我向你保证。"

"别轻易许下你无法兑现的承诺，你完全想象不出这些男人能够做出什么样的事来。如果他现在在这里，他倒是可以亲口对你说说，"阿尔伯特说着指了指挂在他座位上方墙上的画像，"他和你一样也是一名记者，但是他的工作却让他付出了生命的代价。他们像打一只狗那样棒打他，但他直到倒在他们的枪口下都没有屈服。"

安德鲁打量着那张照片。沃尔什看起来正气凛然，目光透过镜片直射远方。安德鲁在他身上看到了一丝和自己父亲类似的神情。

"你认识他吗？"安德鲁问道。

"让这些逝者在地下安眠吧，我来告诉你在你的报道里可以写些什么。"

"我还没有开始写呢，我也不想向你许下无法兑现的承诺。奥尔蒂斯是我报道的主线，他的命运让我的上司很震惊。"

阿尔伯特耸了耸肩膀。

"真奇怪，报纸总是对凶手比对英雄更感兴趣。大概粪便的臭味要比玫瑰的香味更好卖。他几乎和你一样谨慎，出入都有保镖陪同。你永远抓不到他的把柄，他从不独自外出。"

"这听起来真不妙。"

"但我们也可以以彼之道还施彼身。"

"怎么以彼之道？"

"我有些相当有勇气的朋友，愿意会会奥尔蒂斯和他的帮凶们。"

"抱歉，但我此行的目的并不是组织一场复仇活动。我只是想好好质问这个男人。"

"那随你便吧。我相信他一定会在客厅里迎接你,为你泡上一杯茶,向你讲述他的一生。而且他还会向你保证他绝不会让侄女冒一丁点儿的风险。"阿尔伯特看着他的牌友们讪笑道。

说完阿尔伯特从桌子上俯下身,凑近安德鲁的脸。

"好好听我说,年轻人,如果你不希望此行只是浪费大家的时间的话。要想让奥尔蒂斯对你说出真相,你必须掌握特别有说服力的证据。我并不是要你诉诸武力,这并不必要。从本质上说,所有像他一样行事的人都是懦夫。当他们没有凑成一堆时,他们每个人的胆量还不如核桃大。你只需要让他害怕,他就会马上把自己的故事和盘托出。但如果你让他看出你在害怕的话,那么他就会毫无愧疚地把你杀死,将你的尸体扔去喂狗。"

"我记下你的建议了。"安德鲁准备离开这里了。

"坐下,我的话还没有说完。"

玛丽莎姑父的语调让安德鲁觉得很有趣,不过他还是希望不要平白多添一个敌人。

"幸运女神是站在你这边的。"阿尔伯特接着说。

"但在牌局上不是。"

"我说的不是我们的牌局。下周二这里会有大罢工活动发生,飞机将无法按时起飞。因此奥尔蒂斯只能开车来找他的客户。"

听到阿尔伯特这番话,安德鲁推测玛丽莎已经将他们计划的细节都告诉了他。

"尽管那时候他身边必然还有旁人跟着,但这条路仍是堵住他的最好选择……只要你愿意让我们助你一臂之力。"

"我并不是不愿意,我只是不想有任何暴力行为发生。"

"谁和你说我们要诉诸暴力了？你真是个奇怪的记者，你只想着如何用手解决问题，而我，我却一直想着如何用脑解决。"

安德鲁满腹狐疑地打量着阿尔伯特。

"我很了解8号公路，我在那儿开车很多次了，现在只要你带我走上这条路，我闭着眼睛都能告诉你这条路周边的情况。这条路穿过一望无际的原野，有好几公里的路况都很糟糕……那里常年都有事故发生。玛丽莎就是在那里差点儿丧命的，我不想这样的事情再次发生。请你理解我，记者先生，这个男人的朋友已经盯上了我侄女，他们迟早要对她下手。在离加罕几公里的地方，道路会绕过一个十字架，路的右面有一个谷仓，你可以藏在那里。我和我的朋友能让奥尔蒂斯的车胎在这里没气，这条路上满是之前车辆上扔下的垃圾，他们不会怀疑的。"

"好，然后呢？"

"一辆车只会带一个备用轮胎，如果你的车大晚上在这么一个没有手机信号的地方没法儿开了，你会怎么做？除了步行去最近的村庄求助，自然没有其他办法了。所以奥尔蒂斯一定会派他的手下出去，自己一个人坐在车里等。"

"你为什么这么肯定？"

"像他这样军阶的退役军人永远不会放弃他的傲慢和自视甚高的架子，和他的手下一起走在泥泞的路上，就等于自降身份。我可能会弄错，但我认识太多像他这样的人了。"

"好吧，奥尔蒂斯会一个人待在车里，那你估计他的手下要过多久能回来？"

"如果去要一刻钟，回来要一刻钟，还要加上叫醒熟睡的修车工的时间，你绝对有大把的时间慢慢拷问他。"

"你就那么肯定他会在半夜出行？"

"他住的地方离布宜诺斯艾利斯有七小时的路程，如果交通堵塞的话还得再加上三小时。相信我，他一定会在晚饭后动身，一人驾车，一人负责他的安全，而你认为是奥尔蒂斯的那个人则会以掌控一切的神情坐在车子的后座上。他想在天亮之前穿过郊区，然后见面一结束就马上驾车回去。"

"这是一个很周密的计划，但还有一个细节问题：如果奥尔蒂斯的四个轮胎同时爆了，那他和他的车很可能会一头撞进墙里。"

"除非那里根本没有墙！只有一望无际的田野和你藏身的谷仓，但它离道路有一段距离。"

安德鲁双手扶着前额，考虑着阿尔伯特的建议。他抬起头，看了看沃尔什的照片，好像想知道他这位永远定格在过去的同行的想法。

"好啦，斯迪曼先生，如果你想得到真相的话，你就必须有探寻的勇气！"阿尔伯特抗议道。

"好吧，我同意，但是质问奥尔蒂斯时，只能有我和玛丽莎在场。我要你保证你和你的人不会趁机找他算账。"

"我们从这些野蛮人的手中侥幸逃脱，但我们永远不会和他们一样，请不要侮辱刚刚帮助了你的人。"

安德鲁站起身，向阿尔伯特伸过手去。阿尔伯特犹豫了一下，也伸出了他的手。

"玛丽莎，你觉得她怎么样？"阿尔伯特又开始了一局牌局。

"我不太明白你这问题的意思。"

"我确定你很明白我的问题。"

"她和你很像，阿尔伯特，而你不是我喜欢的女人的类型。"

回到旅馆之后，安德鲁在吧台前停下脚步。大厅里满是人，玛丽莎从吧台的一头跑到另一头，为房客们斟满调配好的鸡尾酒。当她弯下腰的时候，从她那件白衬衫的领口能够看到她胸部美丽的弧线，坐在高凳上的房客们可不会错过这精彩的一幕。安德鲁观察了她好一会儿，然后看了看表，已经1点了，他笑了一下，朝自己的房间走去。

　　房间里有一股烟草和廉价除臭剂的味道，安德鲁躺在床罩上。现在打电话给瓦莱丽显然太晚了，但他是那么想念她。

　　"我吵醒你了？"

　　"你知道的，没有必要压低声音，我已经睡着了，但是你能打电话过来我还是很高兴，我开始有些担心了。"

　　"今天可真是漫长的一天。"安德鲁回答说。

　　"事情像你想象的那样顺利吗？"

　　"我现在只想躺在你身边。"

　　"但是如果你现在正躺在我身边，你又会想去阿根廷了。"

　　"别这么说。"

　　"我想你。"

　　"我也是，我也想你。"

　　"你的工作顺利吗？"

"我不知道，明天也许……"

"明天也许什么？"

"你这周末能来这里陪我吗？"

"我也很想，但是我想我家附近的地铁不能直通布宜诺斯艾利斯，而且我周末还要值班。"

"你不想过来帮我值班吗？"

"阿根廷女人真的有传说中的那么漂亮吗？"

"我不知道，我不看她们的。"

"撒谎。"

"我想念你的微笑。"

"谁告诉你我刚刚微笑了？……好吧，我的确微笑了一下。快回来吧。"

"去睡吧，原谅我吵醒了你，我只是想听听你的声音。"

"一切都好吗，安德鲁？"

"我想，是的。"

"你知道的，如果你睡不着，你可以随时打电话给我。"

"我知道的。我爱你。"

"我也是，我爱你。"

瓦莱丽挂了电话。安德鲁走到房间的窗边。他看到玛丽莎从酒店的大门走出去。出于某种安德鲁说不清的理由，他忽然很希望玛丽莎能够回过头来，但是她却径直坐进她的甲壳虫汽车，扬长而去。

安德鲁是被电话铃声吵醒的。他不知道自己身处何时何地。

"别告诉我你一直睡到上午11点！"西蒙喊道。

"当然不是。"安德鲁揉着眼睛撒了个小谎。

"你是整夜都在狂欢吗？如果你回答是，我马上搭下一班飞机过去。"

"我做了个噩梦，快到凌晨的时候才睡着。"

"嗯，我会试着相信你的。当你休息的时候，我正在芝加哥。"

"该死，我忘了这件事。"

"我没有忘。你对我将要告诉你的事情感兴趣吗？"

安德鲁忽然猛地咳嗽起来，这让他差点儿喘不过气来。看着自己的手心，他不无担忧地发现上面有点点血迹。他向西蒙道歉，答应他一会儿再打给他，然后冲向浴室。

镜子里的那个人样貌可怕。他的皮肤呈现出一种死尸般的苍白，皱纹明显，眼窝深陷，颧骨突出，好像这一夜后他一下子老了三十岁。又一阵咳嗽，镜子上也溅满了血迹。安德鲁感到一阵眩晕，双腿发软。他急忙扶住洗手池的边缘，在倒地之前跪了下来。

地砖冰凉的触感让他好受了一些。安德鲁终于成功地翻过身，他盯着浴室光线昏黄的顶灯。

走廊里传来一阵脚步声，安德鲁心中燃起了希望，但愿是打扫房间的清洁工来了。由于没法儿喊人来帮忙，他试图伸手抓住自己上方几厘米处的电吹风线。他竭尽全力，最后终于抓住了它，但电线很快又从他手中滑落，懒洋洋地在他眼前晃荡着。

有人将钥匙插入房间的门锁。安德鲁担心清洁工以为房中有人又退了出去。他试着抓住浴缸的边缘，但是当他听到在浴室门外窃窃私语的两个男人的声音时，安德鲁的血液凝固了。

有人在搜查他的房间,他听到有人打开壁橱门的声音。他又一次伸出手想抓住该死的电吹风,好像那是一样武器。

他拉住电吹风的电线,电吹风掉在浴室的地上。门外的说话声突然停了。安德鲁终于坐起身来,他背靠着门用尽全力抵住门不让门外的人进来。

突然间他被一股很大的力量向前推,有人在门外猛地踹了一脚,门锁碎成了碎片,整扇门向着浴室倒下来。

一个男人抓住安德鲁的肩膀,试图将他按在浴室的地上。安德鲁奋力反抗着,眩晕由于恐惧而消失了。那个人没有料到安德鲁有那么大的力量,一下子撞在了浴缸的水龙头上。安德鲁站起身,推开第二个冲向他的凶手。他顺手抓起一瓶沐浴乳,向对方挥舞着。来人闪避着,沐浴乳的瓶子掉在了地上。两人猛地将安德鲁压在镜子上,他的眉骨被撞裂了,鲜血喷涌而出,模糊了他的视线。这是一场不公平的打斗,安德鲁显然处于下风。来人中更强壮的那个人将安德鲁压在地上,另一个从口袋中掏出一把小刀,将刀锋按在安德鲁的背上。安德鲁因为疼痛大声叫喊起来。他最后一次用尽全力抓起一块沐浴乳瓶子的碎片,用它割伤了试图掐死他的那个人的手臂。

这次轮到那个男人发出一声痛苦的叫喊。他倒退着踩在地上的一块肥皂上,手肘撞到了火灾报警器的按钮。

震耳欲聋的报警器声突然响了起来,两个男人急忙趁机逃跑了。

安德鲁的身体靠着墙慢慢滑下来。他坐在地上,伸手摸了摸自己的后背,手心里满是鲜血。顶灯的光线还在摇晃着,直到他失去知觉。

19

"如果你那么想见到安东尼奥,你只需要告诉我就行了。"走进医院病房时玛丽莎说道。

安德鲁看着她没有回答。

"好吧,我向你承认,现在不是幽默的时候,我很抱歉,"她补充道,"不过他们对待你的方式可真特别,看互联网上的新闻你能够全身而退真是太幸运了。"

"这完全是看问题的角度问题!刀锋离我的肾脏只有十厘米。医生们关于运气的概念可真奇怪。"

"警察说你正好撞上潜入你房间行窃的小偷;他们对我说这种情况现在越来越多了。他们翻找游客留在酒店里的笔记本电脑、护照以及一切值钱的东西。"

"你相信这个解释吗?"

"不。"

"好,现在我们是站在一边的了。"

"你的房里有电脑?"

"不,我还是以过去的方式工作的,用笔和纸。"

"他们走的时候什么都没有带走,我替你收拾了行李,现在都安安全全地留在我家中。"

"你找到我的笔记本了吗?"

"是的。"

安德鲁放心地呼了口气。

"如果你还想在下周二质问奥尔蒂斯的话,你最好先好好休息一阵儿。你现在还是支持非暴力吗?"

"我来这里不是为了休息的。"安德鲁说着从病床上坐起身。

疼痛让他的脸扭曲了,他又感到一阵眩晕。玛丽莎急忙上前扶住他。她竖起枕头,帮安德鲁坐得舒服些,然后递给他一杯水。

"我已经有个病人在医院了……看来与其做吧台服务生,还不如做护士更加适合我。"

"你的男朋友现在怎么样了?"

"下周还有一台手术要做。"

"那关于我,医生们怎么说?"

"他们让你好好静养几天,斯迪曼先生。"赫尔拉医生走进病房说道,"你真是死里逃生。"

医生走近病床打量着安德鲁的脸。

"你本来可能会失去一只眼睛的。但是很幸运,镜子的碎片没有伤到关键部位,你只是有些水肿,过些日子就会消退。你腰部的伤口我们已经缝合,我的实习医生保证那里不会留下任何疤痕。相反的是,你总体的身体情况并不乐观。我建议你留院观察几天,接受各项补充检查。"

"什么样的检查?"

"所有我认为必要的检查。我担心你身体的其他地方有内出血。你在出事之前觉得身体如何?"

"的确不算太好。"安德鲁如实承认。

"你最近有过健康问题?"

安德鲁考虑了一下。"最近"并不是一个合适的时间状语,但是怎样告诉赫尔拉医生他现在经受的不过是一次死里逃生后的后遗症状,而谋杀事件要在几周后才发生?

"斯迪曼先生?"

"背部剧痛和不适感交替出现,我总是觉得自己全身发冷。"

"可能只是椎骨的毛病,虽然要治好它也不容易。我相信你一定有内出血症状,不确认你痊愈我是不会放你出院的。"

"我最晚下周一一定要下床。"

"我们会尽力的。你差点儿就要永远留在医院里了。所以请好好享受活着的乐趣吧,你在这里可以得到布宜诺斯艾利斯最好的服务。今天下午我们会安排你进行腹部超声检查,如果结果没有异常的话,我再安排你进行 X 光检查。现在就请好好休息吧,我在快下班的时候会再来看你的。"

赫尔拉医生退出病房,留下安德鲁和玛丽莎两人独处。

"我的手机在你这里吧?"安德鲁问道。

玛丽莎从口袋中掏出安德鲁的手机,把它交给了他。

"你应该通知你的报社。"她建议道。

"当然不行,他们会马上把我召回的;我不希望有人知道我遇到了什么事。"

"警方已经展开调查,估计等你的状态好一点儿,他们很快会来给你做笔录的。"

"调查也没有任何用处,不是吗,那还要浪费时间做什么?"

"因为这是法律规定的。"

"玛丽莎,我不会再次错过我和奥尔蒂斯的碰面。"

"为什么是'再次'?"

"没什么。"

"按医生说的好好休息吧。也许你会在周末的时候好起来。我会通知我姑父多等你几天的。"

———— ∽ ————

周四的时候,超声检查、X光检查、心率测试、抽血化验,一项接一项的检查分割了安德鲁在候诊室里和其他病人一同度过的漫长时光。

快傍晚的时候护士将他送回病房,尽管他必须插着静脉点滴的管子,但医院的护士们好心地为他安排了更加舒适的环境,担架轻抬轻放,食物可口。如果不是因为浪费宝贵时间的话,那安德鲁真的没什么好抱怨的了。

安德鲁一直没有收到检查结果。他给瓦莱丽打了个电话,但没有告诉她发生在自己身上的事情,一方面他不想让她担心,另一方面他也害怕她会要求他马上回国。

玛丽莎在去酒店上班之前来看过他一次。看着她离去的时候,安德鲁忽然很想能够跟着她一同出去。太久以来一直如影随形的死亡突然让他生出一种强烈的欲望,他好想好好地享受生活,重新沉醉一回,忘却明日的忧愁。

———— ∽ ————

周六快中午的时候,赫尔拉医生在一队学生的陪同下出现在安德鲁的病房中。做小白鼠的滋味一点儿都不好受，但安德鲁还是听从了医生的安排。

眉骨上的伤伤得正是位置，他现在只能通过一只眼睛看。医生让安德鲁放心，伤口再过四十八小时就会愈合。腹部的超声检查显示有轻微出血，其他检查结果一切正常。赫尔拉医生很高兴地看到检查结果完全符合他的判断。他怀疑病人有伴随着肾脏症状的出血性发热，起源很可能是病毒性的。其症状起先看起来类似流感，接着会出现头痛、肌肉酸痛、腰部疼痛和出血。治疗这类疾病，除了时间别无更好的方法。赫尔拉医生询问安德鲁最近是否曾在森林中野营过，野生啮齿动物的粪便是传播这类病菌的主要渠道。

安德鲁平生最看重生活的舒适度，他向医生保证说自己从未有过去野营的念头。

"或者你是不是曾被人从森林中带来的工具弄伤过，例如伐木工的工具或者猎人的工具？"

安德鲁立即想到了奥尔森，他握紧拳头恨不得一下子打碎后者的下巴。

"这倒有可能。"安德鲁控制着自己的怒气。

"下次请小心一些吧，"医生微笑着说道，能够在学生面前预言成功令他心情大好，"如果不出意外的话，你下周一下午就能出院了，这正是你所希望的吧？"

安德鲁点了点头表示同意。

"你需要好好休息。你后腰的伤口并不严重，但仍需要时间愈合，请注意不要让它感染了。你什么时候回美国去？"

"下周末，一般来说。"安德鲁回答说。

"我建议你在登机前再做一个小检查，我们可以顺便帮你拆线。好了，周一见，祝你周末愉快，斯迪曼先生。"医生说着带着他的学生走出了病房。

下午晚一点儿的时候，安德鲁在病房中接受了一位警官的来访。在警官向他说明由于酒店没有监控设备，所以完全没有可能逮捕凶手后，安德鲁表示自己愿意放弃上诉的权利。这让警官大大松了口气，他让安德鲁好好休息，并祝他早日康复。快傍晚的时候，刚刚陪伴未婚夫度过一个下午的玛丽莎也赶来看他，并在安德鲁的床边待了一个小时。

周日，从侄女那里得知消息的路易莎也赶来医院，并为安德鲁带来了她做的饭。她花了大半个下午的时间陪着安德鲁，安德鲁向她讲述了自己作为记者的几段职业生涯，而路易莎则将自己成为"五月广场母亲"的心路历程告诉了安德鲁……随后她又询问安德鲁是否见过阿尔伯特。

安德鲁将牌桌上发生的故事告诉了路易莎，路易莎听了气愤地说三十年来阿尔伯特除了玩扑克和发福外就没有做过其他什么正经事。这个如此智慧的男人完全放弃了他的生活和妻子，她永远都不会原谅他的。

"你要知道他年轻的时候是多么英俊，"路易莎叹了口气道，"所有住在附近的姑娘都想和他在一起，但是他最后选择的是我。我懂得如何吸引男人，我让他相信我对他一点儿兴趣都没有。然而每次他和我说话或是冲我微笑时,我都感觉自己好像阳光下的积雪。但是我总是太过骄傲,不愿表露真情。"

"那是什么让你改变了主意?"安德鲁打趣地问道。

"有天晚上……"路易莎从篮子里取出一只暖壶,"医生允许你喝咖啡吗?"

"他什么都没有说,但是自从我住院以来,似乎喝过的只有花草茶。"安德鲁承认道。

"沉默即同意!"路易莎将杯子递给安德鲁,"有天晚上,阿尔伯特来到我父母家。他敲门请求我父亲允许他带我出去散步。那是十二月。潮湿只是增加了我家中的闷热感。那时我住在我家的二楼,正好听到他们的对话。"

"你的父亲说了什么?"

"他立刻拒绝了阿尔伯特,告诉他自己的女儿根本不想见他。由于那时我最喜欢反抗父母的意见,所以立即跑着从楼梯上下来,披上披巾,当然这是为了不要让我爸爸太震惊,然后我跟上阿尔伯特,我们一同出了门。现在我可以肯定这一定是他们一同密谋的欲擒故纵的招数。当然我父亲从来不肯承认,阿尔伯特也是,但是从他们常常一提到我和阿尔伯特的第一次约会便一同取笑我的样子,我便能猜到一些端倪。和阿尔伯特的出行比我预想的更加愉快,阿尔伯特不像那些只想尽快和你上床的男孩子。他和我谈政治问题,谈贫穷并非命定、人人都有自由表达权的新世界。阿尔伯特是个人道主义者,天真又充满乌托邦的幻想,但他是个很慷慨的人。他嗓音低沉令我心安,目光所及使我不由得倾心。就这样谈论着改造世界的梦想,我们根本感觉不到时间的流逝。当我们走上回家的路的时候,时间早已超过我父亲要求我回去的时间。

我知道爸爸一定会在门口等着我们，也许手边还有一支装满粗盐的枪，为的是好好教训阿尔伯特一番。我对阿尔伯特说要不我还是一个人回去，免得他被父亲刁难，但阿尔伯特坚持要送我回家。

"在我家附近的街角，我问阿尔伯特要了他的手绢，将它绑在我的脚踝处。然后我靠在他的肩膀上，假装扭伤了脚。父亲一看到我这样子，马上冷静下来，他急忙跑过来帮忙。我对他说由于我扭伤了脚，每走几十米就得歇歇，所以回来的时候不得不花上两个小时。我至今也不知道爸爸是否相信我所说的话，但他还是对阿尔伯特将他的女儿平安送回表示了感谢。至于我，睡下之后满脑子只有阿尔伯特用手臂搂住我时心中涌起的感情。六个月后，我们结婚了。那时我们并不富裕，月末的时候常常捉襟见肘，但是阿尔伯特总是有办法让我们安全度过。那时的我们很幸福，真正的幸福。我在他的陪伴下度过了我一生中最美好的时光。在一起时我们常常笑。然而再之后就是新的独裁政权的建立，比以往的任何政权都更恐怖。我们的儿子被绑架时还只有二十岁。阿尔伯特和我只有这么一个孩子。他就此失踪，再也没有出现过，我们永远忘不了他的失踪带给我们的伤痛。但我们以各自的方法活了下来，他通过遗忘，而我通过斗争，如今我们的角色完全反了过来。如果你见到阿尔伯特，我绝不允许你告诉他我和你曾谈起过他。你同意吧？"

安德鲁点头答应。

"自从我们上次见面以来，我就一直睡得不好。奥尔蒂斯在我的相册里并不显眼，他只是个二流军官，就像我和你说过的那样，他的职业生涯并不辉煌。但是，现在，我不禁想到，是不是就是他驾驶了那架飞机，他们就是从那架飞机上将我儿子扔进了普拉塔河。我希望你可以尽快找到他，让他招认当年的种种罪行。对于一个女人来说,没有什么比失去自己的孩子更令人痛苦的了,这是人类可能经受的最大的伤痛,甚至比他自己死亡更可怕。但如果你能想象无法给自己的孩子下葬,无法见他最后一面的那种痛苦。想象一直冲你喊妈妈的那个人,跑过来扑到你怀中,用尽全力紧紧地抱住你……"

说到这里,路易莎顿了顿。

"……当作为你生命中的阳光的孩子消失无踪的时候,当你知道自己再也听不到他的声音的时候,你的生活就是地狱。"

路易莎站起身走到窗户边,她不想让安德鲁看到她的脸。她吐出一口气,继续讲她的故事,目光投向远方。

"阿尔伯特在遗忘中找到了庇护所,他害怕痛苦会将他推向盲目复仇的深渊。他不想变成和那些凶手一样的人。而我,我丝毫不怕这个。一个女人可以毫不愧疚地杀死偷走她孩子的人。如果我有机会做到这点的话,我绝不会手软。"

安德鲁在那一瞬间忽然想到了卡佩塔夫人。路易莎转过身,双眼通红,但是目光坚定。

"请把他找出来,我真心地请求你,或者说以我仅剩的破碎的心请求你。"

说完路易莎拿起篮子走了出去。看着她远去的身影,安德鲁感觉这番对话让她一时间苍老了不少。整个晚上,他都在想着自己和奥尔蒂斯的会面,这是他第一次希望阿尔伯特的计划能够奏效。

———❦———

快傍晚的时候,安德鲁的电话响了。他以高难度的动作扭过身子去接电话，背部的疼痛又开始了。

"当你说'我过五分钟打给你'的时候，实际上你……"

"我在医院，西蒙。"

"你是去探望别人？"

"不，是我本人在医院……"

安德鲁将自己受人袭击的遭遇告诉了西蒙，并叮嘱他绝不可以告诉瓦莱丽。西蒙想要立即赶过来看安德鲁，但安德鲁阻止了他。自己一个人在布宜诺斯艾利斯就够显眼了，如果再加上西蒙，只会让事情变得更加复杂。

"我想现在也许不是向你汇报卡佩塔夫人的故事的时候。"

"不，正相反，反正我这个周末也没有事情可做。"

"她每天下午都在那个小公园里织毛衣，而她的儿子在沙地上玩耍。"

"你和她搭话了？"

"我刚刚和你说她在织毛衣，并不是什么引申义……"

"没有别的事情？"

"没有了，除了她的美貌让我觉得嫁给像卡佩塔这样的人实在不值之外，当然这话完全出自我的妒忌心。"

"怎样的美貌？"

"黑发，乌木般的眼睛，目光中满是孤独和忧伤。"

"这都是你在观察她的时候得出的结论？"

"我注意女人并不是只因为我喜欢女人……"

"西蒙，你是在和我说话……"

"好吧……她去麦当劳买了一杯咖啡，她的儿子回来的时候手上拿着一个对他而言显然过重的托盘。我想办法让他弄脏了我的裤子。你看，为了你我还牺牲了一条牛仔裤。他母亲立即站起身，忙不迭地向我道歉。我做了两个鬼脸，逗得孩子哈哈大笑，然后给了他十美元，让他去麦当劳再买一杯可乐和两包薯条，借口这样就能顺便再要点儿纸巾。随后我就和孩子的母亲一起坐在椅子上，等她的儿子回来。"

"这才像是你做的事。"

"你这样看我，让我很难过。"

"她和你说了什么？"

"她说自她丈夫死后她一个人住在芝加哥，希望和她的儿子重新开始一段新生活。"

"……她抹杀了明明还在世的孩子的父亲的存在，奇怪的寡妇！"

"她提到她丈夫时凝重的神色，会让人血液凝固。对了，她身上还有某种吓人的东西。"

"是什么？"

"我不知道应该怎么向你描述，简单地说就是和她在一起时我觉得很不舒服。"

"她和你说了她的纽约之行吗？"

"没有，当我和她告别时我对她说如果她需要帮助的话，可以随时找我，但她马上向我发誓自己再也不会回到那里去了。"

"她应该是看穿了你的把戏。"

"如果我真的是在对她耍花招的话，那她一定会改变主意的。"

"当然了！"

"是的，当然！但是考虑到我此行的目的，我还是很注意自己的言行的。我只是一个商人，来芝加哥出差，家里有三个孩子、深爱自己的妻子。"

"假装是一家之主的感觉如何？今天早晨没有精疲力竭？"

"我想我很想念你，但是……"

"你觉得她可能杀死别人吗？"

"她有足够的力量，她编造自己生平的动机。显然有什么东西在搅乱她的生活。她不是《闪灵》里的尼克尔森，但我可以向你保证她的目光锐利得吓人。好了，安德鲁，你还要待在布宜诺斯艾利斯浪费时间吗，你真的相信有人会在几周内谋杀你？"

"老天给了我第二次机会，西蒙，让瓦莱丽不会因为失去我而痛苦，让我有机会结束这次调查。现在的我比过去更加有自我意识。"

安德鲁要求他的朋友最后再帮他一个忙。他让西蒙等他们挂电话后，去花店买一束花，然后按他的要求写一张小字条，派人将花送到瓦莱丽家。

而与此同时，就在布宜诺斯艾利斯的医院中安德鲁仿佛听到路易莎在自己耳边说："如果卡佩塔夫人相信是因为你而让她失去了女儿，那么请多保重。"

周一早晨，安德鲁又一次接受了新的检查，赫尔拉医生允许他下午出院。

玛丽莎在她的车里耐心地等着。在酒店稍事停留后，他们又驱车前往阿尔伯特和他朋友等他们的地方。

安德鲁在大厅深处的桌子边坐下，这次只有阿尔伯特一个人在那里。他展开一大张纸,画出奥尔蒂斯将要走的路线。

"一出玛利亚别墅,一辆在路当中抛锚的卡车将会迫使奥尔蒂斯放弃9号国道。他的司机只能转弯向南走,开上8号国道。这次你可以直接去加罕,在圣母玛利亚雕像的方向,你很容易找到距公路五十米的三个谷仓。一条窄窄的土路通往那里。你可以和玛丽莎将车熄火后,停在那里,顺便利用这个机会轮流睡一会儿。

"如果奥尔蒂斯离开杜美尼尔是快晚上9点的时候,他就会在凌晨4点左右到达加罕。我们会事先做好准备工作,在路上撒上废铁料,当他的车开过十字架时,正好落入我们的安排中。"

"如果第一个开过来的不是他的车呢?"

"在这个时候不会有其他车过来的。"

"你怎能这么百分之百地肯定?"

"会有朋友一路盯着他的,奥利维亚、查松、阿里亚斯、圣埃米利亚,每隔一刻钟我们就能知道他的车到哪里了。我们会等到确认他快到十字架后,再开始布置的。"

"还有个地方叫奥利维亚?"

"是的,为什么这么问?"阿尔伯特回答道。

"没什么。"

"等到他的车没法儿继续前行,你们记得要等到他手下的人都离开后再出来。如果要你一对三,你肯定搞不定。我觉得你可能最近刚刚和他们打过交道,看看你的样子,真的要打估计还没有什么把握呢。"

"那我呢? 你忘了还有我呢。"玛丽莎问道。

"你嘛,就留在车内吧,你负责开车。我不许你离开驾驶室一步,即使我们勇敢的记者先生被人用枪打中。你明白我的意思了

243

吧，玛丽莎，我可没有开玩笑！如果你发生了什么意外，你姑姑肯定会在大白天赶来这里痛打我一顿的。"

"她不会从车上下来的。"安德鲁代玛丽莎保证道，话音刚落就在桌子底下挨了玛丽莎一脚。

"别拖拉，加罕离这里有两个小时的路程，你们需要时间认清道路，确定地方，隐蔽自己。理查多会帮你们准备路上吃的东西，他正在厨房里等你，玛丽莎。去吧，我还有两三句话要对记者先生说。"

玛丽莎服从了阿尔伯特的指令。

"你觉得自己有能力完成这项任务吗？"

"你明天就知道了。"安德鲁懒洋洋地回答道。

阿尔伯特握住了安德鲁的手臂。

"我动员了许多朋友帮忙，因为这不仅关系到我的信誉，也关系到我侄女的安全。"

"玛丽莎是个大姑娘啦，她知道自己在做什么，不过要是你想阻止她的话现在还来得及。有了这张地图，我想我应该可以不太费力就找到这个地方的。"

"她不会听我的话的，我的话对她来说已经没有威信啦。"

"我会尽力的，阿尔伯特，而你，请你也不要让这次任务（按照你的说法）变成悲剧。你答应过我，你和你的朋友不会找奥尔蒂斯私下算账的，是吧？"

"我言出必行，既然已经答应你了！"

"那么，一切应该都会顺利的。"

"带上这个，"阿尔伯特说着把一把手枪放在安德鲁的膝盖上，"以防万一。"

安德鲁将枪还给了阿尔伯特。

"我不觉得这能保证玛丽莎的安全,我从来没有用过枪械。和拍电影不同,并不是所有的美国人都有西部牛仔的风范的。"

说完安德鲁就想站起身,但是阿尔伯特示意他们的对话还没有结束。

"路易莎去医院看你了?"

"你怎么知道的?"

"在你住院期间我也很关心你的恢复情况,我担心奥尔蒂斯的手下会再来找你的麻烦。"

"所以你早就知道刚刚那个问题的答案了。"

"她和你谈起我了吗?"

安德鲁打量了一会儿阿尔伯特,然后站起身。

"这个问题我们明天再讨论吧,等我从加罕回来之后。祝你度过一个愉快的夜晚,阿尔伯特。"

走出餐馆,安德鲁用目光搜索着玛丽莎的甲壳虫。突然一声喇叭声吸引了他的注意。玛丽莎从一辆新车的车窗中探出头来。

"我们现在就去,还是你改变主意了?"

安德鲁坐进车内。

"我姑父担心我的车状态不佳。"

"真想不到他还能注意到这个。"

"这是他的车,这说明他是多么重视这次任务。"

"别再用'任务'这个词啦,太奇怪了!我们不是要出任务,我也没有为任何秘密组织工作,我只是一家值得尊敬的报纸的记者而已。如果奥尔塔格真的就是过去的奥尔蒂斯的话,我会想办法让他承认的。"

"你那时候最好还是乖乖闭嘴,什么都别说。"玛丽莎嘲讽道。

在前往加罕的一百八十公里的路上,他们俩几乎一言不发。玛丽莎的注意力都集中在路况上,就像她姑父说的那样,这条路的路况相当糟糕,路面缺少照明。他们在快午夜时分才赶到目的地。玛丽莎在十字路口停下车,靠手电筒的光线观察地形。

"如果车在这里爆胎,"她对安德鲁说,"它便会在前面的田野里停下来。你看,没有什么可担心的,我姑父没有骗你。"

安德鲁借着车灯微弱的光线也侦察了一番,他想知道阿尔伯特的人什么时候会来。

"上车吧,"玛丽莎命令道,"开往谷仓的小路就在那里,我们去守在那儿,还有大把的时间,正好吃点儿东西。"

玛丽莎重新点火,将车开上环绕谷仓的小路。她在两个谷仓间停下车,然后关掉车灯。等安德鲁的眼睛适应昏暗之后,他才意识到他们所处的位置拥有绝佳的视角,正好把公路上发生的一切尽收眼底,而路上的人却丝毫看不到他们。

"你姑父的计划真是没有一丝一毫的遗漏!"

"阿尔伯特曾是蒙托内罗斯组织的成员,参加过一些实战,所以说他很有经验。如果他现在和你一样年纪的话,那么现在坐在这车里的一定就是他本人了。"

"我不是他的手下,玛丽莎,请你永远记住这一点。"

"你已经和我们重复过好多次了。我懂的。你饿吗?"

"不算太饿。"

"还是吃一点儿吧,"玛丽莎说着递给他一块三明治,"你需要补充能量。"

她打开了车内的顶灯,微笑着看着安德鲁。

"怎么了? 你为什么要冲我笑?"

"因为你。"

"我有什么古怪的地方吗?"

"你的左脸看上去挺不赖的,但你的右脸看起来好像一个木偶。"

"谢谢你的赞美!"

"只是半个赞美,一切都取决于我们从哪一侧看你。"

"你希望换我来开车吗?"

"不,我更喜欢你不好看的那半侧脸,这符合我的口味。"

"我相信安东尼奥听到这话应该会很高兴的。"

"安东尼奥不英俊,但他是个好人。"

"这和我没有关系。"

"那你,你的妻子,她美吗?"

"这也和你没有关系。"

"看来我们得在这辆车里待上很久,你是希望我们聊聊天气吗?"

"瓦莱丽非常美丽。"

"如果相反的话,我才会吃惊呢。"

"为什么这么说?"

"因为我想你应该是个会因为在散步时手挽一位美丽的女士而自豪的人。"

"你弄错了。我们中学时就认识了,那时候的我一点儿都不懂男女之情是怎么回事,害羞、笨拙,至今都未改变。"

玛丽莎的手机在衣袋中振动起来,她掏出手机,有一条新的短信。

奥尔蒂斯的车朝着8号公路过来了,他们最多四小时后到达你们的位置。

"我以为这里没有手机信号。"

"这要视情况而定,唯一的信号站在二十公里之外,一旦断电,自然就会切断一切通信方式。"

安德鲁笑了。

"你说得也许有道理,这个晚上确实越来越有出任务的味道了。"

"你看上去还是挺享受这个词的。"

"把三明治给我,不要再嘲弄我啦,不然我就要被你的魅力给迷住了呢。"

玛丽莎转身去后车座上拿东西,一举一动之间尽显身材,这一切自然无法使安德鲁无动于衷。

"拿着,喝点儿咖啡吧。"她说着将一只保温壶递给安德鲁。

一小时后,他们听到远处传来发动机的声音。玛丽莎立即熄灭了车内的灯。

"如果是奥尔蒂斯的话,就太早了。"安德鲁咕哝道。

玛丽莎放声大笑起来。

"你压低声音真是太对啦,万事小心为妙;我们离公路只有五十米的距离,可能会被人听到的……不,这不会是奥尔蒂斯的。"

"好吧,那你为什么要关灯?"

就在安德鲁弄明白发生了什么之前,玛丽莎一下子翻身跨坐在他身上。她用手指抚摸着他的嘴唇,然后吻了他。

"别说话,"她轻声说道,"你就要结婚了,而我也是,所以我们不会爱上对方。"

"鉴于你刚刚还让我闭嘴,你说的话有点太多了。"

玛丽莎又一次拥吻了安德鲁。

———— ∽∾∽ ————

玛丽莎睁开眼睛,看了看表,用手肘推了安德鲁一下。

"快醒醒,穿上衣服,现在已经是凌晨3点了!"

安德鲁忽然清醒过来。玛丽莎一把拿起自己的手机,上面显示有六条未读信息,每一条都是奥尔蒂斯的车刚刚经过的地名。她扫了一眼手机屏幕,急忙翻身回到驾驶室。

"我的手机没有信号了,他们应该是切断了供电。奥尔蒂斯应该就在不远处,快点儿!"

安德鲁穿好衣裤,坐进副驾驶的位置。四周一片寂静。他转头看了看玛丽莎,她的目光紧紧地盯在公路上。

"快向前看,"她说,"他们马上就要从前面经过了。"

"刚刚后座上发生了什么?"安德鲁突然问道。

"什么事情都没有发生,只是两个有默契的成年人之间美好的一刻而已。"

"如何美好?"安德鲁微笑着问道。

玛丽莎又用手肘推了他一下。

"你觉得当你姑父的朋友刚才过来布置现场时,他们看到我们了吗?"

"最好是没有,不论是对你还是对我,这样都比较好。现在,祈求上苍我们还没有错过奥尔蒂斯吧。"

"如果他的车子已经来过，它应该就停在路当中，不是吗？你看到有车停着吗？"

玛丽莎没有回答。发动机的声音越来越近，安德鲁感到自己的心跳加速。

"如果不是他们，会如何？"他喃喃说道。

"那就是误伤了……很遗憾，但有时候这也难免！"

正当安德鲁忧心的时候，一辆四厢小客车旋风般地在十字架前停了下来。车子的三个轮胎都爆了，司机试图控制车子的运行方向，但是车子完全不听使唤，歪歪斜斜地又前进了一段路，最后侧翻在地。车子在撞进一个鸡窝之前，又在地上滑行了一段距离。车子的后车盖被巨大的冲力翻起来，几个酒桶和车子发出沉闷的碰撞声。车前的风挡玻璃完全碎了，在一阵嘈杂之后，是一片死寂。

"不应该这样的，不应该这样的。"安德鲁一边试图下车一边咆哮道。

玛丽莎一把抓住他的胳膊，强迫他坐在副驾驶的位置上。她转动车钥匙，将车子开上土路，然后在公路边将车停下，借着远光灯的光线，他们看到了悲惨的一幕。一个奄奄一息的男人被甩出车去，他的情况很糟糕，但是还有呼吸。玛丽莎急忙走向出事的车辆，司机满脸是血，已经失去了知觉。后座上一个被变形的车身困住的男人，正呻吟着，他刚刚恢复意识。

安德鲁赶去帮忙，他跪下来想砸破驾驶室的玻璃。

"帮我一把，"他回头对玛丽莎说道，"我们得尽快把他弄出来，一会儿车子就要起火了。"

玛丽莎也跪下来，她冷漠地望着车内受伤的男人。

"你听到了吗,这车马上就要起火了。我们有些问题要问你,如果你不想变成烤猪的话,就快点儿回答我们的问题。"

"你们是谁? 你们想把我怎么样?"那个男人呻吟道。

"是我们在问你,你,只能选择回答。"

"该死,玛丽莎,别犯傻了,帮我一把。"安德鲁说着想把伤者从车里弄出来。

"不许帮他,除非他回答了我们的问题。你的真名是什么?"她毫不留情地说道。

"米格尔·奥尔塔格。"

"那我就是贝隆夫人! 我再给你一次机会。"玛丽莎说着叼住一支烟。

她从口袋中摸出一盒火柴,划燃一根,然后将点燃的火柴凑近奥尔塔格的脸。

"我叫米格尔·奥尔塔格!"那个男人大声喊道,"你们都疯了,快把我拉出来!"

"请再好好想想,现在漏出的汽油越来越多了。"她说道。

安德鲁用尽全力试图将奥尔塔格拉出来,但是这个男人的双腿被驾驶室的座椅紧紧压住,没有玛丽莎的帮助,他也无计可施。

"好吧,那我们走吧。"说完玛丽莎将她的火柴扔向车内。

火焰摇晃了几下之后就熄灭了。玛丽莎点燃了另一根火柴,然后又用它点燃了火柴盒,用手指捏着它。

奥尔塔格看着在自己头顶舞蹈的火苗。

"奥尔蒂斯,我叫菲利普·奥尔蒂斯,快把火熄了,求求您,我有一家人要养,请不要这样做!"

玛丽莎将火柴盒扔得远远的,然后冲指挥官奥尔蒂斯吐了口

251

唾沫。

安德鲁快要气疯了。玛丽莎钻进车厢，推开座椅。安德鲁终于把奥尔蒂斯成功地拉了出来，拖到远离车子的一个地方。

"现在我们去救驾驶员。"他的口吻不容置疑。

当安德鲁回到车边时，汽车引擎盖下已经有火花嗤嗤作响，车子开始燃烧。他看到驾驶员的身上着了火。在烟雾遮掩了这噩梦般的一幕之前，安德鲁看到驾驶员的脸可怕地扭曲着。

安德鲁双手抱住脑袋，不由自主地跪下来呕吐。当火势渐渐减小时，他回头去找躺在路边的奥尔蒂斯。玛丽莎正坐在他身边，抽着烟。

"我们现在就送他去医院，还有那个躺在路上的人。"

"不，"玛丽莎摇晃着车钥匙回答说，"如果你敢走过来的话，我就把钥匙扔到田野里去。"

"已经有人死了，你还觉得不够吗？"

"一个人就可以抵上三万人的性命吗？不，这远远不够。现在是比赛的下半场了，显然优势在我这边。如果这个人渣还有一口气在，他就必须回答我们的问题。拿出你的笔记本和笔，记者先生，你荣耀的时刻到了！"

"我很难受，"奥尔蒂斯哀求道，"请送我去医院，我会在路上把所有事情都告诉你们的。"

玛丽莎站起身，向自己的车走去，打开副驾驶座前的储物盒，回来的时候手上拿着一把手枪。

她用手枪抵住奥尔蒂斯的太阳穴，拉下保险栓。

"好吧，那我就充当一回速记员的角色吧，我们现在开始访问。鉴于他现在血流不止，如果我是你的话，我就不会浪费太多的时间。"

"如果我不肯配合的话,你是不是也会冲我的脑袋开枪?"安德鲁问道。

"不,我太爱你了,所以我不会这样做,但是他不一样,和他清算总账我毫不手软。我甚至开始享受这个过程了。"

安德鲁在奥尔蒂斯身边跪下来。

"让我们尽快结束吧,这样我才能将你送去医院。我很抱歉,我不想让事情变成这样的。"

"你以为他弄坏安东尼奥车子的刹车时有过一丝一毫的抱歉吗,或者是当他派手下潜入你在酒店的房间时?"

"你忽然闯入我们的地方,还逢人便打听关于我的事情。我们只是想让你退缩,让你害怕,但我们没想让你出事。"

"好啦,当然,"玛丽莎叹了口气道,"你如果在医院碰到安东尼奥,可以慢慢讲给他听。我们,我们也只是想让你害怕,现在我们两清了,不是吗?啊,不是呢,一点儿都不是,看看我朋友的脸,你看得出这是你的手下做的好事吗?"

"我什么都看不出,我不知道你们是谁。"

安德鲁被奥尔蒂斯的坦诚给说服了。

"我叫安德鲁·斯迪曼,《纽约时报》的记者。我目前正在调查阿根廷独裁时期一位飞行员的生平。你就是奥尔蒂斯指挥官吗,在一九七七年至一九八三年之间担任海岸护卫队的高级军官?"

"直到一九七九年十一月二十九日为止。这之后我再也没有指挥过一架飞机。"

"为什么?"

"因为我再也无法忍受上级命令我做的事情。"

"那上级布置给您的任务是什么,奥尔蒂斯指挥官?"

奥尔蒂斯吐出一口气。

"好久都没有人叫我指挥官了。"

玛丽莎用手枪抵住奥尔蒂斯的脸颊。

"我们不在乎你的心情。你只要乖乖回答问题就行了。"

"我受命巡视乌拉圭边界一线。"

玛丽莎将枪口移到奥尔蒂斯的大腿处,她用枪口摩擦着一块露出体表的骨头。奥尔蒂斯痛苦地号叫起来,安德鲁猛地一把将玛丽莎推开。

"如果您再敢这样做一次,我就把您一个人留在这里,让您独自步行回布宜诺斯艾利斯,我的话明白吗?"

"我们现在彼此用'您'来称呼对方了?"玛丽莎说着挑逗地看了安德鲁一眼。

"请开车送我去医院吧。"奥尔蒂斯乞求道。

安德鲁又拿起自己的笔记本和笔。

"你是不是参与过死亡飞行的任务,奥尔蒂斯指挥官?"

"是的。"奥尔蒂斯低声说道。

"你执行过多少次这样的任务?"

"三十七次。"

"如果一次按二十人算,那么这个人渣就把七百多人扔进了死亡海域。"玛丽莎说道。

"我一直坐在驾驶舱内,根本看不到后面发生的事情。每次当飞机的重量忽然一轻,我就隐约预感到发生了什么事情。我只是单纯地服从上级的命令。如果我拒绝服从的话,我也会没命的。换作你,你能怎么做?"

"我更愿意牺牲自己的性命,而不是参与这肮脏的任务。"

"你还只是个孩子,你不知道自己在说什么,你根本不懂独裁专制意味着什么。我是职业军人,天生的使命就是服从,无条件地为我的国家服务。你完全不了解那个时代。"

"我就生在那个时代,人渣,我真正的父母就是饱受折磨之后被你们这样的人杀害的。"

"我从来没有折磨过任何人。被送上我的飞机的人基本都是死人,或者都是快死的人。如果我想要充当一回英雄的话,我马上就会被枪决,我的家人也会被逮捕,而另一位飞行员将会接替我的位置。"

"那你为什么在一九七九年决定终止飞行生涯?"

"因为我再也受不了了。我只是一个普通的士兵,一个没有故事的人,也不比别人更有勇气。我没法儿公开反抗等级制的专制制度。我很害怕自己最终的结局。十一月的一个晚上,我试着将飞机降低飞行高度直接开进河里,只需要一下就行了,但是我的副机长阻止了我,他很快将飞机调整到正常的高度。事后他向上级揭发了我的行为。我很快被逮捕,等待着接受军事法庭的审判,是一位军队的医生帮了我,他诊断我那时候完全失去了理智,无法为自己的行为负责。费布尔对我也很不错。那时候军队的士气已经开始动摇,他觉得枪决我将会使事态越来越严重,倒不如对我宽大处理还能挽回一些军心。于是我就退伍成了普通百姓。"

"你曾参与杀害七百多人,你还指望我们会同情你的遭遇?"玛丽莎的话里满是讽刺。

"我没有请你们同情我。这些人的脸,我虽然没有见过,但我这一辈子都不会忘记。"

"你是怎么搞到一个新身份的?你怎么可以这么多年来一直不

被发现？"安德鲁插话问道。

"军队保护了曾经为它服务的人，就等于在保护它自己。'该死的战争'快结束的时候，费布尔帮了我们的大忙。有人帮我们伪造了新的身份证件，替我们编造过去的经历，还帮我们弄到一小块土地或者一点儿产业用于谋生。"

"从受害者那里偷来的土地和产业！"玛丽莎大喊道。

"你是阿尔伯特的侄女，是不是？"奥尔蒂斯问道。

"你也许已经回归了平民的生活，但是你提供给我们的信息仍然可以派上很大的用场。"

"你太高看我了。我根本提供不了什么有用的信息，我只是个小商人，有家皮革厂。我认出你，是你在杜美尼尔附近游荡的时候。你和他很像，你们说话的方式一模一样……但现在他已经太老了，没法儿自己亲自上阵。"

"今晚就到此为止吧，"安德鲁说着收起了笔记本，"去把你的车开过来，玛丽莎，我们把这家伙弄上车，再去看看另外一个家伙，希望他还有救。快点儿，不然我就要踢你的屁股了。"

玛丽莎耸了耸肩，收起武器，慢慢走远，双手插在口袋里。

"派人去你酒店房间的人不是我，"奥尔蒂斯等只剩下他和安德鲁两人时说道，"一定是阿尔伯特的人。这个家伙比你想象的狡猾多了，从一开始他就将你玩弄于股掌之间，操纵你替他完成他做不了的事情。一定是他计划了今晚的事故，不是吗？你只是他棋局中的一枚棋子而已。"

"闭嘴，奥尔蒂斯，你根本不知道自己在说什么。不是阿尔伯特让我来阿根廷的。自从有人委托我调查以来，你这条线我已经跟了很久了。"

"为什么要调查我,而不是别人?"

"生活的偶然吧,你的名字出现在报社收到的材料中。"

"那是谁将这些材料交给你的呢,斯迪曼先生? 我已经七十七岁了,我的健康状况也很糟糕。我根本不在乎生命中的最后几年是否要在监狱中度过,对我而言那甚至可能是一种解脱。但是我有两个女儿,斯迪曼先生,她们什么都没有做过,小的那个从来不知道我的过去。如果你揭穿我的身份的话,那你折磨的不是我,而是她。我求求你,你可以写出指挥官奥尔蒂斯的可耻的故事,但请不要揭穿我的身份。如果你是想要报复我的话,那么就让我在这里慢慢流血而死吧。这对我来说将是一种解脱。你还不知道摧毁无辜的普通人的生活需要付出什么代价,现在一切都还不晚。"

安德鲁重新拿出自己的笔记本,从里面拿出一张照片,他将照片拿给奥尔蒂斯看。

"你认识这个小姑娘吗?"

奥尔蒂斯看了看那个两岁孩子的脸,他的眼中充满了泪水。

"这是我养大的孩子。"

车开上了7号公路。当安德鲁与玛丽莎将奥尔蒂斯抬上后座时,他已经失去了知觉。他的保镖的情况也没有好到哪里去。

"我们现在离最近的医院还有多远?"安德鲁看了一眼两个伤者问道。

"圣安德烈斯德希莱斯离这里四十公里,我们半小时后能到。"

"那就快开吧,如果你希望我们的乘客到时候还活着的话。"

玛丽莎猛地踩下离合器。

"当然，我希望我们到时候也还活着。"安德鲁说着系上了安全带。

"别担心，现在我们已经得到了他的口供，我可不想他就这样死了。他会被交到法官手上，并为他所犯下的罪行付出代价。"

"你这话可真让我意外呢！"

"为什么这么说？"

"见到法官你打算怎么说呢？是说为了让他招供你把手枪抵在他的太阳穴上，还是说这场车祸其实是我们一手策划的？如果法官偏袒我们的话，我们倒也可以请他允许我们与奥尔蒂斯住在同一间牢房，然后继续我们之间的对话……"

"你到底在说什么？"

"你和你姑父忘了在他那潮湿的酒吧外，还有不能无视的法律的存在。我们是一起谋杀案的同伙，甚至有可能是两起，如果我们不及时赶到医院的话。我甚至不知道我能不能发表我的报道了！"

"这是一次意外，我们和它一点儿关系都没有。我们只是正好经过，只能救出两个男人，这就是你可以讲述的唯一版本。"

"严格地说，这是我们向医院讲述的版本。除非奥尔蒂斯恢复知觉，在我们有机会离开前告发我们。"

"你打算放弃吗？"

"那你觉得我还能怎么印证自己的消息来源呢？告诉我的上司，我参与了一起有预谋的谋杀？他们一定会喜欢这个解释的，这是报社的最爱。你和你姑父让我这几周的工作都打了水漂。"

玛丽莎猛地踩下刹车，车子的轮胎摩擦着地面发出沉闷的声响，车最后横着停在公路上。

"你不能放弃。"

"你还想让我怎么做？在阿根廷的监狱待上十年，等待正义最终得以伸张？在我发怒之前继续上路吧，不然我就把你一个人留在这里了，开车！"

玛丽莎加快了车速，奥尔蒂斯在后座上呻吟着。

"真是好极了，"安德鲁叹了口气，"给我你的手枪。"

"你要打死他？"

"不，但如果你能够不再说这些蠢话的话，我就能省心很多。"

"就在副驾驶的储物盒里。"

安德鲁取出手枪，转过身去看着奥尔蒂斯，决心用枪柄把他打昏。但过一会儿他的手臂却慢慢地垂了下来。

"我做不到。"

"该死，直接打他呀，如果他揭穿我们的话，一切就都完了。"

"你们事先就该想到这一点。不管怎么说，我想他肯定会告发我们的，只要他的状态好一些。"

"这样至少让你有时间离开这个国家，你可以搭早班的飞机回纽约去。"

"那你呢？他知道你是谁。"

"我，我会自己想办法的。"

"不，不行，我们两个人是一起卷进这个疯狂的冒险的，要全身而退也必须两个人一起。"

安德鲁收起了手枪。

"我也许有个主意……快开车，还有别说话，我需要好好想想。"

当玛丽莎的车开到医院急诊大楼的门前时，奥尔蒂斯又一次昏了过去。玛丽莎猛按喇叭，冲两位从急诊室里出来的担架员喊道还需要另一副担架。她向实习医生解释说他们是在经过加罕时发现这起车祸的。她和她的朋友只来得及救出车上的两个人，而驾驶员已经葬身火海。实习医生请护士马上通知警方，然后在将伤者送进手术室之前，他叮嘱玛丽莎在原地等他回来。

玛丽莎回答说自己先去停车，一会儿回头来找他。

"这就是你现在的打算？"再次上路之后玛丽莎问道。

"等待。"

"很明智。"

"我们不想告诉他我们的故事，而他也不想告诉我们他的故事。一个做警察的朋友曾对我说，要是抓到罪犯却不知道他的犯罪动机，并不能算是完全完成了任务。如果奥尔蒂斯告发我们，那么他就必须向法官解释我们为什么要设陷阱对付他。我们现在由同一个秘密紧紧联系起来。只要他的身体情况好转，我就会回去见他，向他提出一个交易。"

"所以他就能这样全身而退了？"

"我们可以看看谁笑到了最后。不是只有你姑父喜欢棋牌游戏，我也很擅长下棋，我知道怎样抢占先机。"

20

清晨的时候,玛丽莎将安德鲁送回酒店。

"我先去把车还给阿尔伯特,一会儿见。"

"这真的是他的车吗?"

"是不是和你有关系吗?"

"如果医院那里有监控摄像头的话,我建议你们马上将这辆车处理掉,然后尽快将它报失。"

"别担心,我们的乡村医院没那么有钱。但我会把你的话转告他的。"

安德鲁下了车,侧身去开车门。

"玛丽莎,我知道你不会听我的建议,但是至少暂时不要告诉你姑父我已经找到了让奥尔蒂斯闭嘴的方法了。"

"你究竟在害怕什么?"

"现在冲在前头的是我们,阿尔伯特一直待在他的酒吧里,这一次,你一定要相信我。"

"你这么说是因为我刚刚和你在汽车后座上待在一起的时候不够信任你吗,笨蛋?"

说完玛丽莎旋风般地驾车离去,安德鲁就这样看着她远去。

安德鲁去酒店前台取回自己的房间钥匙。酒店经理赶来向他道歉，他遗憾地表示像这样的事故过去在他的酒店里还从未发生过。他们已经采取相应的安全措施，以防此类事件再次发生。为了表示歉意，他告诉安德鲁他已经命人将他的行李搬去顶层的一个套间。

新的房间虽然没有宫殿般奢华，但它配有一个小客厅，从窗口还能看到美丽的街景。浴室的水龙头不再漏水，洗手间的设备也更加舒适。

安德鲁看了看自己的行李，希望没有少什么东西。就在翻检的时候，他忽然发现行李箱一侧的口袋鼓了起来。

他拉开拉链，发现那是个金属的玩具小火车头，正是当初他在布鲁克林的古董店想买而未买的那个。火车头的烟囱里有一张小字条。

我想念你，我爱你。瓦莱丽

安德鲁在床上躺下来，他把小火车头放在枕上，然后望着它沉沉睡去。

他在下午的时候被一阵敲门声惊醒，他开门发现是阿尔伯特。

"我以为你永远都不会离开你的酒吧的。"

"除非真的有重要的事情,"阿尔伯特回答道,"穿上外套,我带你去吃午饭。"

来到街上的时候,安德鲁站在阿尔伯特的车前笑了,这是一辆日本车,不是昨天那辆雪铁龙。

"我听从了你的建议,再说那车已经开了二十万公里,是时候换一辆了。"

"我想,你这次来不只是为了向我展示你的新车吧?"

"哦,这辆是我借来的……我这次来是为了向你道歉。"

"你的意思是……"

"事情发展成这个样子,我真的很抱歉,我从来没有想过事情会变成这样,我更不希望有人因此而丧生。"

"但我事先已经提醒过你了。"

"我知道,所以我更加内疚。你应该在警察查到你之前离开阿根廷。我也通知了玛丽莎出去避避风头,直到这件事平息下来。"

"她接受了?"

"不,她不想失去她的工作。如果事态的发展真的不可避免,我会通知她姑姑插手的。她的话玛丽莎至少还是听的。至于你,又是完全不同的情况,你是外国人,如果你必须从一个国家逃跑的话,事情会更加复杂。我已经让你冒了那么大的风险,日后应该避免让你有任何风险。"

阿尔伯特将车停在一家书店门前。

"我以为我们是要去吃午饭。"

"是这样的,在这家书店里面有个小餐厅,是个朋友开的,我想我们可以在里面安安静静地聊聊。"

书店的氛围相当迷人,一道长长的摆满书架的走廊通向一个摆着几张桌子的庭院。在成千上万本书的环绕下,老板只为熟客提供服务。阿尔伯特冲他的朋友打了个招呼,邀请安德鲁坐在他对面。

"路易莎和我分开,那是因为我是个懦夫,斯迪曼先生。这都是我的错,我们的儿子才会……失踪。在独裁时期我是个激进分子。哦,我并没有做什么了不起的事情,我只是参与了一份反对派报纸的出版工作,当然是秘密出版。我们没有什么钱,只有满腔热情和一台快速油印机。你看,完全没什么了不起的,但我们还是觉得我们正在以自己的方式反抗专制。军方最后逮捕了我们中的一些伙伴。在被审讯折磨后,他们最后都下落不明。但是他们中的任何人都没有吐露我们的秘密。"

"你记得这些人中有一个叫拉斐尔的吗?"安德鲁问道。

阿尔伯特定定地望了安德鲁好一会儿才回答。

"也许有,我不知道,已经四十多年了,而且参与秘密活动的人并不是彼此都认识的。"

"那他的妻子伊莎贝尔呢?"

"我已经和你说过了,我不记得了,"阿尔伯特猛地提高了声调,"我想尽办法忘记一切。在警察开始大搜捕后不久,我们的儿子马努埃尔就被绑架了。他对我做的事情毫不知情。他只是一个简单的默默无闻的工科大学生。费布尔真正想抓的是我。不管怎么说,路易莎是这样认为的。费布尔应该认为为了救出马努埃尔我会去自首。但事实上我并没有这么做。"

"即使是为了救出你的儿子?"

"是的,但我这样做是为了保住其他的朋友。我知道自首就是自投罗网,而且也根本救不了马努埃尔。他们是不会放过任何人的。但是路易莎却永远不肯原谅我。"

"那她知道报纸的事情吗?"

"她是大部分稿子的编辑。"

阿尔伯特沉默了。他拿出钱包,从里面取出一张泛黄的照片,那是一个年轻男人的照片。

"路易莎是一个被偷走了孩子的母亲。在她眼中全世界都有罪。看看马努埃尔是个多么英俊的小伙子。他勇敢、慷慨又有趣。他爱他的母亲胜过一切。我知道尽管他从未说过……他了解路易莎的想法,要是你看到过他们在一起的样子……我们之间的关系倒是稍稍疏远一些,但是我爱他胜过世界上的任何人,尽管我也不知道该怎么表达自己的情感。我真想能再见他一次,即使只有一次。我要告诉他,我是多么为他骄傲,告诉他做他的父亲给予了我多大的幸福,告诉他他的离去又是多么令我难受。他被人从我们身边带走的那天,我的生命就终结了。路易莎的泪水已经哭干,而我,每当我在路上遇到一个和他年龄相仿的小伙子时,我的心都在默默流泪。我甚至会悄悄跟上这些小伙子,希望他们会突然转过身叫我爸爸。痛苦可以使人疯狂,斯迪曼先生,我今天才意识到昨天的事情完全是大错特错。马努埃尔再也回不来了。在我家的院子里,我挖了一个洞,我把他的东西都埋在了里面,他的练习册,他的铅笔,他的书,还有他最后一晚睡过的床单。每个周日,等路易莎窗口的灯光熄灭,我都会在蓝花楹树下聚精会神地跪下来。我知道路易莎这时候正躲在窗帘后面偷偷地看着我,我知道她也正在为马努埃尔祈祷。也许没有看到他的尸体对我们来说是一件好事。"

安德鲁握住了阿尔伯特的手。阿尔伯特抬起头,凄苦地笑了笑。

"我也许不应该那么对他们,但明年我就八十岁了,我等待着死亡将我带到马努埃尔在的地方。我想,活了那么长,一定就是上天对我的惩罚。"

"我很抱歉,阿尔伯特。"

"我也是。因为我的错误,奥尔蒂斯可能会全身而退。当他恢复健康后,他就会很快回归正常的生活,就好像什么都没有发生过一样。"

"你可以把你的车借给我吗,我明天晚上还给你?"

"那是一个朋友的车,但我欠你一个人情。你想要去哪里?"

"我们一会儿再谈。"

"那你送我回酒吧吧,然后你就能直接开车离开了。"

"现在这个时间我应该上哪里去找玛丽莎?"

"去她家,我想。她晚上上班,白天睡觉,什么生活!"

安德鲁将他的笔记本和笔交给阿尔伯特。

"请写下她的住址,但不要告诉她我要去看她。"

阿尔伯特看了看安德鲁,满脸狐疑。

"请相信我,这一次该你相信我了。"

———

安德鲁将阿尔伯特送到目的地,然后按照他的指示去找玛丽莎。

他爬上帕勒莫-维杰街区马拉比亚街一栋小楼的三层楼梯。玛丽莎跳着过来给他开了门。她没有穿衣服，只有胸口围着一条浴巾。

"该死，你来这里做什么，我正在等一个朋友。"

"那就打电话给她取消约会，然后穿好衣服，或者如果你喜欢的话也可以彻底不穿。"

"你不能因为我们睡过一次就对我发号施令。"

"这一点儿关系都没有。"

"好吧，我放我朋友的鸽子，如果你想要的话我们就好好谈谈。"说着玛丽莎解下浴巾。

她的样子比安德鲁记忆中的更加性感。他急忙跪下来捡起浴巾，用它围住玛丽莎的腰。

"第二次往往会比较糟糕，去穿好衣服，我们有要紧事要做。"

玛丽莎转过身背对着安德鲁，砰的一声关上了浴室的门。

安德鲁打量了一下玛丽莎的单身公寓。客厅既是起居室也是卧室。床上很乱，但雪白干净的床单却让人很想在上面缩成一团。靠墙的地方堆着好几摞书，各种颜色的靠枕散乱地放在一张矮桌周围。墙上开着两扇窗户供采光，书架在书籍的重压下有些变形。一切都是凌乱的，但是充满着诱惑，这个单身公寓就和它的主人一模一样。

玛丽莎再次出现的时候穿着一条膝盖处有破洞的牛仔裤和一件几乎快遮不住她胸口的T恤衫。

"我可以知道我们是要去哪里吗？"她摸索着自己的钥匙。

"去看你姑姑。"

玛丽莎的动作突然停了下来。

"你就不能早点儿说吗！"她生气地说道。玛丽莎从地上堆的一大堆衣服中抽出一条镶边的天鹅绒长裤和一件套头衫，她脱去牛仔裤和T恤衫，当着安德鲁的面开始换衣服。

安德鲁坐在驾驶室中，玛丽莎点燃一根烟，然后打开了窗户。

"你想和路易莎做些什么？"

"我想问她一些问题，结束我的调查，并请她不要再把我当成一个傻瓜了。"

"为什么你会这样说？"

"因为你姑父和她其实常常见面，这和她之前的说辞完全不同。"

"这倒是挺让我意外的，首先，这和你有什么关系？"

"一会儿你就明白了。"

路易莎打开门看到是他们的时候并没有流露出意外的表情。她示意安德鲁和她侄女进客厅坐。

"我能为你做些什么？"她问道。

"告诉我所有你知道的关于奥尔蒂斯的事情。"

"关于他我不知道什么大事情，我已经告诉过你了。在我遇到你之前，他只不过是我相册里的一张照片上的人而已。"

"你可以让我再看看你的相册吗？不是那本关于凶手的相册，

而是受害人的相册。"

"当然可以。"说完路易莎站起身。

她打开橱柜的抽屉,将相册放在安德鲁面前。安德鲁径直将相册翻到最后一页。他定定地望了路易莎一会儿,然后将相册合上。

"伊莎贝尔和拉斐尔,你连一张他们的照片都没有吗?"

"很抱歉,我不知道这两个人是谁。我自然不可能有三万失踪者中每一个人的照片,我有的只是其中被人偷走了孩子的五百位受害者的照片。"

"他们的女儿叫玛利亚·露兹,她在母亲被杀害时才两岁,她的故事你也不记得了?"

"你说这话的语调不会让我震惊的,斯迪曼先生,当然你的傲慢无礼也不会。你对我们的工作了解得太少了。自从我们为揭露真相而战以来,我们只为其中百分之十的孩子找回了他们真正的身份。我们还有很长的一段路要走,但是考虑到我的岁数,我肯定等不到这项工作完全完成的那天了。对了,这个小姑娘的命运为什么如此令你挂心?"

"是奥尔蒂斯收养了她,你不觉得命运也太巧合了吗?"

"你说的是什么巧合?"

"在我们收到的关于奥尔蒂斯的材料中有一张玛利亚·露兹的照片,但材料没有提到他们之间的任何联系。"

"这样看起来是那位寄材料给你的人,希望将你们引到特定的方向。"

"那位,还是这位?"

"玛丽莎,我累了,现在是你陪你朋友回去的时候了,我该睡午觉了。"

玛丽莎示意安德鲁起身。当她拥吻姑姑时,她在路易莎耳边轻轻地说她很抱歉,而路易莎却对她说:

"没关系,他长得相当英俊,而生命又是那么短暂。"

玛丽莎从楼梯上走下来,安德鲁请她在院子里等一会儿。他说自己把钢笔忘在客厅的桌子上了。

路易莎看到安德鲁去而复返的时候,不由得皱了皱眉。

"你忘了什么东西吗,斯迪曼先生?"

"你叫我安德鲁就好了,我更喜欢你这样叫我。最后还有一件事,说完我就告辞了。我很高兴阿尔伯特和你已经和好了。"

"你在说什么?"

"是你刚刚自己说的,你提到了年龄,我想你已经过了偷偷和你前夫会面的年纪了吧,你不觉得吗?"

路易莎无话可说。

"你家入口处挂的外套正是我上次在酒吧遇到阿尔伯特时他所穿的那件。祝你午睡愉快,路易莎……你允许我叫你路易莎吗?"

—·∽·—

"你在那里做什么?"当安德鲁回到院子里时,玛丽莎问道。

"我来之前已经告诉过你了,但你没有留意听我说的话。你今晚要上班吗?"

"是的。"

"那就打电话告诉你老板,今天你可能还是去不了了。你只需要说你生病了就行。"

"为什么我不去上班?"

"因为我昨天向你保证过,我们一起开始的事情要一起把它做完。而这正是我们一会儿要做的事情。你可以告诉我最近的加油站在哪儿吗,我们得先去加满油。"

"你要带我去哪里?"

"去圣安德烈斯德希莱斯。"

两小时的车程过后,他们来到了村庄的附近。安德鲁将车停在人行道旁,向过路的行人打听警察局在哪儿。

路人给他指了路,车子又发动了。

"我们去警察局做什么?"

"你,什么都不用做,你就待在车里等我。"

安德鲁走进警察局,要求和值班警官说话。局里唯一的一位留守警察告诉他值班警官不巧已经回家了。安德鲁取过前台上的一个笔记本,潦潦草草地写下自己的手机号码以及自己住的酒店的地址。

"昨晚我经过加罕附近的一处车祸现场,现场有一人丧生。我将剩下的两名伤者送去医院,虽然我也没有更多的情况可以提供,但是如果你们需要的话,可以随时来找我做笔录。"

"我们知道这起车祸,"警察说着站起身,"急诊室的医生告诉我们你走的时候没有留下联系方式。"

"我在停车场等了很久,由于我之后在布宜诺斯艾利斯还有一个很重要的约会,所以我就想只要一有空我就会尽快回来的,就像你看到的这样,现在我回来了。"

警察提议为安德鲁做一份笔录,他在一台打字机后坐下。九行笔录,一行不多一行不少,安德鲁签下自己的名字,谦虚地听着警察表扬他救护伤者、颇具公民责任意识。随后他回到了车上。

"我可以知道你在警察局里做了什么吗?"玛丽莎问道。

"我拿走了奥尔蒂斯棋盘上的一个棋子,到了合适的时候我会向你解释的,现在,我们去医院吧。"

"伤者怎么样了?"安德鲁问道,"我们是在回布宜诺斯艾利斯之前赶来问问他们的情况的。"

"你又回来了?"实习医生看到安德鲁出现在急诊室大厅时说道,"我们昨晚找了你好久,我甚至开始想是不是你觉得自己在这件事上应该负责,所以就趁机逃走了。"

"我没法儿一直等你,再说你根本没有告诉我你什么时候才能从手术室里出来。"

"可我的确不知道手术什么时候才能结束。"

"没错,这也是我当时的想法,我想我还是不要在停车场度过这个晚上了。所以我刚刚从警察局出来。"

"你和谁谈过了?"

"一位叫古尔特的警察先生,相当好心的警察,嗓音低沉,戴着厚厚的眼镜。"

医生点了点头,安德鲁的描述完全符合村里三位警察中的一位的特征。

"他们非常幸运,幸好当时有你经过。伤势较为严重的那位今天早晨已经被送往首都的医院。我们的医院太小了,没法儿处理太过严重的伤势。奥尔塔格先生,他只在大腿处有一个比较深的伤口。我们为他做了手术,他现在正在监护室里休息,因为我们现在已经没有多余的病房了,明天也许会有一间空的,不然我们就会想办法帮他办理转院手续。你想见见他吗?"

"我没什么事情,不想让他白白劳累。"

"他要是见到你,一定会很高兴的。现在我要上楼查房去了,你请自便吧,监护室就在走廊尽头的地方。但是别待太久,病人需要休息。"

医生向安德鲁挥手告别,离开的时候还告诉护士这位先生可以去探望他的病人。

安德鲁拉开隔开监护室病床的帘子。

奥尔蒂斯正在休息。玛丽莎晃了晃他的肩膀。

"又是你们!"奥尔蒂斯睁开了眼睛。

"你现在觉得怎么样了?"安德鲁问道。

"他们给我打了麻醉针,现在好多了。你们还想要我做什么?"

"我们想再给你一次机会。"

"你是说什么机会?"

"如果我没有弄错,你在这里登记的名字是奥尔塔格?"

"这是我证件上的名字。"奥尔蒂斯说着垂下了视线。

"你也可以用这个名字从这里出院回家。"

"直到你的报道发表的那天?"

"我想和你做个交易。"

"请说。"

"你诚实地回答我提出的问题,在我关于奥尔蒂斯的报道中就不会提到他的新身份。"

"谁能保证你一定会信守诺言?"

"我只能以我自己的名誉起誓。"

奥尔蒂斯看了安德鲁好一会儿。

"那她,她会保守秘密吗?"

"当然会,就像她昨晚会用手枪抵住你的太阳穴一样。我不认为她会希望我不信守诺言,因为这件事也关系到她的未来,不是吗?"

奥尔蒂斯沉默了,面部的肌肉皱成一团。他的视线落在插在自己血管里的静脉点滴的针头上。

"说吧。"他叹了口气。

"你是在什么情况下收养玛利亚·露兹的?"

显然这个问题正中靶心。奥尔蒂斯的脸转向了安德鲁,安德鲁正目不转睛地盯着他。

"在我退役的时候,费布尔希望借此让我永远保持沉默。他带我去了一家秘密的地下孤儿院。大部分孩子还是几周大的婴儿。他让我在其中选一个,并告诉我这是让我重新回归正常生活的最好办法。他对我说,当我驾驶着将她父母抛进大海的飞机时,我也为拯救这个无辜的灵魂尽了自己的力量。"

"是这样吗?"

"我不知道,至少我知道的不比费布尔更多。我不是执行此类飞行任务的唯一飞行员。但是的确有可能。在那个时候,我刚刚结婚没多久,玛利亚·露兹是这些孩子中最大的一个。我想如果是个两岁大的孩子,大概还会容易一些。"

"但这是一个偷来的孩子,"玛丽莎抗议道,"你的妻子能够接受你参与这样可怕的行动吗?"

"我的妻子什么都不知道。直到她临死前,她一直相信玛利亚·露兹的父母是被蒙托内罗斯组织杀害的,我们有责任照顾她。费布尔帮我们搞到一张新的出生证,上面填的是我的姓氏。我对妻子说,也许对玛利亚·露兹来说,不知道发生在她家中的悲剧,无忧无虑地过上属于她自己的生活,会更简单一些。我们非常爱她,对她视如己出。我妻子过世的时候,玛利亚·露兹十二岁,她为之哭泣就像所有人为自己的母亲哭泣一样。此后我就一个人抚养她长大,我发疯一般地工作,为她支付在大学里学习文学和外语的学费。只要是她想要的,我都会给她。"

"我不想再听下去了。"玛丽莎打断了奥尔蒂斯的话,站起身。

安德鲁生气地用眼神示意了一下她。玛丽莎跨坐在自己的椅子上,背过了身去。

"玛利亚·露兹现在还住在杜美尼尔吗?"安德鲁又问道。

"不,她离开那里已经很久了。当她二十岁的时候,'五月广场母亲'组织找到了她。玛利亚·露兹每周末都会去布宜诺斯艾利斯,她在那里搞政治!那些游行她一次都不会错过,她觉得自己正在为所谓的社会进步贡献力量。都是那些在大学校园长凳上伺机而动的工会分子向她灌输了这些观点,和我们给她的教育完全不同的观点。"

"但是正好与她真正的父母的观点不谋而合。她的血管中流的不是您的血液,有其父必有其女。"

"你觉得左派思想是会遗传的?也许吧,有些缺点的确是会代代相传的。"奥尔蒂斯愤怒地喊道。

"左派思想，你谈到它的时候是多么不屑，但是人道主义永远凌驾于一切之上。"

奥尔蒂斯转身望着安德鲁。

"如果她再打断我们的谈话，我就一句话也不说了。"

这次玛丽莎骄傲地冲着奥尔蒂斯扬了扬手指，走出监护室。

"五月广场母亲们在玛利亚·露兹参加游行的时候认出了她。她们花了好几个月的时间慢慢接近她。当她得知真相的时候，我的女儿立即申请改名。她在同一天离开了我们的家，什么都没有说，甚至连看都没有看我。"

"你知道她后来去了哪儿吗？"

"我完全不知道。"

"你试着去找过她吗？"

"只要一有游行发生，我就会去布宜诺斯艾利斯碰碰运气。我偷偷跟着游行的队伍，希望能够看到她的身影。有一次，我真的看到她了。我和她说话，求她给我一点儿时间，让我们好好谈谈。她拒绝了我。在她的目光中，我看到的只有仇恨。我曾很怕她会揭发我，但是她没有那样做。在拿到学位之后，她离开了阿根廷，我再也没有得到过她的任何消息。你现在可以写你的报道了，斯迪曼先生，我希望你遵守你的诺言。我不是为了自己而请求你，而是为了我的另一个女儿。她对这件事一无所知，除了她姐姐是我们收养的之外。"

安德鲁收起他的笔和笔记本，站起身走出房间，没有和奥尔蒂斯告别。

玛丽莎在外面等他，看到她的神情，安德鲁知道她一定很不高兴。

"别对我说这个浑蛋这样就能全身而退!"回到车上的时候玛丽莎大喊道。

"我答应过他。"

"你简直和他一样浑蛋!"

安德鲁看了看她,嘴角露出一个微笑。他发动了汽车,两人重新上路。

"当你生气的时候,真的很性感。"他对玛丽莎说道,顺便将手放在了她的膝盖上。

"别碰我。"玛丽莎说着推开了他的手。

"我答应过他不在我的报道中揭露他现在的身份,但据我所知我没有答应他其他事情。"

"你到底在说什么?"

"没有人能够阻止我在刊登报道时配上他的照片! 如果事后有人认出了奥尔蒂斯就是现在的奥尔塔格的话,那我与此事毫无关系……告诉我怎么去那位帮你们洗照片的朋友家,希望底片还没有完全被人偷走。我可不想明天再来这里一次。"

玛丽莎看着安德鲁,将手放在了他的大腿上。

风和日丽,几缕卷云飘浮在布宜诺斯艾利斯的天空上。安德鲁打算利用待在这里的最后时间好好参观一下这座城市。玛丽莎带他去看了酒店附近的著名墓地,安德鲁吃惊地发现在这里棺椁被对称地摆放在地面上的木架上,而不是直接长埋于地下。

"这是我们的风俗,"玛丽莎说道,"有人愿意花费大量金钱为自己建造死后的住所。一个屋顶、四面墙、一扇可以透光的铁门,最后所有的家人都可以在这里找到他们最终的庇佑之所。但是,"她又补充道,"我却更想在死后能够每天看到太阳升起,而不是在一个地洞的深处腐烂。再说我觉得没有什么比有人能够时不时来拜访你更令人高兴的了。"

"倒也是。"安德鲁说着突然陷入了沉思,自从来到阿根廷后他似乎很久都没有被不愉快的思绪纠缠过了。

"我们还有时间,我们还很年轻。"

"是……你还有大把的时间,"安德鲁叹了口气,"我们可以走了吗?我想去个更有人气的地方。"

"我带你去我住的街区逛逛,"玛丽莎说道,"那里充满生活气息、充满各种色彩,你能够听到街头的各种音乐,我简直离不开那里。"

"好的,我想我终于为我们找到了一个共同点!"

玛丽莎邀请安德鲁去一个叫帕尔默的小餐厅吃晚饭。餐厅的老板看起来认识玛丽莎,当有大批客人等着空位的时候,他们被允许首先在餐厅里坐下来。

晚上剩下的时间他们是在一家爵士俱乐部里度过的。玛丽莎在舞池中扭着腰。她几次试图将安德鲁也拉下来跳舞,但安德鲁显然更愿意坐在他的凳子上,手肘靠着吧台,做她舞蹈时的观众。

快深夜1点的时候,他们来到依旧熙熙攘攘的街头散步。

"你的报道什么时候发表?"

"几周之后吧。"

"等它刊登后，阿尔伯特就可以凭着奥尔蒂斯的照片去指认奥尔塔格。他一定会这样做的，我想他等待这一天已经很久了。"

"恐怕还需要其他证据。"

"别担心，路易莎和她的朋友会搞定剩下的事情。奥尔蒂斯一定会为他犯下的罪行付出代价的。"

"你姑姑真是一个值得敬佩的女人。"

"你知道吗，关于她和阿尔伯特的事，你说对了。他们每周都会在五月广场的长凳上会面一次。他们会并排坐上一个小时，大多数时候只简短地交换几个词语，然后各自离开。"

"他们为什么要这么做？"

"因为他们需要彼此见面，继续扮演他们希望永远怀念的儿子的父母的角色。因为他们的孩子没有坟墓可供他们凭吊。"

"你觉得他们最终能够从这件事中走出来吗？"

"不太可能，这对他们来说太难了。"玛丽莎顿了顿，接着说道，"路易莎很喜欢你，你知道的。"

"我注意到了。"

"我也是。她觉得你很有魅力，她是一个很有品位的女人。"

"那我就把这话当作恭维好了。"安德鲁微笑着说道。

"我在你的行李里留了个小礼物。"

"是什么？"

"你到了纽约就会知道的。别事先打开，向我保证，这是一个惊喜。"

"我向你保证。"

"我住的地方离这里很近，"她对安德鲁说，"跟我来。"

安德鲁陪着玛丽莎来到她住的小楼下，在门前停下脚步。

"你不想上去坐坐吗？"

"不，我想还是算了。"

"你不喜欢我了？"

"不，应该说我是太喜欢你了。在车里的时候，情况完全不同，我们没有事先考虑什么。我们面对着危险，我对自己说生命短暂，应该活在当下。不，事实上我什么都没有想，我只是想要你……"

"而现在你开始想生活还很漫长，你为你欺骗了自己的未婚妻而感到愧疚了吗？"

"我不知道生活是否漫长，玛丽莎，但是是的，我感到了愧疚。"

"你是个比我想象的好点儿的家伙，安德鲁·斯迪曼。去找她吧，至于在车内发生的事情，这不重要。我不爱你，你也不爱我，那只是一段可以记住的风流韵事，仅此而已。"

安德鲁向她俯下身，吻了吻她的脸颊。

"这样做让你看上去老了好多岁，"玛丽莎说，"走吧，在我不放你走之前快走吧。我可以最后问你一个问题吗？当我去酒店拿你的笔记本的时候，其中有一本的封面上写着'如果一切重来'，那是什么意思？"

"那是个很长的故事……再见了，玛丽莎。"

"永别了，安德鲁·斯迪曼，我想我们应该不会再见了。愿你的生活美满，你在我的记忆中是一段美好的回忆。"

安德鲁远去的时候没有回头。到了十字路口，他拦下一辆出租车。

玛丽莎跑着爬上楼梯。望着空荡荡的房间，她忍不住流下泪来，这是刚刚和安德鲁在一起时没有流下的泪水。

21

飞机在快傍晚的时候降落在机场,安德鲁从起飞一直睡到飞机落地。

他通过海关,惊讶地看到瓦莱丽正在出口处的移动门边等着他。她紧紧地抱住安德鲁,对他说自己是多么想念他。

"我差点儿和想来找你的西蒙翻了脸。"

"我很高兴你赢得了这场战斗。"安德鲁边回答边吻了吻她。

"你在那里的时候给我们的消息太少了。"

"我在那里日夜工作,调查很不容易。"

"但你还是完成了你的调查?"

"是的。"安德鲁回答说。

"好,那我苦苦等待的这段日子也是值得的。"

"你真的急切地盼望我能够早点儿回来?"

"没有那么夸张,但你不在的时候我的确特别努力地工作着。每天晚上回家后我就直接倒在床上,甚至都没有吃晚饭的力气。我真的很想你。"

"好了,现在我回来了,我也很想你。"安德鲁说完便搂着瓦莱丽去出租车候车处排队。

有人在门外按了好几次门铃。安德鲁从床上跳起来，套上一件衬衣，穿过客厅。

"布宜诺斯艾利斯之行如何？"西蒙问道。

"别那么大声，瓦莱丽还在睡觉。"

"你的整个周末都是她的，你甚至都没有给我打一个电话。"

"我们已经十天没见了，而你答应会让我们……"

"好啦，好啦，这些话你不用对我说，穿上裤子，我带你去吃早饭。"

"好吧，那就早上好！"

安德鲁匆匆忙忙地穿戴整齐，给瓦莱丽写了一张小字条，贴在冰箱门上。他在大楼楼下和西蒙会合。

"你昨天本来可以给我打电话的。旅行怎么样？"

"很紧凑！"

他们走进街角的咖啡馆，在西蒙最喜欢的桌子边坐下。

"那里的一切都如你所愿吧？"

"关于我的报道，是的，至于其他的，我想我们可以排除阿根廷这条线了。"

"你为什么这么肯定？"

"奥尔蒂斯不会怀疑我对他耍的花招。我一会儿可以告诉你，但得在另外一个地方，西蒙。"

"那现在只剩下卡佩塔夫人、你的同事奥尔森和……"

"瓦莱丽？"

"是你自己说的。但是还有另外一个人应该加入名单。当你在南美的时候,我在电话里和你的警察朋友谈过好多次。"

"是谁?"

"你听了不要从椅子上摔下来,尽管听起来很荒唐,但奥尔森所说的连环杀手可能是真的。"

"你是认真的吗?"

"再认真不过了……纽约警方已经立案。武器和方式都吻合,而抢劫并不是他袭击我们去勒鲁医院探望过的珠宝商的主要动机。"

"那个家伙没有说真话?"

"他是想骗取保险。在医院醒来的时候,他忽然想起不如说自己是去见客户。事实上他那时候只是正好穿过公园要回家而已。保险公司的调查人员事后发现情况有异,所谓的客户并不存在,而这个笨蛋宣称被抢劫的两条项链其实是在入室盗窃时被偷走的。因此这次袭击的动机完全无迹可寻。"

"我无法相信奥尔森这次真的逮到了一只大兔子。"

"请相信我,我完全同意你的看法。你们之间没有竞争关系吧?"

安德鲁将目光移开了。

"是啦,是啦,当然了……"

"回到刚刚说的案件上,警方也在调查,但我想我很难去对他们说还有第四个受害人也许会在七月初的时候被连环杀手杀害。"

"如果真是一个疯子杀了我,"安德鲁沉思着说,"那可真的糟透了。"

"你总是喜欢把事情往坏处想……"

"当你提到'事情'的时候,你是指我的死亡吗? 请原谅我,也许我的确将事情想得比较糟糕,你说得对……"

"这不是我的意思,然后没有什么可以证明你的案子与这件事有关。我们还有四周的时间。"

"也许吧……"

"什么也许?"

"在阿根廷,没有一件事和第一次发生的时候一样。"

"你是说你经历了不一样的事情?"

"事情发生的次序变了,啊,是的,有些事情是过去没有发生过的。"

"也许是你忘了的缘故?"

"有些事,我真的很怀疑。"

"你向我隐瞒了什么?"

"我和酒吧的服务生睡了。这是之前没有的事情。"

"我就知道我应该过去的。"西蒙握拳敲着桌子大喊道。

"为了避免我做蠢事吗?"

"不,你可以做你想做的事情,但如果是我在那里的话,和她睡的人就是我了。你现在不会是要和我说你有了负罪感吧?"

"当然,我当然会有负罪感。"

"你真是个难以置信的家伙,安德鲁。你相信有人会在一个月之内杀死你,同时你又有负罪感? 做了的事情就是做了。你只要不对瓦莱丽说,集中精力过好以后的日子就可以了。现在,换个话题,我们聊点儿别的吧。"西蒙看着窗外补充道。

瓦莱丽走进咖啡馆。

"我就知道你们两人在这里,"她边说边在安德鲁身边坐下来,

"你们的神色看起来很不好，是刚刚吵过架吗？"

西蒙站起身，拥抱了瓦莱丽一下。

"我们没有吵架。我把时间留给两位恋人吧，我还有一个客人在等我。有空的时候来车行看我，安德鲁，我们可以继续谈谈。"

等到西蒙离开后，瓦莱丽坐到了他的位置上。

"有时，我总觉得他是在妒忌我。"她打趣地说道。

"有可能，西蒙的占有欲有些强。"

"你们刚刚聊了些什么？你们之间的气氛很紧张，别告诉我不是这样的。"

"聊他马上会帮我组织的最后一个单身汉之夜的活动。"

"我怕那会很糟糕！"

"是的，我也是，我刚刚也是这样和他说的，所以他的脸色很难看。"安德鲁回答道。

对瓦莱丽撒的第一个谎，自重生以来，安德鲁马上想道。

到报社的时候，安德鲁直接去见了奥利维亚。她挂上电话，请他坐在对面。安德鲁将此行的情况向她做了汇报，包括他是如何搜集证据，如何和奥尔蒂斯达成交易的。

"你希望我们刊登报道的时候不要提到他的假名？你要求得太多了，安德鲁。你的报道会因此失去分量的，你也将输掉最后的一局。"

"我以为关键是能够描述一个普通人变成专制政权的同谋的心路历程。你刚刚说我会输掉什么？"

"失去告发一个战犯的机会。除此之外,我想不出还有什么理由可以为它争取到头条的版面。"

"你真的打算将头版安排给它?"安德鲁问道。

"我希望是,但现在必须由你在荣誉与承诺之间进行选择了。只能由你自己来决定。"

"还有别的办法可以告发他。"说着他从衣袋中取出一个信封,将它扔在桌上。

奥利维亚打开了信封。当她看到玛丽莎拍摄的奥尔蒂斯的照片时,她的脸色突然变了。

"他看上去比我想象的更老。"她喃喃地说道。

"他在医院病床上的样子更加糟糕。"安德鲁回答说。

"你真是个古怪的家伙,安德鲁。"

"我知道,今天早晨也有人对我说了同样的话。好了,你现在得到你想要的东西了吧?"

"写好这篇报道,我想它在选择版面上有绝对的优先权。我给你两周的时间,如果你的报道能够达到我预期的高度,我会在编委会上帮你争取版面的,一版头版,两版内页。"

安德鲁想取回照片,但奥利维亚将它们收入她自己的抽屉中,她对安德鲁说等她扫描之后就会将它们还给他。

离开奥利维亚的办公室后,安德鲁去看弗雷迪。

"你已经回来了,斯迪曼?"

"就像你看到的那样,奥尔森。"

"你的脸色看起来真糟糕,巴西有那么差吗?"

"是阿根廷,弗雷迪。"

"是的,但不管怎么说,都是南美的国家,别那么较真啦。"

"那你，你的工作进展如何？"

"不能再好了，"弗雷迪回答说，"不过别指望我会告诉你更多情况。"

"我有个做警察的朋友，已经退休了，但是他还有许多人脉关系……如果你想要帮助只管开口。"

弗雷迪满脸疑惑地打量着安德鲁。

"你想要怎么样，斯迪曼？"

"没什么，弗雷迪，我不想怎么样。只是我们之间剑拔弩张的关系让我有点儿累了。如果你真的在跟一个连环杀手的线的话，如果我又可以帮上忙，我很乐意帮你的忙，就是这样。"

"你为什么要帮我？"

"为了阻止那个连环杀手犯下第四件案子，在你看来这个理由成立吗？"

"你的样子真好笑，斯迪曼，你感觉到我跟对了线索，所以你不会在帮忙的时候顺便在我的报道里插一脚吗？"

"不，我没有这样想，但是现在既然你自己开口说了，那我觉得它也不失为一个好主意。与其成为对手，不如让我们联合发表这篇报道好了。我知道有个人一定很想读的。"

"是吗，是谁？"

"我最忠实的读者，*Spookie-Kid*。我不敢想象当他读到这篇报道时会是多么高兴，我们甚至可以把这篇文章献给他……"

安德鲁留下双颊涨红的弗雷迪一人独自品味最后这句话，回到了自己的办公桌边。

他的手机上有一条瓦莱丽发来的短信，提醒他一会儿要去裁缝那里修改结婚礼服。他打开电脑，开始工作。

安德鲁这一周的时间都花在了写作上。从布宜诺斯艾利斯回来之后，每个夜晚他又开始做噩梦。每次他经历的都是同样的情景：他又一次回到河滨公园的小径上，弗雷迪就在他身后。弗雷迪慢慢逼近他，最终用匕首扎进他的身体，瓦莱丽冷笑着看着这一幕，无动于衷。有几次，就在死亡之前，他还在跑步的人群中认出了皮勒格警官、玛丽莎、阿尔伯特、路易莎，甚至是西蒙的身影。每次安德鲁都会惊醒过来，浑身发冷，汗如雨下，背部的剧痛仿佛永远都不会消失。

周三的时候，安德鲁比往常更早一些离开了办公室。他答应了瓦莱丽要按时赴约和他们的伴郎伴娘一起吃晚餐。

周四的时候，安德鲁公寓的空调终于坏了，而每晚被安德鲁的叫声惊醒的瓦莱丽决定他们暂时先搬去瓦莱丽在东村的家。

安德鲁的状态越来越差，他的背痛似乎永远不会减弱，有时甚至使得他不得不在办公桌旁躺一会儿。奥尔森每次从洗手间回来的时候都会忍不住哈哈大笑。

周五，安德鲁和瓦莱丽告别的时候，向她保证自己一定不会任由西蒙把自己带去脱衣舞女郎俱乐部的。但最后西蒙却带他去了另一个他期待已久的地方。

诺维桑多里挤满了人。西蒙在人群中挤出一条路。

安德鲁要了一杯菲奈特-可乐。

"这是什么？"

"一种你不喜欢的饮料，别试了。"

西蒙一把抓过杯子，喝了一口，然后马上做了一个鬼脸，要酒保给自己来一杯红酒。

"你怎么想到带我来这里？"安德鲁问道。

"先说好了，我并没有强迫你。如果我没记错你告诉过我的事的话，今晚这里会有一见钟情的人相遇，不是吗？"

"你这样子一点儿都不好笑，西蒙。"

"太巧了，我也觉得这样并不好笑。让你的婚礼打水漂的命中注定的那一刻什么时候到来？"

"你一点儿都不喜欢瓦莱丽，西蒙，当然你更不喜欢的是我们结婚这件事。你带我来这里不过是想让我犯下同样的错误。你就那么愿意看到我的婚礼泡汤吗？"

"完全相反，我是想帮你破除一见钟情的迷梦。我非常喜欢瓦莱丽，而且由于你们俩在一起的时候十分幸福，所以我更加喜欢她了！"

话音刚落，西蒙的视线就被一双走过大厅的性感美腿给吸引住了，他一言不发地马上站起了身。

安德鲁一个人坐在吧台边，看着他走远。

一个女人在他身边的凳子上坐下，当安德鲁又要了一杯菲奈特－可乐的时候，她冲他微微一笑。

"美国人喜欢这种饮料的可真少见。"她边说边定定地望着他。

这次轮到安德鲁打量她了。她浑身散发着一种令人窒息的性感，目光中有一种媚人的傲慢。乌黑的长发披在优雅的脖颈上，这张令安德鲁移不开视线的脸庞本身就是美的化身。

"这是我会的唯一少见的事情。"说着他站起身。

走出诺维桑多的时候，安德鲁大口呼吸着夜晚新鲜的空气。他拿出手机，打电话给西蒙。

"我已经出来了，你可以随意，但我要回家了。"

"等我一下，我马上就来。"西蒙回答说。

"你看起来糟透了！"西蒙在人行道上找到安德鲁。

"我只是想回去了。"

"别对我说你在那么短的时间里就和她坠入爱河了。"

"我不会对你说的，因为你根本不懂。"

"那你告诉我一件这十年来我不懂你的事情好了。"

安德鲁双手插在口袋里，一个人走开了，西蒙急忙绊住他的脚步。

"我感到了和上次一模一样的感觉。完全真实的感觉。"

"那你为什么不留在那里呢？"

"因为上次我做了错事，伤害了许多人。"

"我敢肯定明天早晨当你醒来的时候，你连她长什么样子都记不得了。"

"你上次也是这样想的,但后来发生的事情证明你错了。不能撒谎,这是我的教训。也许日后我对这次没有结果的偶遇会一直念念不忘,但是我已经做出了选择。人一生的所爱,是和他共度一生的人,而不是他梦想中的那一个。你看着吧,西蒙,我相信有一天你也会遇到你的所爱的。"

——❦——

回到家中时,安德鲁发现瓦莱丽只穿着文胸和内裤,正在客厅正中做运动。

"你还没有睡?"他脱掉了外套。

"当然,还没有,双脚向上双手放在臀部……时间还很早,西蒙又对一个脱衣舞女郎一见钟情,然后直接抛下你了?如果他是认真的,我可以在婚宴上多添一副碗筷……"

"不,西蒙没有遇到什么人。"安德鲁说着在瓦莱丽身边躺下来。

"今晚过得很糟糕?"

"我最后的单身汉之夜过得非常精彩,"安德鲁回答道,"比我曾经想象的更加精彩。"

——❦——

第二天,安德鲁去扎内蒂先生家试穿结婚礼服。裁缝让他站在一个小高台上,观察了一会儿,然后提起外套的右肩。

"这不是您的错,扎内蒂先生,这是我的一只胳膊比另一只更长的缘故。"

"我看出来了。"裁缝说着在衣料上别上别针。

"我知道你不希望有人抱怨你卖给我的礼服不合身,但是我的确有一篇很重要的稿子要赶。"

"你很赶时间,是吗?"

"有些。"

"所以说你昨晚还是去了那里,是吗?"扎内蒂先生打量着他的外套问道。

"什么那里?"

"去了那家酒吧呀,就是你的烦恼开始的地方,不对吗?"

"你怎么知道?"安德鲁震惊地问道。

扎内蒂先生冲他笑了笑。

"你以为只有你有机会重来一次吗?这种自我中心主义的看法太天真啦,我亲爱的斯迪曼先生。"

"你也,你……"

"酒吧遇到的陌生女人,你见过她了?"扎内蒂先生打断了安德鲁的问话,"你当然见过她了,因为你的脸色看起来比上一次更加糟糕。但是我想既然现在你来找我为礼服的裤子缲边儿,那就是说你已经决定了要和你的未婚妻结婚。真奇怪啊,我本来打赌事情是会反过来的。"

"你回到过去之后又做了什么?"安德鲁嗓音颤抖地问道。

"你现在唯一应该关心的事情,斯迪曼先生,是你身上发生的事情。如果你再不想想办法的话,你就会马上死去。你以为怎样?你以为自己还有第三次机会吗?你不觉得那样会让事态越来越无法控制吗?别像这样颤抖啦,不然我的针就会扎到你的。"

扎内蒂先生向后退了一步,开始裁剪安德鲁的外套。

"还不行,这样好一点儿。肩膀下一厘米,这样就完美了。我喜欢完美的事物,在我的年纪上可没法儿重来一次了。如果我告诉你我的年龄,你一定会大吃一惊的。"扎内蒂先生说着发出一阵爽朗的大笑。

安德鲁想从台上下来,但扎内蒂以一股惊人的力量拉住了他的胳膊。

"穿着这身衣服你想去哪儿? 理智一些吧。好啦,你最终还是选择了和你青梅竹马的姑娘。这是个明智的选择。相信我的经验没错,我结了四次婚,差点儿没把我累垮。但是如果你一直找不到杀死你的凶手的话,那看起来你就没有机会体验这种不幸的遭遇了。我不想做个老顽固,但是这事的确比你想的更急迫。"

扎内蒂绕到安德鲁的身后,轻轻拉了拉他礼服外套的下摆。

"你的身材开始横向发展了,请站直一些,不然我的工作就没法儿做了。我刚刚说到哪里了? 啊,对了,我对你说到杀死你的凶手。你知道他的身份吗?"扎内蒂边问边将他的脸凑近安德鲁的脖子。"是你未来的妻子吗? 你办公室的同事? 那个神秘的连环杀手? 被你抢走了孩子的母亲? 还是你的上司……"

安德鲁突然感到背部剧烈地疼痛起来,痛楚让他一下子喘不过气来。

"或者是我……"扎内蒂先生压着嗓子冷笑起来。

安德鲁望着自己正对面的镜子,发现自己的脸色是吓人的苍白。他看到扎内蒂在他身后,手上拿着一根鲜血淋漓的长针。安德鲁觉得自己双腿发软,一下子跪在了台子上。血迹扩大开来,他面朝着地板倒了下去,身后回响着扎内蒂先生刺耳的笑声。安德鲁一下子昏了过去。

光线消失了。

———∽———

瓦莱丽用尽全力摇晃着安德鲁,他满身大汗地醒过来。

"如果婚姻让你如此焦虑的话,那现在后悔还来得及,安德鲁。明天可就太迟了。"

"明天?"他一下子从床上坐起来,"今天是几号?"

"现在是深夜两点,"瓦莱丽看了一眼闹钟说道,"今天是30号,周六,事实上婚礼就在今天。"

安德鲁从床上一跃而起,冲向客厅。瓦莱丽推开被子跟上他。

"怎么了? 你看起来吓坏了。"

安德鲁环视了房间一圈,突然扑向搁在沙发边上的帆布包。他迫不及待地打开包,掏出一大沓文件。

"我的报道! 要是现在已经是30号了,那就是说我没有及时写完我的报道。"

瓦莱丽慢慢走近他,双臂搂住安德鲁。

"你已经在昨天晚上把它用电子邮件的形式发给你上司了。现在冷静一些吧。我觉得它写得好极了,我想她也会喜欢它的。现在回去睡觉吧,我求你了,安德鲁,不然明天你在婚礼照片上的样子一定会糟透了的,当然我的样子也会很难看,要是你也不让我睡觉的话。"

"今天不可能是30号,"安德鲁喃喃地说道,"这不可能。"

"你是想取消我们的婚礼吗,安德鲁?"瓦莱丽目不转睛地望着安德鲁问道。

"不，当然不是，这话和我们的婚礼无关。"

"什么与我们的婚礼无关？你到底向我隐瞒了什么，安德鲁，是有人让你害怕了吗？你可以把一切都告诉我。"

"要是我能说清楚就好了。"

22

就在婚礼快开始的时候,瓦莱丽的母亲走到安德鲁身边,轻轻掸了掸他的肩膀,然后向着他耳边俯下身,似乎是想和他悄悄说几句话。安德鲁巧妙地将她推开。

"你以为我永远不会娶到你的女儿,是吗? 我明白你的意思,一想到有你做岳母,大概已经吓退了不少人,但是现在我们最终还是走到教堂这一步了……"安德鲁语带嘲讽地说道。

"你究竟是怎么了,我从来没有这样想过!"兰塞夫人生气地说道。

"而且你还是个撒谎的人!"安德鲁哧哧地讥笑道,然后转身走进教堂。

瓦莱丽今天的样子比过去更美。她穿着一条优雅低调的白色长裙,盘起的头发藏在一顶白色的小帽子下。牧师的致辞相当精彩,安德鲁觉得自己甚至比第一次结婚时更加感动。

婚礼仪式结束之后,新人与他们的亲朋好友们沿着圣卢克教堂外的公园小径前行。安德鲁突然惊讶地看到他的上司也出现在人群中。

"我们不应该让她破坏我们的新婚之夜,她大概要对你的报道大发评论了。"瓦莱丽在她丈夫耳边悄悄说道。

安德鲁微笑着吻了吻他的妻子。

奥利维亚·斯坦恩向他们走过来。

"真是一场美好的婚礼,你们两人的样子都很好看。你的裙子非常衬你,至于安德鲁,我还从来没见过他穿礼服的样子。你真的应该更常穿一些这样风格的服装。对了,我可以借你的丈夫一用吗? 一会儿就还给你。"奥利维亚对瓦莱丽说道。

瓦莱丽向她挥了挥手,顺势走开去找自己的父母。

"你写的报道非常棒,安德鲁。我不想破坏你的新婚之夜,你也不要怨我,一切都是为了工作。我今天夜里会把我的修改意见发给你,很抱歉从明天起你还得利用蜜月的时间好好修改。我希望你的稿子能够增加几页的篇幅,下周二刊登,我为你争取到头版以及三版内页的版面,你的光荣一刻就要来了,我的老朋友!"奥利维亚说着拍了拍他的肩膀。

"你不想再推迟一周刊登吗?"安德鲁惊讶地问道。

"为什么要推迟刊登一份会使我们的竞争者妒忌得发疯的稿子? 你完成的工作很惊人,我们周一见,祝你今晚过得愉快。"

奥利维亚·斯坦恩说完吻了吻安德鲁的脸颊,又冲远处走来的瓦莱丽挥手致意。

"她的样子看上去很满意,这是我第一次看到她在白天微笑。你终于可以喘一口气啦。"

瓦莱丽的脸上洋溢着幸福,安德鲁的心情也随之变好。直到他看到一辆四厢的小轿车停在红绿灯前,他的嗓子发紧了。

"你怎么了?"西蒙走近他问道,"你看到了一个幽灵?"

红绿灯变成了绿灯，轿车车窗紧闭地开远了。

"我一下子向前跳跃了两周，西蒙。"

"你做了什么？"

"它们就这样消失了……我去找过扎内蒂，他遭遇了和我一模一样的事情。我的故事他全知道，但现在我自己也不知道到底发生了什么。我做了个噩梦，醒来的时候已经是十五天之后了。我又在时间轴上跳跃了一次，现在我完全没有头绪了。"

"就算你知道自己在说什么，我也完全不明白。你所说的话没有任何意义，你到底在说什么，安德鲁？"西蒙望着他的朋友，神情中满是真诚的忧虑。

"我在说正在等着我的结局，我们两人、皮勒格还有卡佩塔夫人的结局，我只剩下八天了，我真的很害怕。"

"这个皮勒格和卡佩塔夫人又是谁？"西蒙的神情越来越吃惊。

安德鲁打量了西蒙好长一会儿，接着叹了口气。

"我的上帝！这次时间跳跃让我失去了你和皮勒格。我刚刚说的话你一点儿印象都没有了？"

西蒙摇了摇头，他握住安德鲁的肩膀。

"我知道结婚会产生一定的副作用，但是现在我不得不说你的反应也太强烈了！"

瓦莱丽走来和他们会合，她搂住丈夫的腰对西蒙开口道："如果我在新婚之日把他占为己有，你不会恨我吧，我的西蒙？"

"这一整周你都可以留住他，如果你愿意的话甚至可以到夏天快结束的时候，但是希望你将他还给我的时候他的精神状态会好一些，因为刚刚他已经开始说胡话了。"

瓦莱丽将安德鲁带离人群。

"我真希望今天早点儿过去,好让我直接和你回家待在一起。"安德鲁叹了口气。

"你的话让我没法儿回答,安德鲁。"

他们周日是在瓦莱丽的公寓中度过的。外面下着倾盆大雨,一场洗刷城市的夏季大雨。

吃过午餐之后,安德鲁开始修改他的稿件。瓦莱丽利用这段时间帮他整理文件。快傍晚的时候,他们去街角的杂货店买了些东西,然后撑着一把雨伞肩并肩地走回家。

"东村这里也很不错。"安德鲁打量着四周说道。

"你打算换个街区住住?"

"我没有这样说,但是如果你想换个漂亮的三居室的话,我倒也不反对。"

回到家中后,安德鲁继续工作,而瓦莱丽继续读她的书。

"这样的蜜月旅行倒也不错,"他抬起头说道,"你看起来比我更投入……"

"这是视角问题……但是你的确是我生命中的男人。"

等到太阳落下的时候,安德鲁终于在他的报道里写下最后一个句号。已经过了晚上9点,瓦莱丽重读了一遍,然后点击了电脑上的"发送"按钮。

安德鲁收拾起他的草稿,这时瓦莱丽拉住他的双手。

"快去沙发上休息吧,让我来整理这些草稿。"

这个提议正中安德鲁下怀,他的背部痛得厉害,能够在沙发上躺一会儿这个主意显然很不赖。

"谁是玛丽莎？"过了一会儿后瓦莱丽忽然问道。

"我在布宜诺斯艾利斯的线人，为什么这么问？"

"因为我刚刚找到一个小信封，里面有写给你的一张小字条。"

安德鲁的呼吸停顿了，瓦莱丽将字条递给他。

这个给你安德鲁，
一份从路易莎家借来的礼物。
纪念伊莎贝尔和拉斐尔。
谢谢他们。
玛丽莎

安德鲁一下子从沙发上跳起来，一把从瓦莱丽手中抓过信封。里面有一张黑白小照片，两张微笑着的脸庞，定格在苍白的时光中。

"他们是谁？"瓦莱丽问道。

"是的，就是他们，伊莎贝尔和拉斐尔。"安德鲁激动地回答道。

"真奇怪，"瓦莱丽说，"我不知道是不是读过你的报道或是知道他们的故事的缘故，我觉得这女人很面熟。"

安德鲁凑近相片又仔细看了看。

"我的报道和这没有关系，"他惊讶地回答说，"我也认识这张脸，比你想象的更加熟悉。"

"你想说什么？"瓦莱丽问道。

"我想说我设想过一切可能，但就是排除了这种情况，我真是最大的傻瓜。"

在跨进第八大道860号的双重大门前,他抬头看了一眼装饰在《纽约时报》拱门上的铭文。他穿过大厅,步履匆匆,搭乘电梯直奔他上司的办公室。

安德鲁在奥利维亚开口前直接一屁股坐在她对面的扶手椅上。

奥利维亚看着他,惊呆了。

"你读完我的报道了吗?"

"我也正想找你呢。我刚刚将你的稿子送去打样,除非今天白天还有大事发生,不然明天就可以见报了。"

安德鲁将他的椅子凑近办公桌。

"你知道吗,就在奥尔蒂斯所住的地方附近有个小村落的名字和你的名字一模一样? 真有趣,不是吗,一个穷乡僻壤的小村落居然也叫奥利维亚?"

"看起来似乎是的。"

"不,你看起来似乎不喜欢这个话题。也许如果它叫作'玛利亚·露兹'的话,你会觉得事情更加有趣吧……一个小村落和你的名字一模一样。"

安德鲁从口袋中取出一个小信封,从里面拿出那张黑白照片,将它放在奥利维亚的桌子上。她冲照片看了一会儿,然后一言不发地将它搁下。

"你认识这对夫妇吗?"安德鲁问道。

"我知道他们是谁,但是我不认识他们。"奥利维亚说着叹了口气。

"照片上的女人和你是如此相像,以至于我一度把她错认为你。你对事情一直知道得一清二楚,自从路易莎向你说明你的真实身份后,不是吗,玛利亚·露兹?"

玛利亚·露兹站起身,走到办公室的窗边。

"事情发生在大学生们下课后喜欢去的一家咖啡馆里。路易莎去过那里许多次打探情况,但她从来没有和我说过话。她只是坐在大厅的一个角落里,悄悄地打量着我。然后有一天,她忽然走近我身边,问我她能不能和我坐一张桌子,因为她有很重要的话要跟我说,那可能是很难接受的事实,却是我必须知道的。当她讲完我的亲生父母,拉斐尔与伊莎贝尔的故事后,我的整个生活被颠覆了。我不愿意相信她所说的话。试想一下在过去的二十年中,我的存在只是一个巨大的谎言,我不了解自己的身世,我爱的父亲其实是参与杀害我亲生父母的凶手,这一切对我来说太过震撼。接受真相对我来说是一个巨大的考验。但我没有抱怨命运,我利用了这次他人没有或者应该说是还来不及拥有的机会:我要重塑自己的生活。同一天我就离开了自己童年以来一直生活的家庭,什么话都没有对那个养大我的男人说。我搬去和我那时候的男朋友一起住,然后申请了耶鲁大学的奖学金。得到奖学金后,我开始发奋地学习,生活为我提供了一种完全摆脱那令人作呕的过去的可能性,我要用自己的一生为我父母增光,用我的行动战胜那些想要永远抹杀他们的存在的人。之后,由于大学教授们的支持,我获得了美国国籍。学业结束后,我进入《纽约时报》工作,结束实习之后便开始一步步的晋升之路。"

安德鲁又一次拿起伊莎贝尔和拉斐尔的那张照片。

"所以是我的亚洲之行给了你启发?你心想既然我已经有了调

查这类事件的经验,那么我就有可能在阿根廷的调查中也取得成功?"

"是的。"

"是路易莎或者阿尔伯特将这些资料一起寄给你的?"

"是他们俩。我一直没有中断和他们的联络。对我来说路易莎就是我的教母,每次只要一想到她,我就能得到力量。"

"所以你派我去调查奥尔蒂斯,就好像是人们指挥猎犬追踪猎物。"

"我的确恨他,但我却没有办法亲自揭发他。他抚养了我,他也很爱我,事情比你能够想象的更为复杂。所以我很需要你。"

"你知道如果我们的报道刊登,那他很可能就会被逮捕、被判刑,在监狱中度过他的余生?"

"我之所以选择现在的职业就是因为我热爱真相,这是唯一支持我活下去的方式,我和他决裂已经是很久以前的事情了。"

"你和我谈起真相时的神情可真是伤人啊。从一开始就是你在掌控全局,玛丽莎、路易莎、阿尔伯特,还有所谓的他们刚刚在奥尔蒂斯去见客户的路上认出了他,这些全是你安排好的。你早就知道了一切,但你还是希望由我来揭开这一切。因为必须有一位记者,一位与此事完全无关的记者,收集齐你留下的拼图碎片。你利用了我,利用了报社,只是为了完成你个人的调查⋯⋯"

"别再演戏了,斯迪曼,因为我你才收获了你一生中最美的一份报道。当它发表后,你在亚洲的调查活动只是一段遥远的回忆。这份报道才是建立你声誉的基石,这一点你和我知道得一样清楚。但是如果你喜欢用更透明一些的方式的话⋯⋯"

"不,我可以向你保证,我没有这方面的打算。对了,你的妹妹呢？奥尔蒂斯告诉我她的第二个女儿对这件事完全不知情。你打算直接告诉她，还是等她自己看到报纸发现她父亲的过去？你应该考虑到这一点，这和我倒是完全没有关系，当然我知道自己在说什么，虽然我也没有什么好的建议可以给你。"

"我妹妹早就知道事情的真相了。我在离开阿根廷前把一切都告诉了她。我甚至建议她来美国找我，但是她不愿意。对她来说，事情是不一样的，因为她是他的亲生女儿。我不能就这点责备她，她因为我的决定而不认我，但我不能因此怨恨她。"

安德鲁仔细地观察着奥利维亚。

"你的妹妹长得像谁？"

"像她母亲。安娜有一种令人窒息的美，我有一张她二十岁时候的照片。"玛利亚·露兹说道。

她转过身去拿摆在柜子上的相框，然后递给安德鲁。

"这是路易莎寄来的，我也不知道她是怎么弄到这张照片的。"

看到那个年轻女人的照片时，安德鲁的脸色一下子变得惨白。他猛地站起身，急忙走出办公室。

"玛利亚·露兹，请你答应我不论发生什么事情，你都会刊登我的报道。"

"为什么你要这样说？"

安德鲁没有回答。奥利维亚看到他跑过走廊，冲向电梯间。

———⁂———

安德鲁走出报社。他的思绪一片混乱。

突然，一阵嘈杂声吸引了他的注意，前方出现了一对从第八大道冲他所在的方向跑来的跑步者。他忽然意识到事情有些不妙。

"现在还太早,今天还不是那一天,远远不是。"当第一批跑步者推搡着经过他面前时,他喃喃自语道。

意识到危险可能正在逼近,安德鲁希望自己能够抄小路,躲进一栋建筑物内,但是迎面而来的跑步者实在太多,他没法儿靠近大门。

突然,安德鲁在人群中认出一张脸,是诺维桑多的陌生女人,一个剥皮器正从她的长袖中滑落,刀锋在她的手心里闪着光。

"太晚了,"安德鲁对她说,"没有用的,不论我发生了什么,文章都会见报的。"

"我可怜的安德鲁,要说太晚的应该是你自己。"安娜回答道。

"不,"看着她慢慢逼近,安德鲁大喊道,"别这样做!"

"但我已经做了,安德鲁,看看你周围吧,一切都不过是你想象的产物。你已经快要死了,安德鲁。你在想什么?你以为自己可以重生?以为生活真的将你送回过去,给了你第二次机会?我可怜的安德鲁,你根本不明白。你所有的不适、你的噩梦、背部的剧痛感、如影随形的寒冷,还有每次当你的心脏停跳时的电击疗法……自从挨了我一刀后,你在这辆救护车上拼命挣扎,你的血正在流尽。你一直在挣扎,不断回忆,重组过去,不遗漏最微小的细节,因为你想弄明白整件事。最后,你终于想起你在玛利亚·露兹的办公室里见过那么多次的那张照片。我要向你表示祝贺,我没有想到你最后还能想起来。哦,对了,我个人对你没有任何意见,但是你在无意之中成了我那个所谓的姐姐手中的工具。她是个胆小鬼,也是个忘恩负义的人。我父亲给了她一切,他爱她如我一般,但她最后还是背叛了我们。这个自以为是的女人真的以为我们会束手就擒,任由她摧毁我们的生活? 自从你离开布宜诺斯艾利斯后,几周来我一直在跟踪你。我为你设下陷阱就像你为我父亲设下陷阱一样。我重复了无数次那个让你永远闭嘴的动作。我一直伺机而动,发起致命的一击。我给你的那一下很完美,没有人看到我,没有人知道发生了什么事。医院已经不远了,但我得承认你活得比我想象的要长一些。但是现在既然你已经明白了事情的始末,我想你可以放弃无谓的挣扎安心上路了,安德鲁,你没有继续挣扎的理由了。"

"不,我还有一个。"安德鲁喃喃地说道,最后一丝力气也离开了他的身体。

"不要对我说你想到了你的妻子……在你对她做过那些事情之后。安德鲁,你在新婚之夜离开了她,你不记得了吗? 你那时疯狂地爱上了我。相信我,你可以放弃了,你的死神正在等着享用你,就像我正等着享用你的死亡一样。永别了,安德鲁,你的眼睛闭上了,我让你一个人安安静静地度过生命中的最后一刻吧。"

23

救护车在7∶42的时候载着安德鲁·斯迪曼冲进医院。那个早晨的路况比往常要好一些。

医院方面已经接到消息,医生和护士在病床边严阵以待。

"三十九岁的男性,半小时前腰背部中刀。病人失血过多,心脏三次停跳,经过电击恢复心跳,但脉搏微弱,体温已降到35摄氏度。现在我们就把他交给你们了。"救护员说着将病人的病历交给了急救病房的实习医生。

安德鲁再次睁开眼睛,随着他被推进手术室,屋顶的日光灯在他眼中形成一条断断续续的线。

他试图说些什么,但是医生告诫他要保持体力。他被推进了手术室。

"对不起……瓦莱丽……告诉她……"他含混地轻轻说道。

然后他失去了意识。

一辆警车呼啸而来。一个女人从车上下来,急忙冲进医院。她跑着穿过大厅,抓住护士们询问安德鲁被送去哪里了。

一个护士用身体拦住了她。

"我是他的妻子，"她大喊道，"我求求你了，请告诉我他还活着！"

"夫人，请你让我们过去为他手术，时间非常宝贵。手术一结束我们就通知你。"

瓦莱丽看着安德鲁消失在手术室的大门后。

她一动不动地站着，神情呆滞。

一名护士明白她的心情，领她去候诊室等待。

"今天早晨当班的外科手术医生都是最好的医生，他一定会接受最好的治疗的。"她安慰瓦莱丽道。

西蒙是在几分钟之后赶到的，他冲向前台询问，然后找到正在候诊室里哭泣的瓦莱丽。她看到西蒙后站起身，哭倒在他的怀中。

"一定会好起来的，看着吧。"西蒙的眼中也满是泪水。

"告诉我他一定会脱离危险的，西蒙。"

"我可以向你保证，这只是虚惊一场，我知道，他是个顽强的人，我爱他就像爱自己的兄弟一般。而你知道的，他也很爱你，他昨天还和我说过这样的话。他不停地和我重复自己有多爱你，他真的很后悔。到底是谁做的？为什么要这样对他？"

"是警方通知我来这里的，"瓦莱丽抽泣着说道，"他们说没有人看到是怎么回事。"

"安德鲁，他，也许是看到了什么……"

西蒙和瓦莱丽就这样肩并肩地坐着，久久地呆望着走廊尽头手术室紧闭着的大门。

傍晚时分，一位外科手术医生赶来候诊室找瓦莱丽和西蒙。

他们听着医生介绍伤者的情况，紧张到无法呼吸。

安德鲁被刺中后过了半小时才送到医院，就在送医途中，他的心脏出现好几次停跳的情况；之后他的性命虽然保住了，但意识却还没有恢复。

手术比所有医生预计的都更加顺利。但凶器造成的伤口又深又厉害，因此安德鲁失血过多，甚至可以说是失血太多。现在还无法预料病人是否能够活下来，接下来的四十八小时是关键时刻。

除此之外，医生也无法告诉他们更多的情况。

他冲瓦莱丽和西蒙挥了挥手，又补充了一句不要放弃……因为在生活中一切都有可能。

七月十日，周二，安德鲁·斯迪曼的报道如期刊登在《纽约时报》的头版上。

瓦莱丽在病床旁为他朗读了全文，而安德鲁还是一直没有醒来。

致　谢

感谢波琳娜、路易和乔治。

感谢雷蒙、达尼埃尔以及洛兰。

感谢苏珊娜·李。感谢艾玛努埃尔·阿尔都安。感谢尼古拉·拉泰、雷恩奈罗·邦多林尼、安托万·卡罗。感谢伊莎贝尔·维尔奈夫、安娜-玛丽·勒芳、阿里耶·斯伯罗、西尔维亚·巴尔多、李迪·勒罗瓦,以及罗伯特·拉丰出版社的所有工作人员。

感谢波琳娜·诺曼、玛丽-伊芙·波沃。感谢雷恩纳尔·安托尼、塞巴斯蒂安·卡诺、罗曼·诺艾切斯、达尼埃尔·梅里科尼安、娜迦·巴尔迪文、马克·凯斯勒、斯蒂芬妮·查里耶、卡特兰·奥达普、罗拉·玛麦罗克、凯里·格朗科斯、茱莉亚·瓦格纳、阿丽娜·格翁。感谢布里吉特和莎拉·福里斯耶。

感谢"玛丽烹鱼"。

衷心感谢维多利亚·多妲,是她的人生经历和写作为我提供了创作本书的灵感。

您可在以下网站搜寻到所有关于马克·李维的消息
www.marclevy.info